异乡人

我在北京这十年

子禾 —— 著

上海文艺出版社
Shanghai Literature & Art Publishing House

献给我的妻子和儿子

目录

序言　　001

第一部

小裁缝　　011

孤岛生活　　068

六郎庄一年　　087

三义庙的回声　　123

沙河记忆　　145

第二部

一个悲伤的故事	171
Ms Wang	195
厌倦了的人	222
诗人去念经	239
北京过客	263
明天再来	290
乌托邦之梦	305
在蟹岛度假村	323
798 的告别	337
后记	347

序言

1

一棵大树枝叶婆娑地生在那里，哪怕是叶片上一丝细微的茸毛，都指向一片天空，一个不可预测的向度。因为这个事实，每一根茸毛都见证了树的无限性——或者说，是树的无限性滋养了这个事实。但这不是全部（哪怕仅就我们可以探讨的那种有限的全部而言），一棵大树，除了伸向天空的枝叶，还有扎入泥土的根须，它们来自无数个方向，黑黢黢，白森森，吸收着水分、矿物质、腐殖质，甚至往事（埋藏在泥土中的那些属于人类的故事——这就如同人不只活在物质上,还活在一些虚无缥缈的东西上)。

是的,我本想用一棵树的枝叶隐喻生命未来的向度,用根须隐喻过往,但刚写下这个隐喻,就发现了其中的荒谬。然而,这荒谬却意外地揭示了我们在理解生命(生活)时会犯的一个令人战栗的隐秘错误——显而易见:树的根须并不只是来自于无数个方向,它们更是回向至无数个方向,这使得我们所说的"向度"成了一种游荡不定的东西,成了"来自"和"回向"的撕扯与共谋。

生命(生活)的过往也并非死寂,并非只完成我们所来自的,而是像树一样,也回向至无数的方向,成为我们无法也无力回溯的部分,成为新生的事实,而非仅仅是往事。往事是这个新事实的一部分。

这些隐藏于我们生命中的根须,它们的存在,本来是多么明了而确定,却被我们忽视。我们本能地忽视它们,不是因为其他,而是由于无力——现在与未来榨干了我们所有的精力,我们只能将无力面对的过往视为生活的蛇蜕,一件我们曾经穿过的外衣,一种遗落在荒野的死寂的风化物。但事实显然不会因为我们的无力而改变,那些根须虽不被我们的目光照亮，它们依然脆白，在黑暗中汇聚着光，按照自己的逻辑前行，并通过那前行勾连和撼动着树的枝叶。它们之于我们，如同渔夫们无力打捞的鱼群，闪耀无限的光斑，形成另一片隐秘的水域。

2

这本书，本来想写我离开北京（这个当代世界超级大都市）的前前后后，通过书中所写之人大致勾勒我在北京十年的城中迁徙（二〇〇四年秋天至二〇一四年秋天，我先后在万寿寺、古城、六郎庄、三义庙、沙河居住），以此管窥外来人在北京的种种生活。但经过前后五六年的沉淀、发酵与写作，我才发现这个预设并非最重要的——我应该触及的是蛇蜕在风中转移掉的部分，即变形的发生，而不是留在那儿的一层薄薄的死皮，那僵死的事实。最重要的是，撕开我们能看见的现实的表层（哪怕只撕开一丝缝隙），看看游动在它内部的东西，血或气。

因而，十年的北漂生活降格为（或者说归位为）一棵旁枝斜逸的纷繁之树，将我导向了隐于土层深处的那些更为庞杂和更为幽暗之物：生活以下的生活。它们不仅属于这十年，也属于十年之前更多的十年，不仅属于我，也属于更多人，它们是一切当代生活意味深长的隐秘基础。

这棵纷繁之树，在许多个夜晚，贪婪地吸引着我语言的剃刀，令我刮掉它枝叶上的尘垢，一点一点，让我看到我作为自己书写对象——数以千万计的北京外来者，以及数倍于此的当代中国人——的一分子所生活的城市，所处的纷杂环境，所来自的幽昧过去，所呼吸的文化空气，所共处同一时代的人们正在塑造的时代，正在秘密回向的历史运作机制（一个巨大的隐形工厂），以及最根本的，游荡在每个人生命深处的幽灵般的孤独性。所有这些，在某种时候使我震惊地相信，我所处时代的其他人，甚至与我不同时代的其他人，也如我一样生活在我所窥见的这一切里——我们的境况，无论甜蜜与苦涩，几乎毫无二致。

回顾那些推进艰涩又令人心潮澎湃的似乎有所心得的写作瞬间，我确有发现某种秘密的欣喜，但也深感不安：我所窥见的生活，是那么不受控制地溢出了我所认为的生活。

无论如何,我记述的这些人(包括我自己),他们每一个的枝叶与根须,都在构造着我们的时代,以及我们时代的北京和中国,这个漂浮在无数人生命(物质和精神的双重生命)之上的超级人类文明大工厂、马戏团和造梦空间:不仅小裁缝、大学生、包租婆、进城农民、小商人、小职员、国企员工、诗人、小老板、青年知识分子、策展人、房产中介等,更有他们背后那苍茫潮水般的部分——农民、律师、服装设计师、大仙儿、官员、和尚、废品回收员、来北京看病的人、职高学生、保险推销员、流动摊贩、车间工人、艺术家、798的看客、交通协管员、货车司机,等等。

所有这些,历史与当代巨变盘根错节的产物,一定程度上重构了我对生活的认知,更让我感到惊异,对当下生活、对历史记忆以及人类本能——或者说,我惊异于庸常生活的每一个不起眼的角落都隐藏着宏大的历史学、纷杂的社会学以及迷离的哲学命题,比如:我们的生活不仅源于历史,并且也在双向地塑造着历史(属于未来的新历史以及往事的再生长），以回应历史来信的方式；我们强调道德优势，正由于它过于脆弱而多变，远不如人类本能诚实，血液、欲望、潜规则……我感受到这些，皆确之凿凿。

3

作为一个写作者，我所写的这些文字，也一次又一次地锤炼了我，考验我的真诚，考验我的虚荣，考验我对我的同类的尊重，考验我对历史与时代的空气中无所不在的伦理及道德的碰触、感知、审视及言说。当然，它们也在考验我的迟钝与尖锐，借此我知道：我的尖锐还没有被生活的砂轮彻底磨秃，也还没有在生活潮湿的角落里锈迹斑斑。我的拘谨及直来直去，在这些文字中显得笨重而蛮力，不够机智，不够轻灵，也不够有趣——但这正是事实的一部分。

当凿子和剃刀第一次落下，这些倔强的文字就已无法改变，因为我也是我所雕凿的一切的产物，是这个时代一个悲哀的存在，是野心时代的庸常生活的一个可有可无的构成部分——这部作品，将在某种程度上成为我的野心不能抵达的部分，它不够锋利，也不完美。而我无法将其抹去。

作为一个写作者，我相信文字中永远有比故事更迷人的东西（我必须坦诚：这本书中没有离奇的故事），就如同生活中永远有比传奇更迷人的东西。我希望我的文字，我的生活，也能如此。这些文字，可能看上去纷杂晦涩，像一首幽昧的抒情诗，但我希望它们是诚实的，我也希望它们某种程度地撩开了生活之海那虚浮的波澜不惊，窥见了它可能会令人惊异的暗流涌动——哪怕极其有限。

我所写的每一个字，都是我呼吸过的空气。

我所写的每一个人，同时都是我自己。

第一部

小裁缝

北京有票

二〇一四年初夏的一个周末，大哥带着他新婚不久的第二任妻子，来昌平为我送别。他们从每月只有三四天的假期中抽出空来，从大兴的小红门穿过几乎整个北京城，搭乘将近三小时的地铁与公交，到达这里时，已快十一点。太阳悬在头顶，像炽烈的火球一样，晃得人不得不低着头，盯着团在脚下的影子。那时，纠结了两年多的我，终于从生活那无休止的乱麻中抽出身来，下定决心，准备离开待了十年的北京。

我去小区门口接他们。进小区的路上,大哥一直在四周寻摸,问我哪里有超市,他们没有从大兴带礼物过来,要在这儿买。我劝阻了一番,干脆说没有超市,他这才稍稍放下心,但依然不安地说,"这怎么行呢,你说这。"我带他们去我租住的单元房,302。寒暄之后,我问已在北京打拼了十五年的大哥当初怎么会来北京,这问题我好奇很久了。他先是怔了一下,似乎有点尴尬,顿了顿才不好意思地说:"本来说去广州,火车站一问,没票了,北京有票,就来了。"像一个缺乏远见的人再也无法隐瞒他的缺乏远见,他多少有点儿羞愧,所以刚说完便憨憨一笑——仿佛笑可以遮掩一切。

窗外就是小区内的柏油道路,汽车经过时晃动窨井盖的声响,被炙烤得格外刺耳。道路的另一边是被围起来的荒地:一幢幢待建的楼宇。荒地上空盘踞着集聚在一起的腾腾热气,散发着枯燥而荒芜的气息。攀爬在鲜蓝色铁皮围墙上的喇叭花,耷拉着皱巴巴的头。大哥和他妻子坐在靠窗的沙发上,我们吃西瓜,闲聊。三十五六岁的他,体态发福,显出中年人的些许特点,话少了许多,一些事情也终于会像中年人那样圆滑得不置可否,脸上带着大约只在与人见面时才有的微笑,挂在嘴角,但更多的,是微笑后面的迷离。

然短暂交谈之后,我很快发现:我们的话语正在变得稀薄。

荒诞不是出现了一次

大哥是二伯的大儿子,堂兄弟中排行老大,五短身材,微胖,头发微卷,皮肤略黑,神情激进,目光中透着些对这个世界的警觉,但西北人干辣子般的淳朴爽直更多。走起路来步频很快,他不想把时间浪费在路上,只要他是一行人中绝对的权威,无论是去吃饭还是在商场买东西,或是走亲戚,一旦目标确定,就会听到大哥说,"快快快,麻利些,不要浪费时间,弄完还有别的事。"

大哥初二辍学时,大约十三四岁,跟着比他只大七八岁的舅舅去西安学裁缝,涉入生活的灰海。十六或十七岁时,出师;十七或十八岁时,回老家的市里开裁缝铺,不顺,将裁缝铺迁回村，不顺；十九岁时，又把裁缝铺开到了乡里，也不顺。二十岁时，大哥也许怀着比后来更加激荡的理想（对成功急切又懵懂的渴望），误打误撞来到北京——这个可以容纳足够多的青春并将其燃烧的地方——像无数人一样，一晃就过去了十几年，成了一个职业裁缝：一个小裁缝。

在家开裁缝铺那段时间，大哥给我做过一套简易西服，没有里子，只有一层红褐色的布皮。自那之后，我才逐渐放弃了父亲从街市上两块钱买给我的那条土红色的二手裤子，与它一起的还有一条同样二手的土红色翻领毛衣——我永远不知道它的上一任主人是什么人——它们对我而言是新的，是时尚的，我穿着它们拍的照片还在。

这简易西服是我的第一套西服，三个纽扣，料子是我奶奶留下的。按照农村人一贯的考虑，衣服要做得大一些，以便多穿几年。然而这件西服考虑得过于长远，以至于西服做好后的第二年我才敢穿上，而即便那样，也还是很大（我的成长速度明显落后于裁缝和其委托方的预期），总显得不到时候。我穿着它度过了初中最后一年以及高中的三年。高中的毕业照上我还穿着它，不足一百斤的我，依然像两三年前刚穿上它时一样，使这套西服显得格外空空荡荡——但即便如此不般配，我们还是属于彼此。

由于自己波澜不惊的经历，我或许永远无法理解一个十几岁的少年面临的一连串失败，更无法理解他在数次失败后，经历了怎样的无助与莽撞，最后鬼使神差地买了一张火车票，随着陌生的人流，来到一个计划外的大都市。而这一切的关键是（如果不是命运的话），一张火车票在其生命中扮演了远超其应有作用的影响——这个不起眼的事实，一经叙述即自动散发的荒诞意味始终令人难忘。

这荒诞令人战栗，在崇尚规划的现代社会，这仅是表象为选择的别无选择，是标榜为权力的奴役，而更令人战栗的是：这样的荒诞不是出现了一次，而是主宰了无数人的一生。

交接

二〇〇四年秋天，我去北京上大学。那是我第一次出县城之外的远门，带着一个十五六岁的小老乡，他要去北京投奔做厨师的哥哥，我的任务是将他交给他哥哥——作为回报，他哥哥会将我送到小红门，交给我大哥。

由于完全不熟，在不同公交车售票员接龙游戏般的指引下，我们倒车转车，坐了近三个小时的公交，才终于从北京西站到了炎黄艺术馆。兜兜转转找到厨师老乡说的那个饭店后，我进饭店去打听。前台的姑娘白净又漂亮，条件反射似的说："欢迎光临，请问您几位？"（这热情恰好说明她或许也来自于和我们家乡类似的地方，还是一个新手，只不过刚刚养白了皮肤。）与我同行的小老乡后来也进入餐饮行业，据说不到一年就做了领班，白白胖胖，普通话标准，可以灵活应对一切——这是大约两年后他哥哥的说法，自北京分别后，十几年过去了，我再也没见过他。

五六分钟后，厨师老乡提着两只湿漉漉的手跑出来，戴着高高的厨师帽，穿着白褂子。他有点慌张，似乎又有点难堪，急匆匆带我们出了门，在这豪华的中式门楼的侧后方，找到一个小侧门，带我们进去。

窄窄的小巷道，往里，要稍微宽阔一些，地面上水渍渍的，放着各种蔬菜、大米、肉，放着剁肉的木墩子。墙上一排水龙头，一溜儿贴着白瓷砖的水槽，水槽中有正在洗的菜、碗碟。木墩子前一排年轻小伙子，双手双刀剁着肉，两把刀快速交替，剁着粉红色的肉泥，速度之快令我吃惊。我们经过时，有几人齐刷刷转过头来看我，无意地审视着这个突兀的陌生乡下人——但他们剁肉的刀并没有停下来，像是在向我炫技。宿舍在地下室，上下铺的六人间或八人间，我和小老乡被安排在这里睡觉，他哥哥匆忙离开，去后厨做饭，午饭时间还没过去。

下午三点多，在隔壁的一家小餐馆吃过饭后，我跟着厨师老乡出发了：天黑前，他得把我送到我大哥那儿。从来到第一个公交站开始，厨师老乡的脸上就堆起诚意十足的微笑，不断向公交车司机和陌生人打听，坐哪路车，在哪里下车，再倒哪路车。他告诉我："出门在外，就是要嘴巴甜一点。"这是我在北京接受的第一次生活教育——两年后，我带着步步紧跟的弟弟，找眼科医院检查他的眼疾时，又将这个教育转施与我的弟弟。那时候，手机地图还不可想象，出门的人往往一面拿着纸质地图，一面像寻找猎物一样寻找着可能的问路对象。

昏暗的路灯渐次亮起的时候,我们在一处小店林立,像某个破旧县城夜市的地方下了公交。坑坑洼洼的柏油路两边,小饭店、小衣服店、理发店、卖烟酒的小隔间一个挨着一个,霓虹灯招牌闪闪烁烁,正昭示夜生活的开始。店铺外的烧烤摊上烟雾缭绕,坐满了光着膀子的人,周围逡巡着几只脏兮兮的小狗。男人们撩起T恤,露出圆圆的肚子,女人挽着男人的胳膊,或者干脆被他们的一只胳膊搭着肩膀,懒散,漫无目的。四处弥漫着一种浓郁的乡村气息——这一切使这里看上去不像北京。厨师老乡语气坚定,"就是这里了,你大哥说很快就来。"

我们在街边的尘雾中等待,等待交接。几分钟后,大哥来了,脸上带着某种爽朗和客气。我想,这就是北京的调调。大哥再次千恩万谢,目送厨师老乡上了回程的公交车,郑重地驻足挥手,直到公交车潦草地嘶鸣着离开。

在机器面前，只有它是箱子

大哥冲我一笑，"走吧，先去我厂里。"然后接过我那笨重的大箱子，拉着往前走，步频极快，我紧紧跟在后面。七拐八拐，走过不少路灯昏暗的小巷子，跨进一个开在大铁门上的虚掩的小门，终于进了一个小院。

门旁两棵黑楞楞的树，在窗口灯光的映照下，盛气凌人地高耸着。一排屋子都亮着灯，那是制衣厂的厂房。里面是近百台机器，缝纫机，扦边机，丝丝拉拉的细线将它们松散地连缀在一起，像一只大蜘蛛尚未完成的蛛网——坐在每一台机器后面的年轻人都低着头，他们还没有注意到：蜘蛛正在结网。熨斗散发出来的蒸汽云腾雾罩，给这二十一世纪的手工业场景增添了一种诡秘的荒原气象：大雾弥漫的清晨，蜘蛛正在结网。各种机器的声音弥漫成一片，像死寂而粘滞的泥淖，如果不刻意提高分贝，不刺破它的黏膜，你听不到任何具体的声音。说话必须喊出来，但对大多数人而言，沉默即可面对所有流程。

进了厂房，我在一块狭窄的空地上停下来，尴尬地站在那儿，手足无措。黑色的大箱子突兀地放在一旁，和我一样显得格格不入：在所有制衣机器面前，只有它是箱子，如同在所有制衣工中间，只有我不是制衣工。大哥一进去就在不同机器及机器后的工人前面指指点点，毫不拘谨——一个小领导的施教。大哥的舅舅和W——竟然是W，大哥的前女友——都过来和我打招呼，脸上带着一种爽朗，以及一种说不清什么感觉的微笑（多年后，我大约体会到，那是疲倦，混杂了深沉的无奈，是某种微笑的惯性，一种必须的面具）。

W依然那么漂亮，脸上带着清水般干净的笑容，说先带我去制衣厂的宿舍。瓜子脸，白皮肤，大眼睛，和三四年前来我们老家时一样，温柔，大方，毫无防备，对每个人随时都准备着微笑。只是在不够明亮的灯光下，她明显比以前更单薄，更疲倦，也更憔悴。

男女宿舍在同一层楼上，楼很旧，光溜溜的水泥楼道反射着暗淡的冷光，白灰的墙壁和所有过时建筑一样，都泛着黄，透着灰黑，卷着薄薄的墙皮。屋子里横横竖竖摆着好几张上下铺，木板铁床。发黑的灯管发出迷雾般含混的光，使人忽视最鲜活的细节，如被褥及晾衣绳上的衣服的确切颜色，忽视残留在它们上面的个性与体温。这点可怜的光，过于微弱，从而走向了光的反面，让人觉得阴暗。有的铺位上被子叠起，有的则平整地铺展着，像是要营造一种暖意，但完全徒劳。阴冷静谧的夜晚，诡秘地弥漫在这些铺位上，作为某种归宿，等待着每一个可能的归人——而这冰冷的等待还是永恒的。

W把我带到大哥的铺位，让我先休息一会儿，他们下班后会带我出去吃饭，说完就出了门。几秒钟后，她又神神秘秘返回来，示意我跟她去女生宿舍，"跟我来，给你个好东西。"那清澈的笑容，单纯得像恋人一样，像是在欢快地叫你去约会，令人怦然心动。女生宿舍就在隔壁，布局差不多，只是有更多晾在绳子上的红红绿绿的衣服，女孩子的胸衣、内裤。W把我带到她的床铺前，然后爬上床，从叠着的被子里拿出一只足以令人吃惊的大梨子，笑着递给我，"吃吧。"

我是如何接过那只梨子，如何吃掉它或者没吃它，以及如何在这个暗淡冰冷的老楼房里等到他们下班，如今全不记得，唯独记得的是看见那只梨子时心脏的悸动，仿佛就发生在昨天晚上：那不是一只梨子，而是一个隐秘的信物，一个我至今也无法知晓其含义的隐喻。

他们下班时已接近十一点，但厂房里几乎所有的灯都还亮着，由于是领导或师父，他们十点半就下班。"他们要到十一点。"大哥说，声音中有一丝掩饰不住的自豪。这里的人，包括大哥他们，多数时候住宿舍，第二天一大早继续一头扎进厂房——长年累月，从懵懂的学徒，成为某种更有支配权的角色：少年，青年，中年——但没有老年，甚至没有中老年，他们（这些年轻制衣工的老年）去了哪里？在这些年华中，他们经手了多少衣物，这些衣物远销全国，甚至漂洋过海，有多少人在他们经手的衣物里领受着各自的命运？本质上，他们经手的确是一种命运的媒介，它们以隐喻的无限性，连接了我们广泛的生活之海。

也有些人，像大哥一样，除了宿舍的铺位，在工厂外还租着简陋的平房，偶尔外出过夜，大概或是独醉，或是与女友共度良宵，或是接待亲朋。我们，大哥、W、大哥的舅舅、我，要去的正是大哥租赁的小平房。我拉着那笨重的大箱子，跟着他们，在昏暗或干脆黑漆漆的小巷子里，在一些低矮房子的门前屋后，拐来拐去。一会儿后，大哥带我们进了一个只有四张橘黄色破桌子的小饭馆。这里灯光更亮一些，简陋的桌子看上去色彩明亮，红红绿绿的塑胶条拼成的门帘在夜风中轻轻晃动。厨师站在桌旁，一句话都没说，等大哥点完菜，又悄无声息地去了厨房，好像不是他而是沉默接受了四个疲惫客人的订单（命令）。

回到大哥租住的小屋时，大约快一点了。小平房里，靠墙横着一张不大的双人床，我们就要在这里过夜，但显然睡不了四个人。"快收拾，麻利些，明早还要上班。"大哥早有安排：大哥、W、我，睡床上，我靠墙，W靠边，大哥在中间隔着；大哥的舅舅熟练地铺开靠墙的几块纸板箱，再铺上一块凉席，打地铺。

远郊的秋天

第二天醒来时，只剩下我一人，躺在一个不知所在的陌生小屋里。太阳已经很高，窗外的老杨树（它们在院子外的野地里，秋天的野地里）肆无忌惮地高耸着，树冠上闪耀着白花花的光斑,树顶天空湛蓝。小屋窗户靠下的几片玻璃上贴着报纸画页,寒酸地保护着主人——哪怕是最多只住一两年的过客——的隐私。阳光从上面的几片玻璃透进来,小屋一下子明亮起来,光柱中飞动着微尘,像终于无所遁形的隐秘猎物。

门外是一通约三米宽的狭长的院子。大哥的小屋是一溜密集排列的小屋中靠里的一间,要出大门,需要依次路过十几个紧锁着破旧铝合金门窗的小屋。暂时的主人们都上班(或出摊)去了,留下小屋及由报刊画页保护着隐私的屋内陈设——不是家,但也不是客栈——静悄悄的,像被遗弃的狗,或残羹剩饭。门窗边的墙角下堆满了东西,昭示着正在进行的生活:破旧自行车,塑料小凳,去年没烧完的蜂窝煤,沾满泥泞的鞋子,放在塑料盆里的脏衣服,药锅及药渣,砖头,布头,小孩子抛弃的作业本上还歪歪扭扭地画着字(如果可能,写下这些字的手有朝一日将如何描述这里?),不能再旧的塑料玩具,蚊香的残端,蟑螂药的袋子,苍蝇纸以及粘在上面的死苍蝇,鸡毛,以及一只脏兮兮的猫,机警地盯着看它的人。

院子尽头是两扇大铁门，敞开着，门下积聚的废弃物已牢牢攫住了它。挂在门上的铁锁和锁链完全生锈，早失去了锁链的意义。这大门让我感到惊异：昨晚完全没注意到它的存在，而且，对于这些过于低矮的平房以及这个过于狭长的院子来说，它过于庞大。宰羊何须屠龙刀。这种失衡或不对等，传递给人某种纷杂不安的暗喻。铁门外，墙角下的半荫处，坐着三四个心事重重的老头，他们自带小凳，衣着整洁，不相互说话，也不打量我这个陌生人，沉默地坐着，仿佛坐在恍若隔世的记忆中。

中午，大哥带回了一只宰好的鸡，叮嘱我在煤气灶上炖着吃。简陋出租屋里的一切很快就派上了用场：在砧板上，整只鸡被剁成小块，鸡肉放在塑料盆中，去院子里的水龙头下接水，清洗，倒入炒锅，加水，放上大哥特意带回来的八角、茴香、姜片、干辣椒，以及盐，开火煮，沸腾后再小火炖。鸡肉的香气飘出来，充满暂时无人的狭长院子，那么尖锐。我去外面的巷子口买了馒头回来，馒头就鸡块，吃了好几顿。除了与W的恋爱，大哥的生活——被制衣厂的工作挤压至近似于无的，这种浮于表面的油盐酱醋，这种工作的剩余物或副产品——我在两天内，似乎飞快地过了一遍。

但这种生活几乎不值一提，因为过于贫乏、单调、仓促而枯燥，吞噬着你，所以与其说我记述的是那短促的借居生活，还不如说是我在竭力回忆大哥对我的情谊。

大哥在老家的乡上开裁缝铺时，我上初一或初二，学校在街道中段，裁缝铺在街道南端的岔路口，大哥让我过去。他炖了肉，用的是和这里一样的简易煤气灶，我们在裁缝铺里，在成堆的布料、衣服和布头间，一起就着馒头吃——那香气更尖锐，更具有穿透力，渗透了更长的年月：因为那时候更贫乏。有时候，晚上我会留宿在大哥的裁缝铺里，一个十三四岁，一个十八九岁，两个不谙世事的少年在那个挂满衣服、堆满布料的简陋小屋里，磨牙，做梦，呼啸的长风穿过街道，在外面摇门。

再次交接

两天后是大学报到的日子，W和舅舅没来，只有大哥一人请了半天假送我。北京南站有新生接站点，大哥说离小红门不远，"咱走走看。"我们于是步行，一路走一路问，用最原始的方式去对接一种新生活。后来才知从小红门到北京南站，竟然有将近二十里的路程——但我们省了好几块钱。路上，大哥用他那家长式的语气，施与我在北京的第二次不容置疑的教育："挣钱不容易，一定要省着花钱，哪怕是一块钱！一块钱也是血汗钱！"多么生动，以至于我至今还记忆犹新，更重要的是，这样的教育在许多年里都家长般起着作用，默然指导着我的生活。

实际上，这句话并非大哥的独创，在为数众多的一类人中，它已经成了道德般根深蒂固的共识，他们借此互相激励，分享不会有丝毫损减的不幸。他们（包括我）自小就从土地和父母那里接受它的教育。这类人的共同之处就是贫穷，他们经受了贫穷特别彻底的洗礼，那种叫做钱的东西于是成了神圣的上帝，所以他们几乎要以献身的精神节省它：节省它就是爱它。但分别时，大哥给我一百块，是对我考上大学的祝贺，也是对初来乍到的我的关照——这是一个慷慨的数目，我一直感激在心。

北京南站的广场上,各大学的迎新处都拉着横幅迎接像我这样的青涩新生,我很快找到了自己学校的迎新处。大哥完成了任务,把我交给了一批他不认识也不会了解的人。他和我都不会意识到,这看似简单的交接,却是一个巨大的分界,在这之前,在这之后,我将完全不同(我将经历无数次的蜕皮),我和他的关系也在急剧变化。事实就是如此:大哥继续面对那些或许对他来讲根本无足轻重的年轻学徒,继续日复一日的繁忙生活;我则继续置身于真正的生活之外,结实新朋友,读新书,读阮籍、陶渊明、杜甫,读柏拉图、叔本华、福柯,读陀思妥耶夫斯基、卡夫卡、马尔克斯,等等。

事情就是这样发生的,必然性在不经意间完成它的悲剧性。所以要在多年后,当真正涉入生活之灰海,我才意识到这不经意的巨变。

被再次领受的宣判

与大哥再见已是半年后,二〇〇五年正月。

年后不久，校园还在一片春寒料峭中，我突然接到大哥电话："能不能请个假，陪我去一趟承德？"大哥要去女友 W 家"谈判"，希望我一起去，壮壮声势，并可在某些时候化解尴尬。这是他第一次向我求助，仿佛在不到半年的时间里，我已变成一个值得他依赖的人。我答应了，并提议带上我最好的朋友 G——G 老成持重，我想，这样会更有利于事情的进展。我们要在东直门坐长途汽车去承德，再从承德去下辖某县的 W 家。我和 G 到东直门时，大哥已买好车票，在一块阳光下漠然等着，见到我们马上站起身来，微笑着打招呼，但眼睛里蒙着一层忧虑。当时，我和 G 并不知道，大哥已和 W 的父亲交涉过多次。

长途汽车出发时已是下午四点多，一路还走走停停，四处揽客。天黑透时，汽车才真正开起来，跑得飞快。路边一棵棵刺入天际的老杨树，在车窗外影影绰绰，一掠而过，却似乎永无休止，如无数鬼影，密集地站成一排，俯瞰着奔跑的汽车和躲在它腹中的旅人。黑而清晰的山头在不远不近处，上方高悬着明净的月亮，车走了很久，它们始终在那里。

到承德已晚上十一点多。月黑风高，长途汽车站几乎没什么人，也没几辆汽车。其他乘客瞬间就下了车，紧接着消失在黑暗中，只留下了我们三个。陌生的黑夜吞噬一切，我们像是迷失在了巨大的寂静荒野。寒风翻动着地上的废纸、塑料袋以及不知哪里来的柴草——它们贴着地面疾走，追着人，像不声不响的流浪狗。只有不远处一幢楼上的几个窗口，透出一点光亮，仿佛星星的暗影，遥不可及。我们在黑暗中转了好一会儿，终于找到了一家还没关门的小超市，进去买礼物，直到三人手上都提满。买好后，大哥打了一通电话，然后宣布："我们在这里等着，W找车来接。"

我们就在超市门口昏暗的光亮中，寡言少语地等着，手插在裤兜里，不住地跺着脚，希望以此驱寒，但依然寒冷。寒冷加剧了我们的沉默。过了许久，大哥一直捏在手里的手机响了，在来来回回多通电话指导下，我们提着笨重的礼物，转了足足半小时，才终于找到了一辆在路边闪灯的小轿车。W下车来，叫了一声我的小名，又招呼我们上车。W、大哥、我坐后排，G坐副驾驶座。上车没多久，

W就把头埋在大哥胸前,抽泣起来,伤心、委屈、担忧,大概百感交集,以至于到她家时,还两眼红红的。心事重重的大哥,只是把W搂在怀里,呼吸沉重,一句话也没说。

W家坐落在半山腰。奇怪的长方形院子(一片围了矮墙的斜坡)里亮着昏黄的灯泡,借着灯光几乎能看到落在地面上的霜。院子太大,建筑太少,空荡荡的,又因为过宽而显得比例失调。一溜大约十米的矮平房靠山面谷,坐落在这长方形斜坡的上方,却总共只开着两三个低矮的门,其中一个里亮着灯。

W的父亲母亲站在亮灯的房门口,模棱两可的黑影被拉得很长——就像他们那仅仅是出于礼节性的客气——居高临下地看着我们。我们跟着W进了院子,以某种古怪的仰望的姿态,从位于坡底的院门,一步一步走向坡顶的屋子,冰冷得近乎麻木的脚跟,就像坚硬的棒槌,敲击着冰冻的院子。走到屋门下,开始最简单的寒暄,每个人,只要一说话,嘴里就喷出足以淹没话语的浓雾。亮灯的屋子是个套间,W一家睡在大间的通炕上,大哥和我以及G住在里面的小间。里间没有烧炕,被褥也不厚,我们虽然和衣而眠，还是全身不住地打着寒战，牙齿咯咯作响。"冷不冷？""还行。""早点睡吧。"我们尽量少说话，但即便只说三两个字，还是能听到它们的发音在颤抖。

第二天，我们很早就起了床，去W及她父母住的大间里。大间的炕烧过，屋里还有火炉，暖和许多。我们像三只精神饱满的牛犊，毫无策略，来这间屋子里达成此行的目的：谈判。可是，W的父亲，这个约摸五十来岁、爱喝酒、大嗓门、显得极其豪爽的老头子，对大哥及我们所要聊的正题根本不感兴趣，似乎这件事是一团火，火苗只要轻轻一蹿，他就一脚踩住。前一天晚上在承德买礼物时，G建议大哥买了一袋大米、一小袋面粉、一桶油以及两桶饮料，说这样不但大方也显得大哥会过日子。G假定老年人喜欢大方又会过日子的年轻人，但显然，这些精心准备的礼物，在这里并没有起什么作用。

老头只是一味预测G和我的前程，一遍遍指着G，两眼放光，唾沫乱飞，"你将来可以干到军级，"然后指指我，"你可以干到团级。"这一切只因我们是校名中有"政治"二字的大学一年级学生。G说："叔叔您看，大哥和W这事……"老爷子突然停下，毫不犹豫地说："这事再说。"一阵尴尬之后，又回到了 G 和我的前程预测。我说："叔叔，我哥和 W 感情挺好……""这事再说。"G 又找机会说："叔叔您看，我哥又有能力，人也好，这样的人……"老爷子又一次陡然咽掉已经涌动到喉头的军团之语，以及这些言语带给他的兴奋，"这事再说。"一阵尴尬的沉默之后，老头抿了一口二锅头，兴致重新点燃，继续预测 G 和我的前程。他是真的对 G 和我的前程感兴趣，并以此显示他在军官级别方面的知识？或者，那正是一个狡黠的中国农民应付我们三个——他女儿那早已被他拒绝却突然出现的求婚团——的胸有成竹的策略？羞辱性的策略，毫不松口？

大哥不止一次试图自己提起他和 W 的事，但每一次都被老爷子毫不留情地打断——打断的方式是丝毫不给他说话的机会，以一种不耐烦的态度及不容置疑的口吻，吞咽着愤怒的口水（似乎只有这样，他厌恶的愤怒才不至于像火山那样喷发出来）。而在他预测 G 和我的前程时，大哥始终被冷落在一旁。我和 G 如坐针毡，同时，不满就像飞动的乌云一样，在大哥脸上、脖子上、眼睛里，不断聚集。

在二十四五岁那样血气方刚的年龄，几经冷落和粗暴打击之后，大哥对W的父亲完全失去了耐心，简直怒目相向，像一只被激怒的小公鸡。一种双向而双倍的愤怒，飞溅着炽热的火星，但这首先灼伤的是他们自己，因为任何一方都要尽力捂着它，不让它爆破。

整个过程，W和她的母亲只是偶尔出进，给桌上加菜上酒，一句话也没说。一大早，W试图表达自己的观点时，曾遭父亲无情的呵斥："哪里轮到你说话了？"W红着眼睛出了门，退出了这场关于她自己的谈判，仿佛一个人真的可以退出自己的人生，只做一个无关紧要的配角，加菜上酒。这场大概被大哥规划了很久的谈判，两个同样不足一米六的男人——一个愤怒不已的小裁缝，一个将厌恶写在脸上的农民——之间的谈判，就这样稀里糊涂地结束了。这间不足十平米的小屋里，火炉破旧且温吞，桌子简易而老旧，土坯墙壁上贴着印在薄塑料纸上的粉红色调的领袖画像，画中的领袖微笑着，他们不看任何人，又似乎无时无刻不在看着任何人。

这不是一场失败的谈判，因为失败这个词不足以说明它失重般的溃败,这是一场注定了结果的审判,只是大哥一厢情愿地以为是谈判。甚至连审判都不是,因为大哥已经被W的老父亲判了"死刑",他见我们只是出于对死刑犯的某种礼节性(和他昨晚在门口迎接一样)的怜悯,或只是为了再一次宣布他的判决结果——以根本不谈论它的方式。

早饭后,W叫车送我们去县城。有一段大约一二里的沟边山路,我们必须步行,到山顶才能坐车。许多人家的院子里还挂着过年的灯笼,门边贴着鲜红的对联。W家的院子里仅有一只灯泡挑在一根高高的木杆子上,门上没有对联——这个新年多么草率。老爷子坚持要送我们上山,军团级别的话题丝毫没有降温,大哥沉默地跟在后边,W沉默地陪着,垂头丧气。到了山顶,临上车时,老爷子主动要我们留电话,"有朝一日去了北京,可以相见。"然而那是我们之间所说的最后的话。

到县城,我们才发现还有一条结满冰的宽阔的河,河床上的冰十分虚瘦,像谁丢弃的劣质硬塑料,白白的,既缺乏质感,也缺乏冰的光泽。大桥及两个河岸上,满是穿着新衣服的年轻人,有的成双成对,有的独自默默走着。W陪我们在桥头徘徊了很久,在我们快要离开时,终于决定回家带衣服,要和大哥再去北京。于是,我和G先回北京,大哥留在那个飞满了各种塑料袋的桥头等她相会:一个古老而悲戚的隐喻。

失效的药丸

实际上,大哥两三年前就在老家结了婚,我来北京时,他已是一个小女孩儿的爸爸了。所有这些事情,W都知道——W的家人,也应该都知道。这些糟糕的事情搅乱着他们(尤其是W的父亲)的心,像还没有完全休眠的火山冒出污浊的白烟,刺痛着他们的五脏六腑。一种怎样的厌恶之痛,愤怒之痛,撕裂之痛:如茨维塔耶娃所说,"剃刀切割耳垂"?

大哥和W是在制衣厂认识并恋爱的,当时大哥刚来北京,二十岁上下,W比他还小两三岁。二○○一年春节,大哥带W回我们老家,已到了谈婚论嫁的程度。对没到过大城市的老家人来说，W就像是从电视屏幕里走出来的：漂亮，白净，随和，穿着一件白色的长款羽绒服，里面是紧身的高领毛衣，身材苗条又起伏有致，讲甜美的普通话，时时保持微笑，用普通话的音调跟大哥称呼每一个他们见到的人，同样用普通话的音调叫我们几个十来岁的堂兄弟的小名——遥远，像某种充满了甜美气息的回声。新鲜、亮丽、令人心动，至今回荡在我青春期的记忆中。几个堂兄弟，大概没有不喜欢W的，都希望她能成为我们的大嫂。

然而长辈们，可以左右一个年轻人生活的具有更多阅历的成人们，并不这么看。我的一位姑姑就像骄傲的猎巫人，用眼角的余光轻蔑地打量了一下W那紧身毛衣勾勒出来的凸凹身形，快速扭过头去，小声说："一看就是个狐狸精。"那时候，女性长辈在心中对一个未来儿媳，有一套精明（就其实用性方面的要求而言）而模糊（就其内在的人性逻辑而言）的标准：长相不能难看也不能太好看，能生养，要勤快，会做所有家务，还要对所有家人显出一个新人应有的超常的恭敬。

但这是一把残忍的枷锁——尤其对于女人来说，做儿媳时她们不知道多少次诅咒它,而一旦媳妇熬成婆,这枷锁就自动递到她们手中(一个年轻女人以青春做代价的最为重要的收获?),所以二伯母(大哥的母亲)撇撇嘴,在村路上,以一种媳妇熬成婆的不屑口气对村人说:"没见过这么懒的,饭也不做,羽绒服领口都黑了还不洗。"

年三十儿晚上,几位叔伯聚在一起吃年夜饭,作为长辈,他们当晚最重要的议题是讨论大哥和W的婚事:W家没有儿子,大哥到底该不该作倒插门女婿,该不该改姓?在昏暗的电灯下,他们弟兄几个,在近乎沉默的少言寡语中,啧啧地咂着嘴,以便缓解焦虑,但依然显得心事重重,仿佛一个国家的命运交到了他们手里。他们的子辈,大哥及几个堂兄弟偶尔进出屋子,多数时候待在屋子里,用懂事的沉默配合着他们凝重的深思熟虑。

这些老实巴交的父辈农民,除了年复一年对他们耕种的那些贫瘠的土地施加影响,似乎就只能对儿女的婚姻施加一些影响了——这和他们的父辈一样。他们自己的婚姻早已被父辈决定,他们只是尽可能多地从父辈那里习得一些传统方法,以此维持:儿女的婚姻于是成了一种补偿,或者说成了一片试验田，验证他们用半生吸取的有关婚姻和家庭的教训是否真的有效。二伯苦笑一声，皱着眉头说："娃养这么大，一翻手送给了别人……心里总是……"W进来了，屋里沉默了一下，紧接着，大家顾左右而言他。W很快意识到了自己的出现带来的尴尬，待了一小会儿又出去了。

正月初三，我们堂兄弟几个去看望大姑姑，特意带着W及大哥年仅六七岁的小妹妹。晚上爆发了一场突如其来的战争，大概是大哥的命令惹怒了妹妹，但六七岁的小妹将矛头对准了W，暴怒地说："你是想把他抢走……我就知道……又黑又矮，腿又短……你都要脏死了……没门……"这混乱的语言让大家目瞪口呆。接着，W终于大哭起来，伤心地颤抖着，怎么安慰都没用。其实，她早就想哭了，空气里漂浮的那些凝重又古怪的沉默，她不会不知道意味着什么。

几天后，他们无功而返，回了他们的北京，那个对我们来说遥远又抽象的地方——他们本想从甘肃带一份颁发自父辈的许可证，但没有得到。

二〇〇五年春天,大哥如此隆重地去W家,是下了决心的,他给W的承诺是:如果她和她的父亲答应,他马上回家和时任妻子离婚。这是谈条件,因为大哥清楚,如果W这边不能确认,他一旦离婚,就很可能踩空,堕入某种恐怖的黑色深渊。

大哥结婚之后,W还和他"不合法"(这"不合法"几乎完全由W承担着)地在一起,可见她有着更多的期待,对大哥的处境也有更多的理解——这双倍地激怒了她的父亲:她被背叛了,却还在继续将理解和期待给予背叛她的人——所以承德之行后,W又一次跟着大哥来了北京。几年后,我问大哥:"心里明明装着W,为什么自己跑回老家找人结婚?"仿佛我往水中扔了一块石头,立刻激起了水花,"她激我,她回老家看对象,以为我不敢。"大哥并非要说这是W咎由自取,他大概只是要表明那是他的应激行为,以此证明自己的耿直、勇敢、不计后果,更证明自己的不容试探,像西北的老杨树,宁折不屈。

但显然,他没意识到"合法性"的问题都压在W一人身上。我有点为W鸣不平:"但人家并没结婚,倒是你自己结了。"大哥好像有一肚子的话要拿出来说，但最终只是动了动嘴皮，咽了一口唾沫，什么都没说，低下头，一下子颓丧而沉默了。

承德之后，再见已是夏天，大哥打电话邀我去小红门玩。他看上去心情不错，还像往常一样，在公交站接上我，就风风火火去他上班的制衣厂，在宿舍略作停留，再带我去附近一家饭馆。我奇怪没见到W，大哥说她在隔壁的另一个制衣厂上班。"咱们先去点菜，她一会儿就到。"我们点好了菜，甚至菜都上桌了，大哥打了好几通电话，十几分钟后，W才犹豫不决地进了饭馆，打完招呼，便沉默地坐下了。

这一次，已完全不是2001年我所见的那个漂亮、温和、大方、热情、轻快的W了：化了妆，扑了粉，但遮不住脸上灰暗的小痘痘；画了眉，但改善不了眉毛稀疏近乎于无的状况；涂了口红，但找不回以前那些轻快的话语；脸上仍然挂着客气的微笑，但似笑非笑，掩饰不了一脸的疲惫、憔悴、怨怼和伤心；衣着整洁，但完全没了四年前的那种光鲜亮丽。"时间的橡皮擦"，这恶魔般的橡皮擦，擦掉了清晰,留下了混合着苦涩泪水的涂改吗?我心中一惊:灰暗的海浪一层一层翻滚过来,驱散洁白的海鸥,要把海岩拍得粉碎。

W姗姗来迟,是因为和大哥吵了架。大哥讪讪地,又似乎骄傲地说:"吵架,我给扇了一巴掌。"大哥没有从他的父辈那里获得许可,却以某种本能习得了父辈维持婚姻的沉重方式——但这是一种早被证实为失效的药丸,甚至只剩下了副作用,大哥却以一种深远的无意识,幻觉般地相信着它的功效。换言之:他不知道他已被这失效的药丸挟持。

那顿饭吃得闷闷不乐,W全程郁郁寡欢,始终没再像以前那样愉快地说话。时间(生活的同义词)从她那里索取的显得太轻,留给她的又显得太重——轻的被拿走,重的被留下,不断集聚,直到我们不能呼吸——而这一切只用了四年。那是我最后一次见W,不久后她就只身离开北京,回了承德老家,距离不顾她父亲反对来京不足半年。

踩脱

秋天,大哥打来电话,说二伯、他的舅舅及二哥(他的亲弟弟)都在北京,邀我过去一起坐坐,最后又郑重地说:"有点事要商量一下。"正是这次去小红门,我才知夏天见面后没多久,W 就离开了北京。

大哥请我们商量的事有两件:一是他要开办自己的制衣厂——一切考察就绪,定会赚钱;二是他要离婚——和时任妻子离婚,然后和 W 结婚。五个人坐在他那狭小的出租屋里,讨论了很久,主要是第二个问题:和当时的妻子,到底离还是不离。大哥列举了他妻子的诸多缺点,懒、不会过日子、无法作为得力助手与他一起闯荡事业,而且之间没有感情。我们几个年轻人都支持,因为我们心中有一个流行的教科书式的反问:"婚姻怎么可以没有感情?"

只有二伯左右为难,这为难更加显现出一个农民遇事时的慎之又慎,因为他清楚,试错的代价会很大——一旦岁月蹉跎,打了光棍,将是无尽的耻辱。事实正是如此,这样的谨慎,使得我们一生都劳作在土地上的父辈维持了高度稳固的婚姻,对骂、诅咒、扇耳光,甚至更为暴戾的毒打,都指向了这个稳固的结果，它们像压制起义般压制婚姻的变数，作为一种形式强行保留它，即便婚姻之土已被这些暴力的传统方法耕种得过于贫瘠。

那时（二〇〇五年），时代已经变了，工商业发展，手机、铁路和飞机崛起，以及时髦观的念流行，已经把我们前怕老虎后怕狼的父辈那懦弱的谨慎消解于无声。都市的快节奏生活，KTV、酒吧、发廊、流行歌、言情剧、游戏，对农村出来的诸多年轻打工者而言，都有着神圣的诱惑力。他们不愿再像父辈那样，继续隐忍于枯燥的生活，也不愿把自己变成一架挣钱机器，他们更喜欢像他们能接触到的媒体所宣扬的那样，快意恩仇，预支生活，消费花花绿绿的工业世界，也消费自己的肉身及有限的可怜见解。而大都市并不缺少和他们秉持同样观念的年轻人，如果他们感到孤独，那就用孤独交换孤独，他们不介意做彼此的临时情人——用孤独对冲孤独，尽管这只是一种幻想。

远在穷乡僻壤的父辈在经历了各种事实的洗礼后，已开始无可奈何地接受从北京、天津、上海、广州、深圳等超级都市传回来的儿女们打算离婚的消息。儿辈们在大都市的生活他们依然懵懂不明，但他们知道，就像他们自己常说并听人说起的那样："社会变了。"即是说，这种空气二伯已经在呼吸，已经接受。

所以第二天，他说："要是踩脱了呢？"然后含含糊糊认可了大家的意见：四比一——正像我们常说的那样：少数服从多数。实际上，让我们（包括大哥自己和二伯）支持大哥离婚的并非其他，而是我们相信，对他来讲，离婚就等于再婚，W以她的存在为整个事情担保：如若不然，她为什么明知大哥已婚还要和他在一起三年多？但因为大哥的决心终究太有限了——从春天拖到夏天，又从夏天拖到秋天——就在他办完离婚手续的三四天后，W在她承德老家和别人结了婚，以此宣布了那份保险的失效，好像在说："过期了。"

乐观的冒险者开始承担后果：大哥相了无数次亲，总不能成；二伯为此愁白了头；我这个当初的支持者，为自己的轻言感到羞愧。约两年后的夏天，我有一次去小红门，还像以往那样，随着大哥急匆匆的脚步，去他所在的制衣厂。大哥突然说后悔了当年离婚，"别的啥也不为，为我女儿蒙蒙也不该啊,"顿了一下,咽下一口伤感的苦水,"有时候想起来,心里不是滋味得很。"大哥并不是在责怪我当年那轻率的支持,他需要一个时机倾吐他品尝过的苦楚:不是展示或炫耀,而是如果不刺破它,摔打它,他就会被击倒,那种隐隐约约中暴击着心脏的东西。

大哥离婚后,当时已两岁多的女儿蒙蒙判给了妈妈,他作为爸爸,对女儿来说只剩下了一些抽象的义务:按月支付抚养费。前妻和W,两个女人几乎同时断绝了和他的关系,这就是二伯担心的,"踩脱了"。这一切似乎是为了显示一个人的孤独:一棵孤零零的树在荒野中飘荡。仿佛一下子尘埃落定,世界清静了——但这,才是真正的生活的开始。

从那时起,大哥对W完全死了心,偶尔联系,似乎也只是为了说明曾经相识一场。W的丈夫是个厨师,在当地的小饭馆上班,收入大概远不及大哥。结婚一年后,W生了个女儿,但因丈夫赚钱少,经济拮据,加上两人性格不合(就像大哥说他和前妻性格不合?),生活并不幸福。两口子吵架后,W还会把电话打给大哥,向他哭诉自己的遭遇——或是在控诉自己曾久久期待而没能得到的生活？不是，W也需要倾吐她品尝过的苦楚：人们以这样的方式分食生活的苦果，满怀悔恨，一次一次，一份一份，将它摊薄，以便勉强下咽。

有一次，W和丈夫吵了架，一气之下，孤身一人大半夜跑来北京找大哥。大哥说，他半夜去火车站接来，安排住宿，第二天在大红门给买了些衣服，吃了个饭，下午买了回程车票，"就打发走了"——一些旧时光？一个麻烦的旧债主？大哥当时尚未再婚，我曾探问他和W还有没有可能，大哥愣了一下，随即确定地说："现在已经晚了，她不光结了婚，孩子都有了，我总不能去破坏别人的家庭吧，我总不能做这样的事吧？"那么有底气，仿佛在说W错失了一个机会，又好像他们的爱情根本不曾存在。但我知道，他更多要表达的还是一种道德正确，就像他说"她激我"一样，他无意中展现的总是他的道德优势。

他不习惯于纠缠那些不能进入婚姻的所谓爱情，他不屑（或不懂）风情，一人在北京，常年以极高标准工作并以极低标准生活，意志坚强，毫不懈怠——他以此反抗父辈及由之而来的命运,但又与父辈多么相像,甚至在他的内心,装着一个比父辈更隐忍、更坚定、更贫瘠的人。这贫瘠以对个人生活的挤压为要务,不是因为对生活没有追求,而是过于有追求,以至于那追求成了一种高高在上的冰冷的信仰,它以无言的心理暗示向他承诺:有朝一日,生活的一切顶级享受(包括金光闪闪的荣耀)均会以成功之名,来一次总的兑换,如同信仰的承诺——上天堂。

在雪野上奔跑

二〇〇二年腊月,二十四五岁的大哥回到老家,四方托媒,只用了一个星期左右的时间,就找到了他的第一任妻子。一个离过婚的女人:比他年长两三岁,身材高大,看上去至少比他高出十厘米,皮肤黝黑,性子直率,一副再平常不过的样子。然后,按老家习俗,定亲成事,提彩礼,迎亲拜堂,办酒宴,闹洞房。这一切就在"她激我"之后。亲戚们都为他高兴,像所有新婚青年的亲戚那样,祝福这对相识过于仓促的新人。但似乎没人注意到这场婚姻的仓促，也没人注意到新郎和新娘的不般配：大哥有不错的手艺和收入，没结过婚，而他的新娘则是一个几乎没有什么特长且离过婚的女人。没人预见之后的不欢而散。

婚后，大哥带着妻子去北京，想让她跟他学裁缝，但妻子并无这方面的热情，于是陷入"观念不同""性格不合""难以培养感情"的泥潭。怀孕后，没过几个月，妻子就被送回甘肃，闲居老家，与婆婆共同生活。大哥照例在北京的制衣厂奔波。那就是二〇〇四年秋天初到北京时，我为什么会吃惊——大哥婚后，W是什么时候来的北京？她见过大哥那位时任的妻子（那位她或许足以令其自惭形秽的可怜的大个子女人）吗？大哥带他新婚的妻子来北京也是为了"激一激"W吗？

一个不受丈夫保护的新婚妻子，很自然，使闲居老家与婆婆共同生活的坏处达到了最大化：本来就棘手的双方关系，陡然变成了更加棘手的三方关系。这位曾经的大嫂所面临的婆媳关系，糟糕到了极点，而夫妻关系也顺势直下。她临盆是在一个冬夜，家里只有两人（大哥依然在北京上班，二伯去外地打工）：她蜷缩在自己的婚房中，疼得在炕上翻滚；据说二伯母也突然肚痛难忍，在自己房间的炕上躺着，无法照顾临产的儿媳。我母亲去邻村找的医生。到处都是积雪，夜很黑，天上连一颗星星都没有。母亲抄近道，跑着穿过种满冬小麦的雪野，她说，由于紧张慌乱，她感到，"头皮一阵一阵发麻"。

他们的孩子聪明可爱，不到一岁就可以喊爷爷，二伯视若宝贝。但这，以及父辈坚信的结婚事实，均没能阻止这场仓促婚姻的破裂。对于尝过爱情之蜜的大哥而言，父辈那将婚姻视为"铁板一块"的信念早成了荒唐的神话。离婚后，那位大嫂带着女儿嫁到了六七里外的一个村子，她家门前有一条路，是我们去乡镇赶集的必经之路。不知道大哥有没有再见到过她们。

合伙人

那年秋天相聚，关于离婚的必要性，大哥还有一个理由：与W结婚有利于他开办制衣厂，因为W熟悉制衣厂的业务，将是他的得力助手。最终，他与W的婚姻没成，但一个小型制衣厂,在二〇〇六年正月将尽时,却开了起来——在他亲力亲为筹备了大半年之后,在他与W待了五六年的小红门,在一家有两层楼房的小院子里。如同一辆他亲手攒起来的车,还没启动就有一只轮子(甚至两只)松动了,但它依然准备上路,因为有人已经上车。

小制衣厂有两个老板,大哥是其中一个,另一个是老家的一个包工头。包工头出大部分的资金,大哥出小部分资金,外加技术入股,在北京操持具体业务:找厂房,盘机器,装修,招工人,管技术,拉单子,进布料,催账款。

合伙人是个不修边幅的矮胖子,皮肤黝黑,脸蛋焦红,目光犀利,说气话来中气十足。过年前,他来过一次北京,算是对筹备工作的验收。大哥请我帮忙拟定合伙人协议,我带了过去,胖子顺手接去,半躺在为工人准备的昏暗的床铺上,看了一眼就放在一旁,什么也没说。年后,他打来了部分投资款,同时派他的姐夫和他只有十六七岁的儿子来了北京。他姐夫做工厂的会计,儿子跟着大哥跑业务、送货、收钱,他在给大哥的电话里说:"娃娃小,不听话,跟着你跑一跑,长长见识,你也帮我管教管教。"大哥这边则只有他的舅舅和弟弟帮忙，舅舅管车间，带十几个工人，弟弟大约忙些杂事。

大哥后来说，开张后第一个月，工厂就做了价值四万多的单子，从他的语气看，对一个新开办的小型服装厂来说，这样的业绩算得上十分不错。

但好景不长，第二个月月底，工厂就散伙了——筹备了大半年，运行了两个月。大哥作为一个对自己在勤奋和节俭上要求极高的工厂负责人，对投资人那好吃懒做的儿子厌恶至极，但又无法有效"管教"，最终交恶。会计慢腾腾地取出他那可以折叠的老花镜，发表对工厂管理的意见，对大哥不屑一顾，因为他清楚他才是掌握钱袋子的那个人。在姐夫和儿子的电话汇报中，投资人对这个小工厂很快就失去了信心，之前约定每月兑付的流动资金迟迟不到位。第一个月工资延迟，工人开始懈怠，甚至已有人准备离开。

与此同时，据说大哥的舅舅认为工厂生意不错，他又带领工人加班加点，要求涨工资。大哥无奈，只好答应年底回家将自家的摩托车送给他，然而这样的"城下之盟"

不但没让舅舅满意,反而让大哥愤愤不平。投资人第一个月的流动资金终于到位后,工人们刚领了工资,在不知来自哪里的风言风语的鼓动下,很快就有人离职——很快,便人去楼空,只留下大哥一人,落寞地面对残局:退厂房,卖机器,追欠款,找工作。

大哥那让他骄傲又焦躁的事业就这样暗淡收场了。这些事情发生时,我并不知道,大哥也没有像以往一样,向我寻求任何建议。我知道时,工厂已默默关门数月,这让人感到惊讶又悲哀。大哥苦涩一笑,不再说话。有时不禁想,或许大哥的制衣厂输在了他没能和W结婚上,如果结了婚,W就可以来厂里帮他,如果有W在,不仅管理上可以斡旋,生产上也可以顶缺——但我们写下如果,恰恰因为生活没有如果。或许即便如此,也未可知——W自己的婚姻也并没有斡旋如意。

后来几年,大哥依然在小红门的各个制衣厂跳来跳去,做裁缝,还是一贯的勤奋、好强、激愤,对别人有着和自己一样的高要求。在一家服装厂做小领导时,大概由于他的意见,一个员工被工厂处罚。几天后在一个小餐馆吃晚饭时，大哥被那个怀恨在心的员工带人"突袭"。"只是一点皮肉伤，治疗几天就没事了。"我听说这件事时，大哥正在住院，他一味在电话里说，"没什么大事，不用过来看望，也不要给家里人说。"临挂电话时，又一次强调，"千万不要告诉家里人。"

挂了电话，我心里突然生出一阵悲凉来：一个人如此辛劳又辛酸，在荒凉的城市里孑然一身，过着苦行僧般的生活，孤独奋斗，还常常感到不被家人理解——那时，大哥不但兄弟失和，与二伯关系不好，甚至连他的母亲也不像以前那样支持他——到底是什么支撑着他？是那个"有朝一日令人刮目相看"的空洞又残忍的允诺吗？

那一年，大哥已三十二三岁。

再婚

离婚是为了再婚，但近十年的蹉跎使婚姻成了大哥生命中最令人头疼的一件事——起码父辈亲人及亲戚是这样认为的。一个人的离婚事实就像罪犯的犯罪前科,成了大哥再婚路上一个难以跨越的阻碍。几次蹉跎后,大哥差不多放弃了,他的理由,就像人们常说的那样,"婚姻是人生大事,何必急于一时"。他依然在北京奔波,当老家传来合适的相亲消息时,才出差般匆匆跑一趟,并不特别在乎——跑一趟,只是以防错过好运气。

然而时光飞逝,当三十四五岁时,不但亲人慌了,连他自己也有点慌了。似乎瞬息之间,大水就没到了胸口,要令人窒息。是的,人们通常就是这样认为的:过了三十四五岁,就感到了那加速上涌的沉重的大水,那四十岁的大水,自此之后,唯有屏息凝神、小心翼翼才能艰难前行,那时候无论是想扔掉什么还是想保有什么,都需要付出更艰辛的努力——而如果没有什么,就不会再有。四十岁绝望的早秋,正如里尔克那咒语般发狠的诗句:

谁此时没有房子,就不必建造
谁此时孤独,就永远孤独

在中国广大农村,娶妻生子至今还是男人的头等大事,也是家庭的头等大事。头等大事的意思是,它会在任何地方、任何时候拷问你:这事还没有办,不怕给先人丢脸吗?这问题既拷问着二伯,也拷问着大哥,他们父子在这里感受到了一种高度一致的心灵战栗,因为他们都在心中某个至高的位置上供奉着一群先人——大哥供奉的位置甚至更高(我曾祖父、祖父和祖母土坟前那几棵可怜的小柏树,就是大哥在好几年前购买、栽种的,那时他还不超过二十五岁),所以他承受的心灵战栗更加剧烈。

他们背负着先人的重压,正如继承着先人留下的贫瘠生活。那两句中国人再熟悉不过的话,实际上就是成败最深刻的心灵含义:光宗耀祖,辱没先人。一种古怪却笃定的对于先人(以及与之相呼应的后人)的责任感和道德感,自然而然成了这信念的有力支撑,因此也成了几乎一切事情的上帝——一切事情本无意义,是它赋予了它们以意义。

亲戚,以及亲戚的亲戚,早在二伯的嘱托下四方打探,介绍了不少人,但始终没有合适的。到最后,这事成了一个令人绝望的黑洞,似乎你越是投入,就越是看不到希望。二〇一二年春节,一个比他小四五岁的离过婚的女人被介绍给大哥，双方有意，约定正月一同去北京相处，以便相互了解，如果合适便谈婚论嫁。如此，大哥长达七八年的未婚状态终于出现了一丝转机。

但这难得的试婚仅维持了不到半年，七八月时，那位女士离开了大哥，理由是他太抠门，舍不得为她花钱。在电话里说起时，大哥很激愤，"咱（他及与他试婚的女士）和别人比不了！你自己家里，爷爷奶奶年龄大，都病在炕上……还有两个孩子……如果结了婚，家里一摊子烂事，不都要咱撑起来……咱住得舒适，穿得体面，吃得饱，不就可以了吗，还想怎样？"他用短暂的沉默，吞掉了一口叹息，"不想着过日子，不想着作长远打算，这不是很幼稚吗？"这位女士过生日，看中了一条几百块钱的裙子，想让大哥给她买来，大哥嫌贵，拒绝了。她远在乌鲁木齐的妹妹认为这是"不爱你的表现"，于是，女士离开北京，去了乌鲁木齐。半年的试婚宣告失败。

大哥所列举的那一切，虽然远离北京，但如同魔咒一般，紧紧地控制着他，以及与他试婚的女士。如果他们要结婚，就得将自己绑在这把沉重的椅子上。大哥清楚自己的处境，所以像一个决心负重的人，过于认真地提前将自己置于重负之下。他态度严肃地考虑着大局，却无法说服已经被城市的灯红酒绿迷乱了眼睛的结婚对象——她们艳羡影视及网文中那种一掷千金的快意生活，她们过分信仰眼前的生活，她们可以暂时将老家贫穷的魔咒和城市的当下分开。对这位女士，大哥是诚意相处的，初夏时还特意带着去我租住的地方做客，但诚意无法弥合他们之间的裂隙。

乌鲁木齐也并没有给这位女士带来更如意的生活，一个人无法舍弃自己的命运就如同无法舍弃自己的影子一样，无论你走多远——或许远走乌鲁木齐，只是她（和她的妹妹）给了大哥一个认错的机会，但这个耿直的小裁缝没有理解她们的深意，所以出人意料地置之不理——后来，她曾主动联系大哥，表达了重新开始的意愿，大哥用一种仿佛在混合了骄傲与得意的大锅中蒸煮过的语气，一种古怪得让人记忆犹新的语气，在电话中说："我告诉她：已经没有必要了。"像是在宣读一个决定。

二〇一三年冬天，有一阵子，大哥经常感到头疼，甚至偶尔晕倒，于是辞掉工作回老家检查，并打算好好休息一阵子。"可是怪了,回到家里头就不晕了!"医院也没去,倒是在别人介绍下,又认识了一位比他小六岁的离过婚的女士,"挺聊得来。"这位女士带着一个一岁多的女儿,很快就嫁给了大哥,成了我的第二任大嫂。这意外的再婚使大哥的头晕成了某种神秘的征兆。正月,女儿留在老家,新婚的夫妻二人同来北京。至此,所有亲人、亲戚,为大哥松了一口气——大家觉得他八九年来的苦楚得到了差不多算是对等的慰藉:这个一岁多的小女孩儿,正是对他失去女儿的补偿。

二〇一四年夏天,大哥带着再婚妻子来沙河高教园为我送别,那是我第一次也是迄今为止最后一次见这位大嫂。如今印象已十分模糊,只记得她看上去年轻又活泼,与大哥说说笑笑,正像一对新婚夫妇所应该的那样,夫唱妇随。相聚的四人(大哥和他新婚妻子,我和爱人)由于共同的往事太少,以至于寒暄之后,那小小的客厅里很快就话语渐少,沉默渐多。

为打破沉默,我在问他当年怎么会来北京后,又问他现在还信不信神。大哥轻轻咧嘴一笑,快速看了一眼坐在身旁的妻子，"还信。"这引起了他妻子的兴趣，她接过话头，说大哥过年时还特意去她家所在的村子问神，因为那个神很灵，名气很大，"还拉着我弟弟一起去。"看来，即便是在新婚妻子的娘家，这也不是什么秘密，而是某种可以公开张罗的时尚。我又问："那他们说的到底准不准？""挺准的……我觉的，"他说，"挺准。"

苦涩生活史

我们所谓的神，指那些据说通了灵的人，他们自认为是某位神灵在世间的使者，不用掐算，不用抽签，甚至不用看手相、面相，就可以说出一个询问者的身世、处境，为他预测时运，帮他逢凶化吉。由于这些通灵者多是中老年女性（苦难的女性——一些通灵者为此长期遭受身体或精神病痛的折磨，最终得以通灵似乎是她们背后那个神灵对她们的眷顾与同情：将这个指标给了她），所以人们称其为"神婆婆"。

大哥信神，早被经历了现代都市文明洗礼的堂兄弟们调笑过,说他迷信。"那你说,为什么还有那么多人去问神呢?那些大老板,难道他们都是傻瓜吗?"调笑者于是哑口无言了。但神使为询问者所支的破灾之道,过于神秘,让一般人无法理解其中的神通,比如:佩戴或烧掉她们赐予的咒符(大哥北京的出租屋内贴着好几幅),伐掉院子里的某棵树,在院子的某个方位砌一堵墙,杀掉某只老公鸡,等等——当然,这些事情都需要在某个相应的特定日子完成。

大约二〇一二年有段时间,大哥连工作也突然变得不顺,"怪了,两个月找了三份工作,都干不了多久,公司就散伙。"他回乡找了一位方圆闻名的"男神",请求指点,"你说不神,但你不说话,人家就把你遇到的事情都能说出来,你说神不神?"这位神使风轻云淡地给了大哥破解之道:回家后挑一个带五的日子(初五、十五或二十五),砍掉院子里那棵老椿树。我无法想象这位神使为何做出这样的建议——但确实:二伯家的院子里是有一棵老椿树。大哥因为着急回北京上班,等不及带五的日子,就把这任务郑重其事地交给了二伯。二伯满口答应,但心里却不以为然，伐树的事最终不了了之。

大哥满怀信心在北京等待老家那"神言"的应验，但仍然不顺，处处碰壁，头晕乃至于晕倒正是从那时候开始的。他打电话回家问起来，二伯才承认这件事给忘了。当下就在电话里一顿大吵："这么多年，你啥时候把我的事当过事？"如此，在一个带五的日子里，那棵椿树被砍掉了：神使的吩咐终于得以执行。"有用吗？""有，确实有，后来工作上就顺利多了。"大哥说得十分镇定，他以此告诉我：这是一个审慎的回答。

由伐树一事引发的电话吵架，并不是大哥第一次对二伯有怨言。二〇〇五年秋天，筹备制衣厂时，在小红门一条狭窄的巷子里，大哥就曾一边迈着急匆匆的步子，一边转头看着我，以一种恨铁不成钢的语气说："人家老子给儿子积攒家产，祖祖辈辈，越攒越多，一步一步往高处走，老子打基础，儿子再往上。可咱们呢？不但没留下什么可以帮你的家产，连搭把手都不行，不搭把手也行，把家里照顾好，这总可以吧？就这，都办不到，一辈子只知道挖花花！"大哥说的"咱们"指的正是二伯。

需要一提的是"挖花花",一种在北方农村的中老年人中流行的纸牌游戏,与扑克相似,只是牌形呈长条状,牌面上不是国王、王后等,而是宋江、林冲、武松等水浒一百零八将。五六个老头,在寒冬之夜的昏黄电灯下(更早时候则在煤油灯跳跃的灯花周围),嘴里叼着黄铜烟锅,手里拿着一把因为过于细长而显得柔软的花花牌,蹲成一圈,皱着眉头,思考着怎么组合,怎么出牌,怎么赢一局。黄铜烟锅中缓慢燃烧的旱烟末,一明一灭,这正是他们思考的频率——情势不那么紧急时,他们松一口气,吸一口烟嘴儿,烟锅中暗下来的烟末如同被注入呼吸,快速地亮一下。

大哥或许觉得我能理解他,没想到我不以为然,他于是有点咬牙切齿:"这有什么好玩的?玩一玩又能怎样,家里的粮囤会自己满起来吗?有这个时间,拾点牛粪还可以烧炕!"我们小时候,村里家家养黄牛,北方缺水,牲口饮水需要一大早去沟里。每个牵着或赶着牛去沟里饮水的人都会随身提一个藤条筐,带一柄小铁锹,如果牛拉了粪,就铲到筐里,带回家晒干,等到冬天煨炕。这就是大哥所说的"拾牛粪"。如今，拾牛粪早已成了历史，一种散发着荒诞与苦涩气息的生活史，正如苦涩的旱烟和烟雾缭绕中的花花牌——因为这些已成历史的生活失去了其主体，而那些主体正是同一些人，他们：挖花花，抽旱烟，拾牛粪。

大哥说拾牛粪，是为了彻底否定挖花花这种在他看来完全没有价值的事情，因为他自己，除了工作似乎别无其他爱好，不抽烟，不喝酒，更不会赌博——这构建了他不容置疑的正确性（道德优势），一种家长或族长般的正确性。这种正确性使他即便在城市生活了十几年，装在脑子里，供他生活（规定着我们本质的那种精神性的生活）的，依然是家乡，那个滞留在他离开时的家乡：它的观念，它的伦理，它的语言。而实际上那个家乡已经不复存在了——而他还被蒙在鼓里：一个远逝了的家乡的遗民。

十四五岁刚去西安学裁缝那几年，大哥几乎一两个月就会给家里写一封信，作为一个孩子，给父母写信，讲述他在外面的生活。一封信里，他说经理喝醉了酒，强奸了厂里的一个小姑娘。二伯怔怔地将信纸拿在眼前，不住叹息:"就我金矿(大哥的小名)可怜……唉……不知道我娃,一个人在外面怎么过。"不久后,大哥又寄来一封信,信中夹着两张素描,是他和他舅舅的肖像:大哥穿着带拉链的高领毛衣,卷卷的头发,微胖的圆脸,眼神明亮,微微地笑着;他舅舅是帅气的偏分头,双眼皮,神情洒脱。俨然两个城里人,我们惊叹于他们身上那种城市人的气息,也惊叹于那素描的惟妙惟肖——它们被贴在二伯家正房的墙壁上,贴了好多年,像是某种明亮的微光舍不得消散。

或许当时,我们惊叹的并不是惟妙惟肖的技术性,而是蕴藏其中的一种祝福,它一遍遍告诉它有限的读者:他们在城市里过得挺好。

二〇一四年在昌平见面,提起这两张素描和它们的作者(一个刚从艺术学院毕业的年轻设计师)时,大哥无限感慨地说:"可惜那个小伙子了……也就二十岁出头……刚出来混社会,刚订了婚,带着对象来西安,没多长时间……就出事了……"短暂的沉默,似乎要抹去浮于这记忆上的十余年的微尘,"……前一晚上,不知道从哪里弄来一个梨,和对象分着吃了,结果就成真了……"分梨,分离,大哥相信这谐音之语的诡异力量。

说完后,他久久看着窗外,仿佛飘浮在空中的灼热目光无处投射,一旦落地就会燃烧——然仅此而已,灼热、生涩或粘滞,即便生命中记忆最清晰的一段悲伤往事,也无法再次复活那张素描中明亮的眼神:他历经的岁月已经比那个年轻设计师多出了十余年。

回北京,或未知之途

两年后的春节,我在老家再次见到大哥。他是一个人从北京回来的,说妻子在北京加班,正月才能回老家。后来,大哥又说,他们过得并不愉快,矛盾重重,妻子背着他住在一家私人美容院学习美容术,修眉、割眼皮、文身,计划学成后回老家开办一家整容所。"这种在别人身上动刀子的事,一旦出问题怎么办?"大哥十分反对,妻子却一意孤行,到最后,大哥甚至向好几个人打听:如果离婚,这个再婚妻子会不会分走他婚前在市里置办的房产。

春节一过,我就离开了老家,听说直到正月初十,大哥的妻子才回到老家，但她是回来收拾行李的，一两天后又去了娘家，同时带走了原本在家的三岁的女儿。大哥三番五次去妻子的娘家"谈判"，均无所获，既说服不了妻子，也说服不了岳父岳母。直至快正月二十，无功而返，终于一个人离家，回北京去了——似乎那个大而无当的城市才是他的家：一个逃避着家之概念的家，一个形成于生活惯性之上的家，但似乎更具体，更开阔，可以庇护一个快要踏入四十岁深水的男人。

孤岛生活

老派乡下人

二〇〇八年五月,大学临毕业时,我在西北四环的海淀桥附近找到了第一份工作,月薪只有两千八百元,为节省开支,将住所找在了古城(这个依托首钢成就了其辉煌时期的大型老社区)——距离海淀桥约二十公里,拥堵的交通以及拥挤的车上空间,使这个距离几乎翻倍。这是精密的心理丈量。这个距离每天要吞吃我近四个小时的时间。然而,同样条件的房子,这里的房租比海淀桥附近便宜约六百元左右。

五月的阳光已经毫不留情，酷热几乎要将人熔化掉。一位看上去三十五六岁的拘谨的女中介，带我们去看房子。从古城地铁站，步行了大约三十分钟，路过许多老槐树（藏在树上的无数蚜虫落在地上，使路面黑油油、黏糊糊的）、小商店、小饭馆、手机维修店、盲人按摩店、理发店、复印店，到了一座外表简陋乃至荒芜的五层小楼下，然后上到三楼。

敲了半天门，在我们以为无人在家时，一位看上去六十多岁的老太太开了门，一手扶在门框上，一手拉着门把手，探出脑袋，无精打采地打量着我们，等我们开口。中介赶紧说是来看房子的，她才默然又迟缓地开了门，把我们让进屋里，"那看看吧。"然后，她就跟在中介和我们身后，也不多说什么，听中介带着我们边看房子边介绍周围最近的菜市场、超市、银行、公交车站等。好像这房子是中介的，老太太也只是一位跟来看房的租客。

这老太太就是我们的第一位房东，身材微胖，红灰色调的宽大T恤，穿在身上显得十分老气，略有一点浮肿的脸上透着不均匀的一片一片的暗红，行动缓慢，精神低迷，刚睡醒一般。虽然从知道我们是租客开始,她脸上即浮起一种客气的若即若离的微笑,却并无推销自己房子的意思。这是个大约七十平方米的两居室,客厅夹在南北一大一小两个卧室中间,狭小而昏暗,老旧的沙发靠着墙,前面是茶几,再前面是一台足有三十吋的庞大的老式电视机,黑色,笨重的屁股紧贴着墙。房子还算干净,只是隐隐散发着一点死气沉沉的霉味。

要出租的是北面那个八九平方米的小间,里面放着一张一米五宽的床,一个简易的小柜子,一张小桌子,桌子和床之间的过道不超过五十厘米,通往这套房子唯一的阳台。老太太终于开口了,像打预防针一样说,阳台要晾衣服,就算我们住,平时房门也要开着。说完后,她马上又强调:"不过你放心,你们的东西咱是一点儿都不会动的。"

租金每月七百五十元。我们以刚毕业工资不高又没什么积蓄为由,问她能不能再便宜点。老太太想了大约一两秒钟,表现出了和她的神情极不相称的痛快:"行,那就六百五吧。"这出乎我们意料,便问她要交多少押金。老太太不假思索地说:"你们看着给,多少都行。"又补充说,

"不交也成，反正说好就可以。"最后，在中介的主持下，我们交了一百元押金，定下了这个小房子，作为我们毕业后的第一个住所。

令人印象深刻的是，老太太的不善于讨价还价及缺少对陌生人的提防。这多少有点让人不习惯，至少显得她不像一个生活在北京的人，而更像某种朴素的老派乡下人，还在信守"说话算话"的传统。当然，这也是令人欣喜的。

我们时代的气息

一星期后，我接到一个陌生电话，富有磁性的男声："那什么，我是房东，石景山儿那房子我妈租得太便宜了，现在我做主，房子最少八百五一个月，家里的水电费都由你们来承担。您看成不成，成就租，不成拉倒，改天过来我退您一百元押金。"这串话撒豆子般倒出来，浓重的鼻音和儿化音无时无刻不在强调着洋溢于话语间的骄傲。我辩解说价钱已经讲好了，对方毫不客气："您说这些都没用，现在租房的行情您也清楚，就我那房子，租您八百五也不贵，实在不行您另找别家。"

周末，我们第一次搬了些行李过去。屋子里还是老太太一个人，很安静，刚开门把我们让进去，就满脸歉意的微笑，一边问我们要不要帮忙，一边解释："你们别在意啊，那是我姑爷，脾气犟，我们也没办法，这是他爸妈首钢给分的房子。我自己的房子在广渠门儿，为了他们小年轻上班方便，和他们换着住，要是我自己的房子，那说好多少就多少，不会变。"我们一边搬东西一边说没事，老太太接着说："这样吧，咱别八百五，也别六百五了，你们就一月给七百五吧，水电费也别全你们承担，我们住在这里，也该出，就咱两家分摊。但下次过来签合同，他们也要来，你们别和他计较，按照他说的签，给钱是给我，到时候还按咱们说的，给七百五就成。"那天从我们进门，老太太始终一脸歉意，直到我们出了门，还探出身子说："这事儿真不好意思啊。"

签合同那天，老太太的女儿女婿果然都来了，同时来作见证的还有帮我们找到房子的女中介和她的男老板，七个人使这个昏暗的小客厅显得忙乱而哄闹，弄得人站也不对，坐也不对。老太太的女儿长相清秀，话不多，只是偶尔给老公帮个腔，夫唱妇随。女婿看上去二十五六岁，穿着多数销售员那样的深色西服和白衬衣，面容俊秀，神情老道，透着一股意气风发的江湖气以及由此而生的优越感——某种见过世面的优越感，这感觉天然地给人以压力。他对中介公司的人十分傲慢无礼，对我们还算客气，看上去和电话里的强硬形象判若两人。

但随后的事实证明，这只是表象。当女中介拿出他们拟定的合同要我们签约时，他从口袋里掏出了自己带来的合同，十二分鄙夷地说："您这合同咱就算了，也不知道写了些什么，还是签我这个吧，我当律师的哥们儿看过，保准儿没问题。"中介讪讪一笑，我们也没有反对。我接过合同正在茶几上看，他开始在茶几前踱步，几个来回后突然说："你们大学毕业，都高材生，有知识，这下可以好好借题发挥一下了。"这个"借题发挥"说得我一下摸不着头脑，老太太的女儿对他使了个眼色，让他少说两句。

其他人走掉后，只剩下老太太、我和爱人，老太太又一次满脸歉意地说："你们别介意啊，我那姑爷，首钢长大的孩子，从小不爱念书，就知道逞能。"逞能的要义就是以一种优越感示人——要么张扬自己的强势，要么掩饰自己的外强中干？

在曾经那个物质贫乏的年代，首钢是一个令多少人向往的名字，即便只是首钢一名最普通职工的孩子，也意味着生来就有铁饭碗。然而，当他们——首钢长大的孩子，这些普通工人的孩子——终于长大到足以代替自己的父母继续作为首钢工人时，事情悄然发生了变化：工人阶级子承父业的顶班制度，无法继续散发令人羡慕的光芒。于是，他们离开了生活的计划通道，去做销售员、司机、网管、小商贩，等等。他们从这些曾被他们看不上的角色中重新体尝生活的酸甜苦辣，以及成功那若即若离的诱惑。但无论到哪里，首钢那已深入骨髓的教育始终在提醒他们：你在首钢长大，你现在是一个销售员（这仅仅意味着：还没有成功）。这大概就是他们精神世界的全部象征。

实际上，不仅仅首钢，在纷杂的当代中国，这种隐秘关系几乎无处不在。如果我们恰巧是其中之一（历史为我们储备了太多类似于首钢的曾经闪闪发光的金土壤），我们内心的苦涩与他们相同。而如果我们不在其中（当我们不在其中时，我们在更贫瘠的土壤上，贫瘠永远更广阔），我们为之惊奇，但也要知道：我们所处的时代，正是他们所处的时代，一部分的时代气息正是由他们的呼吸构成。

漂浮在孤岛上

我所称的老太太实际只有五十五六岁，因为身体不好，长期服药，身体虚胖，面庞略显浮肿，加上行动迟缓，看上去比实际年龄足足老了十几岁。

她原本是房山区的农民，因为征地拆迁，在广渠门补偿了一套七八十平米的单元房。搬进单元房之后，不用再干活了，但如同中国的大多数农民，闲下来不但没享福，反倒闲出一身毛病来，需要长期用药才能保证病恹恹的身体不至于快速崩溃——劳动，尤其体力劳动，几乎已成为中国农民的一种生活方式，成为一种身体需求：它抵制焦虑浸入灵魂，也代替运动激活斗志。老太太虽然有医疗保险，但不够买药，每月还要自己添好几百元，日子过得并不宽裕。这是她出租房屋的重要原因。

平时，这老房子里就她一人，像第一次见到时那样，总是精神低迷。某种层面上，这样的神态也十分符合古城这个地方，以及他们这座建于二十世纪八九十年代的老楼房：没有小区，没有花园，也没有树木，格局局促，光线昏暗。房子如同荒凉的孤岛，寂寞地漂浮在同样荒凉的一片孤岛中间，看不到海洋，看不到海鸥，枯燥得连一丝风都没有。老太太说："在广渠门儿的时候还好，虽然也是楼房，可楼上楼下左邻右舍的，都是以前的老街坊，可以说说闲话儿，串串门儿。到这儿好了，像给撂一孤岛上，你谁也不认识呀，找个工作吧，身体又不行，不待家吗去，最多是附近转转，买点菜，做饭吃饭，公园遛遛，找几人儿打个牌，要么自己在家打游戏。"

这确实是她生活的全部：吃饭，出门遛弯，公园打牌，回家休息，醒后不是看电视，就是打游戏，以及吃药——只在老亲戚、老邻居们有事时，才偶尔回一趟广渠门。如此一来，在古城这个新地方，我们成了她认识的人中最熟悉、相处时间最长的了，关系很快就超越了房东和租客那种陌生的客气，亲切起来。屋里死沉沉的空气也活泛起来了。

我们下班回来，老太太经常正在沙发上兴趣盎然地打游戏，一边匆忙地摁着游戏机手柄，一边笑眯眯地用眼角的余光招呼我们。有时候，她会高兴地说："你们做点菜就成了，我熬的粥、热的馒头都给你们留着呢，菜没留，怕不合你们胃口。"有时候，给我们留的是冰西瓜："今儿买的西瓜不错，冰着呢，你们一会吃完饭去吃啊。"有时候，看我们吃完饭了，老太太又兴奋又热情地说："这一关怎么打都打不过，要不你们来试试？"我接过手柄，她在一旁笑眯眯地出谋划策，有时候简直恨不得又接回手柄自己打，直到笨手笨脚的我重新把手柄还给她。当然，她并不在乎我能不能过关，我接过手柄这件事本身已经很让她高兴，所以她重新拿回手柄，一边退出游戏界面一边说："不玩了不玩了，改天再来。咱们看会电视吧。"

几乎不会玩游戏的我，问她这是什么游戏，她一愣，有点诧异，但随即说："超级玛丽呀！这游戏好玩着呢，孩子给买的，我打好多年了。你们过去不玩呀？"语气轻快，神情愉悦——她在掩饰那种因我连超级玛丽都不知道而产生的尴尬——好像游戏里那个笨拙的蹦蹦跳跳的小人，躲过一个陷阱然后激动又提心吊胆地迎接下一个。游戏的价值大概正在于用游戏的方式（即反生活的方式）向游戏者展示生活的希望：陷阱虽然无处不在，但总有办法跨越，那办法就是，从头再来。人生不可再来，所以我们在游戏中补偿。

我自己，过去确实没玩过超级玛丽——实际上，除了神奇的俄罗斯方块，根本不知道还有别的游戏。巨大的贫穷使得这款火爆的超级玛丽在我们的西北老家没有市场，确切地说，贫穷使得所有游戏在那儿都没有市场，因为根本没有游戏机，甚至没有电视机。这种境况使我们不会沉溺于游戏虚幻的补偿，但同时，也失去了从头再来的乐趣，失去了有"从头再来"兜底的灵活性——甚至可以说，如同失去了一位上帝。游戏像上帝之外的另一位上帝，陪伴了太多人，如痴如醉地吞吃上帝给我们的时间，以此毫不留情地阐释时间的意义：被度过。

一天下班回家，刚进门，竟然扑面飘来一股浓郁的芳香：客厅的小窗台上多了一盆花，并不茂密的小叶子闪着绿光，瘦瘦的枝条舒展着，顶着三两个小花苞，开着三两朵乳白的小花。我们问老太太那是什么花。老太太早从沙发上站了起来，游戏也不玩了，笑眯眯地看看我们，又看一眼窗台上的花，然后再看看我们，愉快地说："香吧？你们猜。"我们猜了半天猜不出，"再猜猜看，有一首歌就是专门唱这个的。"我们还是没猜出来，她随即哼唱起来："滴滴滴滴滴滴滴哩哩——滴滴滴滴滴滴滴哩哩——"又说，"猜到了吧？"然而还不等我们再回答，就孩子般兴奋地说，"茉莉花呀！"

这一小盆茉莉花几乎使整个屋子都明亮起来：它叶子上的绿光使人眼睛明亮，它小白花的芬芳使人鼻子兴奋，而它需要喝水，则使老太太数着日子关注它的饮水日，她的眼睛里、脸上，正在泛起越来越多的光。

我们的入住也使老太太觉得她作为房东需要做些什么，比如客厅不能太乱，厨房的卫生要经常打扫，厕所的垃圾要及时倒掉，等等。我们住的小房间里，空调的插头插不上，一天晚上折腾了好长时间，也没能将空调启动。第二天晚上回家，老太太站在客厅里看着我们笑，我们很诧异，面面相觑，不知道发生了什么事。老太太神秘地说："你们先放下包，今儿给你们一惊喜！"老头（老太太的丈夫）坐在沙发上喝着二锅头，也不说话，只是眯着眼睛，看着我们笑。等我们放下包，老太太先到小房间门口，替我们开了房门，一股凉气即刻夺门而出，酷暑顿时消散。老太太又一次愉快地说："怎么样，凉快多了吧？今儿你叔叔找人修了一下插孔。天儿热，你们不用再遭罪了。"

搅动了生活的死水

老头和老太太年龄差不多，个子不高，然而身体健壮，看上去像只有四十来岁，这使得他和老太太作为老两口站在一起时，给人一种奇怪的感觉。第一次见到时，他正突兀地坐在茶几前喝二锅头，裸着上身，皮肤白净而紧致，眯着小眼笑着。老太太说："你叔叔，"见我们一愣，又笑笑，"我们家的。"老头在广渠门一个停车场上班，当保安，大多数时候上晚班，下午三四点出门，第二天一早回家。停车场离他们在广渠门的家不远，但从古城坐公交车过去，要两个多小时。老太太说："以前跟他们都住广渠门儿，可房子太小，不方便。为了孩子们上班方便，只好我们搬过来住，你叔叔来回跑。还没到退休年龄，挣点零花钱，补贴补贴我那医药费，也为他自个儿攒攒养老金。"

攒养老金——那时还不太理解，后来才知道，几乎每个人终其一生都在攒养老金，即便不上班也要自己交社保，攒养老金。那未来对战战兢兢的现在的预支。这就是我们悲哀的生活发动机吗？显然，这发动机的燃油是惧怕：我们惧怕老无所依。

因工作缘故，老头和我们同时在家吃饭的次数并不多，但他只要吃饭就必喝二锅头，而常常是一喝就多。他平时话不多，喝过酒之后总会颠三倒四说点什么，但这时候他那本来不容易听真切的北京话，鼻音和儿化音就更重了，说出的话像一团语言的糨糊，你根本分不清哪里是哪里。有一次喝完酒，说起他们一同拆迁的老邻居，他说了一件事，大概意思是有一个人得了钱之后到处乱花，"很腐败。"但中间有三个字我们怎么听都听不明白，老头着急地重复好几遍之后，也只能笑眯眯地看着我们，他自己都不知道怎么解释了。我们向老太太求助,于是他又说了一遍,老太太一听大笑起来:"傍小蜜——瞧人家能的,咱只听说傍大款和养小蜜,哪有人傍小蜜?"我们也大笑起来,老头这才赶紧纠正:"对对对,就那什么,包二奶。傍小蜜就是包二奶,一个意思。"

喝酒的事,老太太没少当着我们的面说老头。每次被老太太数落,老头就在一旁笑眯眯地听着,偶尔嬉皮笑脸地反驳一句。有一次,老头喝完酒,听完老太太的数落,独自回房睡觉去了。老太太说:"这人没心没肺,有时急死人。前些年过马路,直接被辆车给撂倒在当街儿上,没等别人反应过来,他一骨碌站了起来,给司机吓得脸都绿了。赶紧下车问他怎么样,人要带他去医院,他倒好儿,自己说没事没事,完了一人回家来了。你说这要是有个什么事,你这么一回来,事后还找谁去?也得亏他身体好。"后来又有一次,不记得聊什么说到了喝酒,老太太语重心长地说:"狗改不了吃屎,这喝酒呀,就是忌不了。酒量又不行,稍微喝点就犯糊涂。前几天歇白班,你们不在,喝了两盅,一觉睡糊涂了,起来上厕所,直接进了你们屋,要不是我赶紧拉回来……"她停下来,抱歉地看着我们笑了笑,"也就你们人好,不计较,要搁别人,这没法儿处。"

有天晚上,已经十一点多,我们快睡觉了,老太太才由女儿女婿送回来。第二天我们下班回家,老太太在看电视,闲聊起来。不知怎么说起了前一晚的事,老太太愣了一下,随即笑起来:"嗨,昨儿广渠门一个老街坊走了,我们去喝酒,送送他。谁想到到那地儿,一看到那些儿七老八十的人,心里忽然一难过,头晕目眩,差点儿没挺过来。"我们惊讶地看着她,不知说什么。她又一笑,接着说:"想明白了,人嘛就这么几十年,该吃吃,该喝喝,说不准儿哪天就蹬腿了。"

就这样,我们越来越熟,老太太的精神也越来越好,对我们简直有点无话不谈。于是,我们下班回来,吃完饭,就坐在沙发上边看电视边听老太天聊天。从这些鸡零狗碎里,我们知道老太太的女儿高职毕业,在酒店工作,姑爷学历不如姑娘,但是人活泛,"混得还不错"。他们老两口之所以不愿住在广渠门,不光因为房子小、不方便,还因为老太太对姑爷有些看不惯。老太太伸出她一双浮肿的红通通的手,说:"一个大老爷们儿,养两只大金毛,到处狗毛,你说我这病,一碰狗毛就过敏,还不能说。这狗啊,真是比他老子还亲。"也是在这样的饭后闲谈中,我们听说了她曾接受气功治疗而使身体悬浮于床榻上方等一系列奇闻。

所有这些,都神奇地使生活动了起来,就像死水开始流淌,水面有了光——不仅仅是老太太的,也是我们的。即便是荒诞不经的传说——我并非指身体悬浮于床榻之上的奇谈,而是指那些真正的民间传说——也用我们称之为虚诞的某种神秘的实质改变着我们的生活,哪怕这改变仅表现为我们对这虚诞的不屑一顾,但它搅动了生活的死水。

离开

一天晚上,聊完天已十一点,我洗漱完毕回自己房间。房里黑了灯,爱人已经睡下,我摸上床躺下来,碰碰她的肩膀,那肩膀僵硬地撑在那儿,纹丝不动。第二天五点钟左右,楼上一阵有节奏的嘎吱声将我们吵醒,先是床腿摩擦地面的声音，过了会儿又是高跟鞋敲击地面的声音。爱人坐在床沿上，红肿着眼睛，在那儿抹眼泪。几天后，我们终于决定，搬离这里。我同意爱人的说法："我们正在越来越深地陷入一种老年生活。"

从海淀桥到古城二十多公里的路程，每天来回约四小时的通勤时间，使我们每晚下班到住处都已过八点，而吃完饭，一说起话来很快就接近十点。这些家常与奇谈，这种很快就形成了某种惯性的饭后谈话——几乎每天回来，老太太都坐在沙发上看电视或打游戏，实际上是等着与我们聊天——吞吃了我们一天中仅剩的那点可怜的幽暗时光。

我们奇怪地认为，只要离开这里，生活就会好起来。一天晚上，我们做了足够的铺垫，小心翼翼地说了要搬离的想法："路程太远了，我们感到疲惫，心脏都不舒服。"但在老太太听来，这个消息还是太突然，她瞪大眼睛，怔怔地看着我们，过了好半天，才颤动着嘴唇说："我理解。"脸上的笑容一下子恢复了我们刚来时的那种僵硬，笑容中多了无法隐藏的失落。但总算答应了，当初我们签的是一年的合同，提前搬走怎么说都算违约。我们当场说："菜场边有一家饭馆不错,搬走前,我们请您一起吃个饭。"老太太笑了笑,不置可否,然后回自己房间里去了。

搬家那天,我和爱人一点一点往外搬东西,老太太默然坐在沙发上看着,我们出进时帮我们开门,依然始终面带微笑,但眼神迟滞无光,和我们刚搬进来时一样,客气,神情低落:用迎接我们的方式送走我们。

决定搬离前,有天晚上我们快九点才到家,老太太却不在家。平时,她晚上不出门。直到将近十二点,还不见回来。我拨通了她的手机,好一会儿才有人接,是她女儿:"那什么,是你们啊,没事儿,我妈今儿在我这儿呢,不用担心。"最后又补了一句,"谢谢你们关心啊。"后来一个周末,老太太的女儿来古城,有意无意对我们说起:"我妈呀,可喜欢你们了,还说等我和我老公买了车搬回古城,她要把你们俩带到广渠门儿去。"

六郎庄一年

人间的背面

离开古城后,我在六郎庄(躲在西北四环一片柳林后面的城中村)住了差不多一整年,这一年就像我们迟钝而飞快的青春年华,在懵懵懂懂中一晃而过。由于年轻,住在那里时几乎意识不到它的纷繁复杂,唯有离开,加入时间的酵母,它之于我的部分,才像足时的酒酿,开始泛起闪光的泡沫,散发它独有的酸涩气息。

第一次去六郎庄是二〇〇八年九月底,秋意已浓,下着小雨,凉丝丝的。密密麻麻挤在一起的低矮小房子,屋檐噼里啪啦滴着水，水汇成一片，流淌在小巷子的每一个低洼处，让人不得不拐弯又拐弯，以免弄湿鞋子。我们同时要注意小巷子两边的砖墙及电线杆上的招租广告——那一层一层贴上去的无数的小广告，你需要仔细辨认，再打电话才能确认它是否有效。

在六郎庄，如同在中国大小城市的许多地方，电线杆成了各类狗皮膏药广告的重要宿主：梅毒、人流、不孕不育、早泄、白癜风、种发生发、寻人启事、寻狗启示、一千万找人传宗接代、叉车出租、云贵川长途车、电焊培训、包小姐、短期贷款、传授赌博技巧——当然还有价格低廉的租房广告，这正是我们需要的。多数人对这些上不了台面的小广告恨之入骨，但它不断的新旧叠加及持续存在（它的持续使得厌恶它的人忘记了厌恶），至少表明有一种人在靠它们吃饭，也至少表明有一群人在靠它们调节生活，延续希望。这恰是电线杆所昭示的人间的背面。

我们尽量不放过遇到的任何一根电线杆，但因已过九月，电线杆上的招租广告均面目全非（六七月的毕业季，才是它们的巅峰期），它们以发黄发黑的懈怠拒绝着它们最初的使命——那时，我还不能体会一张纸也有厌倦的时候。各家紧闭或半掩的大门以及门边墙，我们都在留意，但一无所获。忽然，一扇白铁皮护体的不足五十厘米宽的院门后，闪出一个中年妇女，傲慢而慵懒（仿佛只是出于一种习惯），舌头打着卷儿："你们是不是要租房子啊？进来看看我这个，我正打扫儿呢，地板儿我都用84消过毒了。"

铁皮门上还有一些滑稽的乳头般的生锈铆钉，像盔甲一样——大概是为了看上去更威武些。但有一点可以确定：这些铆钉的潜意识如同某个念念不忘的旧梦，它们是六郎庄通往中国最著名大街——长安街——的唯一线索：皇城的城门多用如此武力昭彰的结构。这种关联，这种相似性，是一种梦幻的相似性。

铁门后是一个简陋的微型四合院，院门正对的是正房，房东一家住（房东两口子及他们已经工作的女儿），左边是窄小的厨房兼锅炉房，右边是要出租的房间——大约十五六平方米，房子很老，刷白的墙壁上渗着不均匀的暗黑，一张足够大的双人木板床，一张桌子，两个柜子，很旧，几乎都是前房客的遗留。院里靠墙堆着为冬天储存的大白菜、大葱,去年没烧完的蜂窝煤,旧鞋子、旧手套、旧遮阳帽、旧雨伞、一辆旧自行车,锄头和铁锨,扫帚和拖把,旧碗以及不用的罐子、坛子。

好在这名目繁杂的旧物并不算太多,所以堆积的陈旧生活痕迹也没有酿成多少压迫感。这一切大约(在老照片和影视中,我国上世纪的城市生活总是如此)恰到好处地再现了多数中国城市人口的生活史:逼仄,刻薄,精打细算。房檐下有个燕子窝,使这个小院更有中国味道。至少对我这一代人而言,屋檐下的燕子窝始终在不断增强我们的某种乡愁,使我们无端怀恋某些不明之物,多愁善感。所以女房东自豪地说:"可不是,秋天不见了,第二年春天保准儿回来。"我们的教材里正是这么说的,好比我们看到大雁,就会不自觉地说:"一会排成人字,一会又排成一字。"

我们定下这个屋子,燕子窝引起的乡愁起了很大作用——不比贫穷的作用更少。周末,我们从遥远的古城搬到六郎庄。从搬过来的第一天起,女房东就苦口婆心地叮嘱我:"那什么,厨房你们不许用,女儿怕不干净。""你们屋，可以熥个馒头，熬个粥，但不能炒菜……咱自己的房子，大家都要爱护。炒菜有油烟，白墙都给熏黑了。""你们要没什么事，大灯也别总开着，或者你们自个儿买个小台灯，那样还省电。顶灯不少钱呢，老开容易烧坏。"

一种大而无当的几乎要令人窒息的集体主义，女房东所说的"咱们""大家"正是其由于陈词滥调而被人习以为常的活载体，它们在我们的生活中，时不时从不同人嘴里跳出来，似乎是言说者的一种美德。而听者所能做的，似乎就通常只是学会忍受，使本来的滑稽失去滑稽意味，成为常态，成为一种败坏了的空气——然后，我们都呼吸着。

燕子并没有飞还

房东夫妇以前都在公交公司上班，丈夫是司机，妻子是售票员。双双早退，丈夫留在公司当保安，妻子在家做全职包租婆——除了小院中租给我们的这间，她在村子另一头还有一幢小楼，二十几个房间，每月租金收入超万元。

令人印象深刻的是，职业包租婆和退休公交售票员这两种身份在这位女房东身上的混杂,而这种混杂又突显了两个职业在本质上的高度神似:收钱,监管,以及教育。简言之,面对寒酸租客时那种近乎天然的傲慢的俯瞰姿态,加上出于本能或出于职业习惯的恪尽职守,以至于近十年过去,你还是能时常想起她不经意间透着权威口气的喋喋不休,在客气与不客气间的拿捏,以及猎狗般的机警和专横。

我们在房间里熬粥,突然响起"咚咚咚"的敲门声。这点象征性的预兆之后,门被推开一条缝,缝隙里探进了女房东的头(她只探进一颗头而没有整个人冲进来,恰恰体现了一种客气的分寸)。她的眼睛更忠实于她内心的焦躁与愤怒,焦躁于房间可能被损坏,愤怒于租客不遵禁令,所以勾着头,径直看向门后的墙角,那是我们堆放锅碗瓢盆的角落。"你们吗呢?说不要炒菜,不要炒菜,怎么还在炒?"我揭开锅盖,向她展示我们的无辜。她讪讪一笑,仿佛脸皴破了皮,仿佛为这焦躁的误判感到了一点不好意思。"哦,熬个粥这么大蒸汽,还以为你们炒菜呢。"

我们和房东家共用一条网线,费用共摊,女房东经常以节俭为由,把路由器的电源关掉,"人家说了,就那么插着，表也是要走字儿的。"这只是白天，晚上会开，但过了十点半就关掉："那绿灯忽闪忽闪，怪吓人，闪得女儿睡不着。"但她对我们表达了基本的礼貌："那什么，你们要是用网就援意一声啊。"可我们要"援意"时，她却常常不在家。冬天烧暖气，女房东总会不经意地说："这煤啊，今年又涨价儿了。"很快，我们就知道这并非随便说说，因为我们处在暖气管末端的房间时常冰冷。我提起此事，她十分惊讶，仿佛我在说一件不可能发生的事，"怎么会？"她停顿了一下，几乎不假思索地搬出了一个似乎无可辩驳的事实，以雄辩般的轻蔑语气说，"我们这屋一直挺暖和啊。"

女房东的丈夫是个嗜酒且似乎心怀大志的大男子，他几乎每个白天都去上班，而只要去上班，必定天黑后才回家，所以这个院子中的小事（包括对租户的管理），他全没时间过问——即便有时间，他大概也全无兴趣。每天晚上，只要他一进门，小院立即弥漫起浓郁的二锅头酒香。每在这样的时候，除了已经过于熟悉的家人（对他表现得十分无所谓的老婆，以及一个有点暴躁的女儿），他逮着谁都会发问一番。

"你不是大学生吗？"他短暂地停顿一下，大概为了显得更庄重些，以便语气与他要问的问题更匹配，"那好，我来问你几个问题。"又是一次短暂的停顿，再次增强提问的庄重性，并暗示对方做好心理准备。"天安门广场多大？"又一次停顿，似乎是一次预备式的亮剑，轻轻一挑。而接下来，那提问就真正的兴致勃勃了，之前的推波助澜已经奏效，"人民大会堂多大？中国有多少穷人？你如何让中国人民达到共同富裕？"你脸上的惊异与茫然不会逃过他酒精兴奋的眼睛，他知道你答不上来，但还是表现出一点期待落空的失落，继而是恨铁不成钢的愤愤，"不知道？这哪儿行啊！你还大学生呢！不关心国家，大学生有什么用啊？这些都不知道，国家培养你有什么用，你怎么让全国人民共同富裕？"

这个用有限的枯燥知识——来自报纸副刊，或知识竞赛手册，或某个同样醉醺醺的恨铁不成钢的人的训导——为国家打抱不平的人，他确实有点醉了，他所表现的，正是一种别致的醉酒综合征。这些干巴巴的问题，在他二锅头浓郁的香味缭绕的脑袋中产生，穿过他同样酒味浓郁的喉咙，以嘶哑的声音，从他嘴里迸发，仿佛一只只猛烈的醉鸟冲出了黑暗的牢笼。它们灵动而真诚地表达了他自以为是的爱国、博学、愤懑、忧思、批判等美德，但他或许不知，实质上这只是他那无处着落的优越感的偶然落地——它只落在它认为值得的人的目瞪口呆中，大学生恰巧属于此类。

但无论如何，有一点可以确定，这些问题使这个黑瘦而骄傲的前公交车司机，有着一种似乎可与他的问题相匹配的深明大义——我们搬离前，他听说我们要换一个租金更便宜的小单间，便站在一级台阶上，微微仰着头，用眼角看着我，郑重地宣布："年轻人嘛，量入为出，应该的，我支持你们！"

临近春节时，六郎庄几乎所有外来者，会陆续离开，开启那每年一次的似有某种诡秘的心灵召唤在催促的疲惫迁徙。春节盛大，对一些迁徙者而言，恰如一种与生俱来的换血日：他们将辛苦积攒的有限的钱，以一年中最体面的方式带回老家，再从老家带来他们新的一年需要呼吸的乡愁的养料——仿佛充电，仿佛在加强一个提醒，以免忘记自己的出身。六郎庄居民们位于五湖四海的故乡在短暂的八九天内,暴饮暴食般接受潮流涌动的半生不熟的新文化的洗礼;而产生了这些新文化的地方,超级大都市,如同一台常年高速运转的机器,此时则减速或干脆停机休息——作为超级大都市的一部分,六郎庄正是如此。这是六郎庄的沉寂时刻,唯有此时,你才会真切地感受到,这一年来超负荷运转的它有多累。

我正月初五就到了北京,从颐和园北宫门站到租住小屋,要穿过整条六郎庄主街(村路)。街道两旁的店铺都关着门,经营者回家前在门框上贴了富丽堂皇的金字对联,祝福自己"财源广进""新年新气象"。街上落了厚厚一层红色炮花,正像这种鞭炮的名字所示的那样:满地红。如此之多的烟花爆竹的痕迹让我惊讶,惊讶于人们在燃放烟花爆竹时的不计成本——是六郎庄暂时的冷寂让原住民感到不习惯,所以爆竹不是为了驱赶那头传说中的怪兽,而是驱赶冰冷的寂寞?

然而,只需再过三两天,这个破败的小村庄,将和它所在的超级大都市一样,在短暂的疲惫与荒落一扫而光后,满血复活——与此同时，这些外省来的奋斗者们的故乡，他们的村庄，也将从短暂的兴奋中陡然落入漫长的荒寂。六郎庄就蜷缩在这干冷的幻觉一般的满地红中，等待复活时间。我的房东家，门口并没有满地红，这或许正可印证他们以之为豪的骄傲——现实主义的国家关怀，使他们觉得放炮无意义，乃至是一种浪费。

春节两个月后，我们搬离了这个小院，但当年春天有点晚，离开时虽已三月，那屋檐下的燕子还没有回来。大约三个多月后，为帮一个朋友临时租房，又一次来到这个小院所在的巷子时，我大吃一惊：先前的平房都不见了，巷子里挤起了两三幢崭新的四层小楼，每层都有五六个小单间。即是说，曾被我们那么节省着使用的房间，仅过了三个多月，就不见了，代之以崭新的楼房。

女房东在门口看见我，像看见了老熟人，客气地打招呼，一听我要租房子，又热情地带我上楼参观，一边自豪地介绍新楼房，一边介绍待租的小单间。"说是要拆，人家都在盖房子，我们也盖起来。"甚至，意犹未尽般将我们带到四楼，她与家人居住的地方，并特意带我们看了为女儿准备的婚房,介绍着每一种家具,报出购买地点、牌子及价钱。"对象外地的,在私人公司上班,老实巴交,个儿也不高,你叔叔一直不满意,可姑娘愿意,你说吧,能怎么办?"略显忧虑的语气如同入口即化的薄皮胶囊,其中注满了欣慰的蜜汁,蜜汁饱满,随时会颤抖着溢出来。

生活的样子

我们的搬离,只是从这家到另一家,从一个前公交司机家的小院到一个交通协管员家二层小楼中的一间。六郎庄这半年的"滋养"还不足以支撑我们离开它。

这座二层小楼的红砖墙外焊接着一条钢结构的楼梯,扶手和踏板都生满了橙色铁锈——与六郎庄大多数此类自建楼的楼梯相比,这条楼梯没有曲曲折折、兜兜转转地试图节省钢材、节省空间,而是像一条对角线,一丝不苟地连接了楼房的长方形侧立面,将其分成两个侧边重合的直角三角形,似乎是为了更加稳固。楼上除了房东一家三口,还住着一两户年轻的单身女租户(房东认为她们更安静,也更干净),楼下的八九个小单间(像蚂蚱一样被错落着拴在一通楼道的两侧)里都租住着年轻人。

如此,这粗犷得有点不计成本的楼梯时常空荡荡地悬置在那里,像一道严厉的数学难题,人人敬而远之——楼下住户只在交房租时才匆匆上去一趟,而房东一家及两个租客那极其有限的使用次数根本无法匹配它巨大的形体。所以这楼梯的主要功能似乎成了区别上下,而不在于供人上下,即,将房东与租户分成两个世界:一个在楼上,一个在楼下。楼下的在这里生活,缴纳租金;楼上的收取租金,提供服务,这服务的主要内容即是收钱,监管,乃至于教育——整个六郎庄的房东在这一点上,达成了惊人的一致。

楼房侧面就是这条巷子所有住户共用的旱厕。在六郎庄生活半年之后,正是它——这个秽气污浊的旱厕,而不再是凝聚了某种抽象乡愁的燕子窝——促使我们选择了这个位于公厕口的楼房中的一间,因为它更实用:清晨,当我们内心充满某种隐秘的羞愧,将夜里排泄的秽物提向公厕时,它就在楼房门口——而不像以前,需要提着那个红色的塑料桶走穿整条巷子。

这楼梯和公厕之间是一条死蛇般僵直的小巷，不足三米宽，它认命般被众多楼房夹在中间，每天接受众多年轻租客们忧心忡忡的踩踏。小巷上面是同样可怜的天空，被挤在一条苍白的缝隙中。楼房们如同贪吃的怪兽，拼命争夺着六郎庄有限的空间。楼中挤满了布局相同的七八平方米的逼仄小单间，它们甚至出于同一批工匠之手——正是这些蜂窝一般密集的大量小单间中，比那前公交司机家的小院中更汹涌地，流动着六郎庄的本质：生活市场，或者说生命市场，它涵盖了生老病死的所有内容。

周内的白天，六郎庄多少会显得冷清。租住在狭小单间中的年轻人，多数在大清早出动，蚂蚁一般涌出村子，被不同班次的公交车运往他们工作的地方。他们暂时留下的六郎庄，在一天中的大多数时候，主要属于原住民，你偶尔能看到一些贫穷的骂骂咧咧的老人、中年包租婆和戴金链子的中年男人，在冷清的街上溜达。村子西头的菜市场，街道上的各色店铺以及只有一名医生的六郎庄诊所，都敞开着大门，但几乎无人光顾。就连平时在人群中乱跑的脏不拉几的野狗，此时也会找一个墙根，无精打采地卧在那里，半眯着眼睛假寐。你近距离路过，它们的嘴脸紧紧地贴着地面，一动不动，但会微微睁开眼睛，浑浊的眼珠磁石一般，紧紧咬着你，随你缓缓转动，不动声色地目露凶光。

下午四五点，六郎庄开始热闹起来——工作了一天的众多年轻人，被各路公交车原路返还，但即便是他们一天时间中这有限的剩余部分，也足够使六郎庄沸腾。从中关村和巴沟地铁站回来的衣着考究而满面疲惫的上班族，从颐和园东门及海淀公园回来的愤世嫉俗的遛弯老头，从不知什么地方三三两两骑车归来的玩世不恭的青春期学生，从北大西门穿越芙蓉里回来的雄心勃勃的北大旁听生，还有不知从哪里来的邋遢而面目黑红的小商小贩——卖冰糖葫芦的、卖烤红薯的、卖煎饼的、卖水果的、卖棉花糖的、卖各色碟片的、卖盗版书的、卖祖传秘方的、卖内衣裤的、卖挂炉烤鸭的、补鞋的、贴膜的——都出动了。

杂货铺、小超市、羊蝎子馆、沙县小吃、兰州拉面、山西刀削面、理发馆、福利彩票店、成人用品店、药店、菜店、美甲店、服装店、鞋店、小发廊、石棉瓦陋棚下的台球厅，甚至逼仄的网吧，都亮起了霓虹灯，小老板和他的伙计们打起精神，开始应对刚下班的年轻消费者。小货车、小汽车、电瓶车、摩托车、三轮车、自行车、滑板车、农民工装水泥和砖块的手推车，还有不多的出来散步的婴儿车，都动起来了。猫猫狗狗也都来了精神，在人群中穿梭追赶。如同涨潮，刚刚还显得冷清的街道一下子热闹起来了，熙熙攘攘，灰尘浮动。整个六郎庄，即便是还在聚精会神下棋的老头，或坐在屋檐下乘凉的盲眼老妇，都在某一瞬间被置入了这不可抵挡的躁动的兴奋中。最后一抹夕光落在他们皱纹深邃的脸上，如同一阵风吹过还没燃尽的残烬，红光闪耀。

这种谁也无法逃避的兴奋，要等到夜里十二点以后才会逐渐冷却。但这并不要紧，也没多少人关心，人们关心的、能够见证的，是它的兴奋时刻——它的冷清时刻只属于它自己，以及它的原住民。从各地回到这里过夜的数量庞大的年轻租户们，此时开始享受一天的生活：在各种店铺中消费，在贫瘠的街上溜达，然后回到自己七八平方米的出租房，说笑、看电视、打闹、骂娘、打电话、上网、吵架、洗漱、做爱、睡觉——同时，在几乎没有隔音效果的房间里，听前后左右的邻居做这一切。而这一切的要义，即是为新一天的循环积聚能量。

这正是在实质上定义了六郎庄的无数年轻人的日常生活：他们的一天一分为二，早上七八点至晚上五六点属于辉煌的北京，下午四五点到第二天早上六七点属于破落的六郎庄。两部分的巨大反差形成一个撕裂点，是那么滚烫，以至于他们中的大多数因身在此处而感到心灵灼热的疼痛。

在黑暗中恢复神秘的游荡

我去二楼登记，在楼道尽头的一间屋子里找到女房东。她样子清瘦，看上去文文气气，像个退了休的女干部，鼻尖儿上架着一副金边老花镜，手里拿着两三页租户登记表，为了看清表格，头和肩膀小心又僵硬地往后缩着。她将登记表翻到第二页，放在一张钢化玻璃茶几上，身体微微前倾，左手指着最后一个空行，右手拿起一支圆珠笔，写下我的名字、年龄、教育程度、身份证号等信息。当听说我是刚毕业的大学生时,她微微坐直了些,一只手托了托眼镜——像是要柔化自己的权威,以此表达一点儿出于本能的对知识的尊重。

每次去二楼交房租,女房东总会问:"住得怎么样?""有没有什么问题要解决?"有一次,我顺口说有几个租户看电视声音太大,有点吵——仿佛是对女房东的诚意作出回报。她骤然蹙起眉头,似乎没想到自己管理的出租楼竟然会出这样的事,但随即恢复了一贯的冷静:"没事儿,那什么,我找空给说说去,如果不改,就直接给轰走。"

第二天晚上八九点,楼道里竟然真的响起了怒气腾腾的敲门声,接着是女房东毫不客气的警告:"你们声音小点儿,这么吵别人怎么住,要不能安稳住着,明天就给我搬走!"那间屋子里住的是两个风风火火的小姑娘,她们大约深谙人在屋檐下的道理,一句反驳的话都没有。楼道里一下子清静下来,仿佛一只漏壶突然滴完了最后一滴水。女房东在这安静中上楼去了,但她带走了光亮,几分钟后,充斥在每个角落的那些生活的混响又逐渐升腾起来,只是多了几分小心翼翼——就像蟑螂在黑暗中恢复它们神秘的游荡。

十点左右时,楼道里又响起了突击式的敲门声,还是女房东。"都说了声音小一点,怎么电视还这么大音量,有没有点素质?"声音中充满了权威被挑衅的愤怒。"谁没素质了?我们声音不大啊,这也叫声音大吗?"开门的是一个小伙子,声音激愤,可让他没想到的是,女房东并没有和他纠缠有关素质的问题,而是突然用一种不容置疑的口气问道:"你们屋怎么住三个人?怎么回事?他是谁?干什么的?"

刚刚还在争辩的小伙子一下子慌了:"阿姨,这是我一个朋友,在村里装电缆,要回家收麦子去了,火车票都买好了,明天的,今晚在我这儿将就一晚上。""不行,房子是租给你们俩人儿的,不能住仨人儿。"顿了一下,这停顿大概让位给了她那女干部一般威严的目光,"你,赶紧的,离开这儿。"开门的小伙子开始求情,"阿姨,他真是我朋友,要回家收麦子,明天一大早就走,火车票都买好了,就凑合一晚。"但他反复强调的回家收麦子,或许由于意涵过于纷杂幽暝,并没有说服女房东。

隔壁住着一对比我们更年轻的男女朋友，女生每天下午出门上班，晚上十二点左右回来，男的似乎不上班，经常窝在他们的小单间里。我并不关心他们的工作，也不关注他们的生活，可空间的过分逼仄，使他们的生活强行侵入我们的生活，以声音最具魅惑力的一种形式：叫床。他们的性生活规律而兴奋，每隔一两天，妖娆而婉转的叫床声总会像潮水一般，以它们那无孔不入的霸道，从门缝，从窗户缝，甚至从水泥砖墙的原子空隙，钻入我们房间（钻入这个楼道里的每个房间），让人惊恐、窒息，不知所措。

性事被置于生活极其隐秘的黑暗角落，却奇怪地拥有叫床这样的副产品，张扬而富于魅惑的喧嚣——在中国文化里，这尤其尴尬。所以当这张扬而富于魅惑的喧嚣，规律地出现在作为公共场所的楼道里时，每一次，整条楼道都会立刻陷入全然的寂静：仿佛人群为领导让路，仿佛人们在自己的丑闻面前低下了头。而他们自己，这魅惑的喧嚣制造者，则像是沉溺于一场忘我的大秀，似乎完全没有意识到黑暗中那些屏着呼吸的观众（听众）的存在。对于其他人来说，它确实是一场生动而富有感染力的大秀，某种意义上，它令人看到生活焕发生机的一面，哪怕这生机即生即灭。

由于羞耻感的威慑，有时候他们会打开电视，礼节性地遮掩一下，但常常并不这样。一天晚上，我们已经入睡，迷迷糊糊中，竟被一阵延绵不绝而犹抱琵琶半遮面的叫床声吵醒了，仿佛那女生是一个具有超强生命力的声音艺术家：她的声音能钻到人的骨头里。但这只是个序曲，接下来才慢慢揭开面纱，到后来简直放肆起来，在一个睡得迷迷糊糊的人听来简直响遏行云。空气瞬间闷热起来，一会儿之后，这婉转延绵的高分贝的声音宣泄，彻底成了极具魅惑力的催情剂：我们斜对门的一个房间开始传出咿咿呀呀的叫声，一会儿，又一个房间叫起来，又一会儿，连巷子另一边的四层楼房里也隐隐约约叫起来——这不是夸张，巷子仅两米多宽，两边的楼房像两个叫板的人，恨不得鼻子贴着鼻子，额头抵着额头。仿佛一个隐形人，导演了一场盛大的生殖仪式，这压抑着却也张扬着的秘密又公开的大合唱，似乎是对人类羞于言性却乐于传宗接代的滑稽的一次大胆嘲讽。

在这诡秘的喧响持续了大约半小时后，巷子里突然响起了两三个人的说话声，紧接着是几声狗叫，隔壁的叫床声这才收敛（他们显然对女房东那威严的训斥记忆犹新），并快速散入夜色。那情形仿佛一起被警察的叫喊和猎狗的狂吠震慑了的街头暴动。这场合唱的参与者，大概没人知道巷子里的说话者是谁，以及他们为什么会突然出现——是怕这经久不息的魅惑之音真的引起某种暴动吗，或是这暴动的苗头他们即使要镇压也羞于直面，所以采用一种近乎暗示的方式？几分钟后，巷子里的说话声消失了，狗叫声也消失了，唯有叫床声那隐秘的回音，似乎还在闷热的空气中一遍遍回荡。

几天后的一个早上，女房东心里的窝火终于爆发了——由此几乎可以确定，那天深夜，她正是巷子里的谈话者之一（叫床者的小窗户上面就是她的窗户）：她清楚那令人骚动的声音源于自己管理的楼房，但却像面对一个肮脏的对手，无法直接出击，因为那会置自己于某种尴尬的境地。大约早上十点多，她在楼道里开骂："都住在一个楼里，不爱护卫生，素质怎么就这么差？"但这显然不足以解恨，一会儿又咬牙切齿地说，"这么大一个小伙子，不去上班，成天只知道窝在屋里，有没有点出息？害不害臊！"好像一个凶巴巴的母亲，看着自己好吃懒做的儿子，恨不得冲过去给他两个响亮的耳光。

我感冒了，卧床休息，这突然的谩骂提醒我等待它的回应——但没有任何回应，一个字都没有。那个瘦小单薄的男生，那晚魅惑大合唱的发动者之一，在楼道的水槽中洗漱，洗漱完毕后，一声不吭地回了自己的房间，冷静地关上了那扇单薄的铝合金房门。

女房东的丈夫时常穿着一身很旧的绿军装，左胳膊上缠着一个红袖箍，红袖箍上是五个黄色的字：交通协管员——像街边小店的招牌。他从来都慢吞吞的，始终面带微笑，红红的鼻头就像一个被冻伤的胡萝卜，说起话来，一个鼻音粘着下一个鼻音。每次见到，他几乎都在楼道里拖地，挥动拖把的动作伴随着响亮的喷鼻声，像一匹感冒的马打着响鼻，这响鼻在空气中挥洒出二锅头的气味。

见到我们时，他总是客气地点着头，笑一笑，不说一句话。有一天，在楼道里相遇，他突然说："可算撵走了。"

我讶异地看着他,不明所以。他这才继续说:"就你们隔壁那俩,"见我还在疑惑,又解释说,"伤风败俗的东西,你阿姨怕影响你们别的租户。"我这才明白他在说什么。

房间灯坏了,请男房东来修,他回头看到了我放在桌上的一副小象棋,"哟,您也爱下棋啊,哪天咱们来一盘?"我推说不太会下。"您客气,下棋嘛,不就是随便玩玩儿,找个时间来一盘?"后来至少有两次,遇到时,他顺口邀我下棋,"咱来一盘?"但每次都有事,每次只好说抱歉,直至离开六郎庄也没和他下过棋。有一次,他在楼道里拖地,遇到我,突然叹息说:"今儿搬走一家,人家在北京自己买房子了!人家怎么就这么能耐,咱们他妈的,孩子一点儿没出息。"像是在自言自语,又像是在向我倾吐衷肠。

随风而逝

对还不精于计算生活和前程的大学毕业生来说,六郎庄在某种程度上确实像桃花源——桃花源不会拒绝任何已经遇到它的人,桃花源没有金钱铸就的高门槛。因此,由于我的宣扬，一年之内，六郎庄来了好几个朋友：毕业于北京交通大学的 D，毕业于北京师范大学的 S，毕业于中央民族大学的 Q，以及 Q 一个毕业于北京大学的朋友。Q 夏天搬来，仅仅两个月后就去了杭州。自那之后，他那位北大朋友也没再见过。S 也住了差不多两个月，初来时与 D 合租，大概由于工作地点不近或是不愿支付房租，某天悄然搬走。

几个朋友中，在六郎庄住得最久的是 D。刚来六郎庄时，D 租了个位于一座小院角落里的小屋，不足五平方米，屋内只有一张简易的木板单人床、一个小桌及一把木椅，逼仄，湿冷，阴暗，地窖一般，只要人在里面，就必须开灯——开灯，以便忘记这个狭小的地窖。D 之所以选这里，是为了省钱，租金每月只要一百五十元。我们租住的屋子比 D 的大不少，条件也较好，可以煮面条并做一些简单小菜，因而经常招呼他过来吃饭。

因为小屋被围在一圈三四层高的自建楼中间，手机信号遮蔽，D 的电话常常打不通，每次快做好饭时，我先打电话，如果他恰巧在屋外，电话接通了，就自己过来，但十有八九接不通——因此，我常去那儿喊D吃饭。叫上他，我们时而并排，时而一前一后，默契而闲散地路过那些窄小得不能再窄小的巷子，以及巷子两旁的各色小店铺，去我的小屋吃饭。我们做什么都慢慢吞吞的，没睡醒一般，忧郁地消磨了那些寒冷的周末午后，消磨着我们为每个月可以节省五十元而感到开心的贫穷，以及我们正在转瞬即逝的青春。那时候，我们二十三四岁，还很少真正把未来挂在心上——未来犹如远山间正在形成的云头，饱含着焦躁和苦闷的暴雨，但模糊的忧郁巧妙地掩盖了它们。我们根本看不清。

一个月后，由于无法忍受那里的阴冷和没信号，D搬到了我所在的那条巷子，距离我租住的小屋不足十米。租金每月两百元。一个依然寒碜至极的陋屋，只是手机有了信号（仿佛有了信念——我们随时准备坚定信念），面积略大，除此之外并不比之前的好多少。实际上，这几乎不能算作小屋，只是用石棉瓦临时搭建的杂物间。屋内有一方不断从铁锈发黑的水龙头上渗着水渍的水泥槽（这原本是院里的公用水槽，石棉瓦房将其囊括在内），一张破旧的大床，一张破旧的桌子，一把同样破旧的椅子。搬家那天天气晴朗，并没有察觉出有什么不对，但几天后寒风怒号，D马上就领略了这个屋内水槽的冷酷。

我去找他，他将自己关在屋内。屋里开着昏暗的电灯，昏黄的灯光隐约照在水槽表面灰暗的冰上。D缩着身子坐在那把破椅子上，尽量让大腿和腹部将插在松垮的蓝色羽绒服衣兜里的手夹在中间，以便使三者互相取暖。同时，他身子抖动着，两只脚轻轻地踢踏着冰冷的地面，以击打抵抗寒冷，以击打让自己的血液不至于被冻住。桌子上摊着一本书，他在看书，仿佛书中有火，可以取暖。

腊月的一天，L和P从天津来玩，我们在六郎庄一家小饭馆吃了饭，喝了啤酒。吃完时，已经快十二点。街上冷飕飕的，寒风追着一些塑料袋满街跑，有的高高飞上黑暗的夜空，在昏黄街灯的映照下，仿佛不动声色的鬼魂，俯瞰着晚归的年轻人。平时拥挤不堪的小街道已空荡荡一片，下午进饭馆时街道上的灯红酒绿、男男女女、各种小摊小贩那时都不见了。绝大多数店铺已经打烊，只有个别的药店、网吧和发廊的灯还无精打采地亮着。理发店门外轮回一般旋转的,似乎永不会停息的霓虹灯,依然像个人造的梦,闪烁着。店铺门口蜷缩着的那些流浪狗,还没睡。

D、L、P,以及我和爱人,仗着年轻和几瓶啤酒带来的虚幻的青春潇洒,出了小饭馆,在街道上从容地走着,仿佛六郎庄是我们的,我们在做一次深夜丈量,丈量它的容量。我们想找一家可以买到棉被的商店——L和G打算在D的水槽小屋里凑合一晚,但没有多余的棉被。在街道尽头,我们找到一家还没关门的杂货店,三十块买了一条。那时候,天更冷了,而我们那点酒气早已消散殆尽。我们一边忍受牙齿那情不自禁的"咯咯咯"的寒战,一边嘴舌机械地说笑着,话语由于寒冷而变得懒散僵硬。夜里好几次冻醒,第二天一早才发现晚上落了一场薄雪,刀子一样散发着寒气。

大约过了两个月,春节前后,最难熬的寒冷时节即将过去,D决定搬家。他大概再也无法忍受这个陋屋,以及与它相关的一切了,那些灰烬般令人焦躁的阴影。这里的房东早就告诉过D,若要搬走,提前一星期告诉他就行,可当听说已经住了快三个月的少言寡语的年轻房客不打算续租时,他十分克制地发起火来了,满脸愤怒,嘟嘟囔囔,仿佛受到了侮辱又不敢发作。

我在一旁愤怒地看着那个骂骂咧咧的老头,他刚喝过的二锅头似乎不愿待在肚子里,不断往上冒着酒气。他一边嘟囔,一边从自己那幽暗的卧室里拿出一个手电筒,微晃着身体,来到了屋檐下。因为一只手颤抖得太厉害,只好两手紧紧抓起手电筒,就像拿着一把刀尖可以发光的刀子,小心翼翼对准了电表,但无论如何都看不清。这尤其使他焦躁不安,越发愤怒,"看一下,多少度?"他不想看我,但为了表达他的命令,还是用浑浊的眼睛轻蔑地看了我一眼。"我怎么会知道?你不会自己看吗!"我的声音并不适于呵斥,但我希望从中可以听出愤怒。

这次,D搬到了这个小陋屋的对面,只隔了一条不足三米宽的小巷子,自建的小楼房,大约七八平方米,租金每月四百元。搬完之后,D坐在床铺上,厌恶地说:"懒得和他们争论。这家人,他妈的,"愤怒使他脖子僵硬,他不得不机械地微微扭动脖子,仿佛这样可以阻止那些愤怒冻结在心中,"那房子不光破,冷,每天早上都能听到儿媳妇你丫你丫指着孩子骂婆婆。那老头老太太,每天都要相互咒骂。烦都烦死了。"D搬走后不到一个月,这老头家的院子就整体拆掉了,他们要盖新楼房——此时,村民大概都已经知道了六郎庄即将拆迁的消息,他们要赶在拆迁前盖上楼房。

搬到对面,D也没住多久,大约两个月后就搬离了六郎庄。此后,他先去了四季青以西一个同样杂乱的城中村,不久后又搬到了清华大学西门附近的水磨社区——另一个著名的城中村。我和L去水磨社区看过他一次,那里的城中村比六郎庄更大,人口更多,街市也更喧闹,每个房东所拥有的楼房也更高大。楼房内部曲径通幽,像一片昏暗而复杂的迷宫,散发着阴暗的霉味。进入大门后,在D的引导下,我们七拐八拐,使劲跺脚拍手,在迟钝而昏暗的声控灯的照耀下,穿行很久,才到了D租住的小屋里。

屋子面积大了不少,但居住条件并不比六郎庄好多少,墙上嵌着一方小小的暗窗,黑乎乎的。我们在床铺上坐了一会儿,就匆匆出门去,这因过于压抑而迟滞的空气使人气短——气短,是因为这贫瘠迷宫的压抑,而不是因为对生活的伤感。我们在外面熙熙攘攘的巷子里找了一家小饭馆，点菜喝酒，用这种最生活化的方式表达我们的友谊。

饭后，我和L离开，刚出门，竟然在怒吼的寒风中碰到了我的大学同学F。他正和以往一样，瑟缩着肩膀，手插在裤兜里，快步穿过小巷，不高的个子，瘦削的身形，看上去像个孤僻的夜游者。我喊他名字，他猛然转过身来，他没想到会在这里见到我，但他并不感到惊讶。

北京欢迎你

六郎庄的出租屋均不带厕所，要方便，只能去巷子里臭烘烘的公共旱厕，有起夜习惯的人，都在屋里备着一只带盖子的塑料便桶。天还没亮，人们就陆续把便桶里暂存的秽物提出来，倒进公厕，再回小屋梳妆打扮，穿上体面的衣服，陆续离开六郎庄，散入北京的清晨，像群蜂出巢扎入一片芜杂的花海。这意味着，在绝大多数人外出上班之际，必须有人清理被倾倒在公厕里的秽物，如此才能保证公厕不被秽物占领，保证它正常运转。

每到周末，人们就会看到这个人：一个穿着一身破旧又不合身的灰西服的老头，面目黧黑，须发灰白，抽着粗壮的旱烟棒子，挑着一担粪桶，拉着一辆粪车。他通常会沉默无语地干完所有的事情：将茅坑中的秽物清理出来，装入粪车拉走。仿佛一个掌管厕所的卑微的神，默然地，为厕所注入了精神力量。累了的时候，他会将粪车、粪桶放在厕所边的巷子里，自己就近蹲在墙脚下，脊背靠着墙，卷好一根旱烟，不紧不慢地抽着，面前人们来来往往，他眼睛都不抬一下，完全沉浸在他的世界中。绝大多数人经过时都会加快步伐，甚至小跑起来，两只手紧紧地捂着嘴巴和鼻子，远离粪车。

初夏时，大约有三天时间，淘粪老汉突然不见了：很快，旱厕的茅坑就积满了秽物——紧接着，那些污秽之物就像快速生成的山系，高高隆起。早起蹲坑的人总担心一不留神被秽物沾染了身体，一边找着相对安全的坑位，一边愤怒地咒骂着："操，都这么满了，怎么就没个人淘淘？！"好的是，情况并没有继续恶化，那个淘粪老汉很快又回来了。一天早上，他背靠着墙，依然沉默地抽着旱烟，粪桶和粪车放在不远处，人们依然捂着嘴和鼻子快速而过。他的沉默是那么的深沉，以至于谁也无法感受他的心，他似乎将一切都忍耐了，任何感受和念想，任何往昔和未来。公厕依旧骚臭熏天，但总算恢复了往日的秩序，人们上厕所时的愤怒被老汉的出现安抚了。

和一般公厕不同，六郎庄的公厕以其简陋和臭气熏天，直接扼杀了顽固的厕所文化——连男性广告都没人贴，因为肮脏的墙壁早已被散发着刺鼻氨气的尿渍霸占。但有一阵子，公厕中经常传出天真的歌声，格外让人印象深刻。

是一个五六岁的小男孩，他还没学会大人的矜持，也还没学会保护自己不受厕所恶臭的侵袭，所以蹲在茅坑上，旁若无人一般，一边不知道玩着什么小玩意儿，一边声嘶力竭地放声歌唱："北京欢迎你——为你开天辟地——流动的魅力充满着朝气——北京欢迎你——在太阳下分享呼吸——"那是二〇〇九年，盛大的北京奥运会仿佛昨天才落下帷幕，这首由刘欢、成龙等闪闪巨星演唱的奥运会主题曲《北京欢迎你》，红遍中国，被到处播放，似乎北京的每一寸土地都敞开了胸怀。

那孩子毕竟只有五六岁，整首歌还唱不全，所以就反复唱开头几句，"北京欢迎你——为你开天辟地——"一墙之隔的女厕里，大概因为听到了这异常天真又卖力的歌声，先是突然鸦雀无声，三两秒钟后，爆发出一阵惊雷般的大笑，夹裹着汹涌的兴奋和荒诞。

我们的变形记

二〇〇九年夏天，D去了广州。再两个月后，我和爱人也终于离开生活了一年的六郎庄，搬到了位于三义庙的一个老旧社区。我们最早进入六郎庄，最后离开，六郎庄考验了我们兜里的钱，更考验了我们的忍耐。这就是我们的驯化，如布罗茨基所言，"是我们的变形记"。

对太多人而言，六郎庄正如它另一个极具戏谑意味的名字"中关村宿舍"所示的那样，像一块遮羞布，不体面却离不开；而它之于著名的中关村，则更是众多城中村之于北京的一种缩影。它们（如上地软件园的唐家岭、CBD的化石营、五道口的水磨社区、世纪金源的南坞、西二旗的沙河等）与那些看似时尚实则呆板至极的高楼中同样狭小脏乱的石膏板隔间一起，构成"北京宿舍"，以其租金低廉、距离近便的优势和与之相应的脏乱差为周围地段各行各业的来京者——中国寻梦者，时代寻梦者——提供了最初的落脚点，为他们有朝一日永远离开这些地方提供了最有效的支持。悲哀正在于此：所有人，到这里就是为了逃离这里。

而这些形形色色的寻梦者，正是北京这台超级大机器运转所需的廉价、卑微又必不可少的燃料：推销员、小文员、小记者、小编辑、前台、初级程序员、服务员、厨师、制衣工、快递员、送水工、网管、环卫工人、移动早点摊小贩、地摊小贩、洗脚女、发廊女、房产中介、病房护工、保洁员、外卖小哥、理发师及他们的学徒、来京求医的病人、来京上访者、修鞋匠、磨刀匠、废品回收者、揭不开锅的歌手和画家，梦想更好学历的脱产自学者及落魄的大学毕业生，甚至小偷、骗子、逃犯、专业乞讨者。即是说：六郎庄包含了最广阔的北京图景。

离开六郎庄约两年后，有一次坐车路过西北四环，猛然发现当初偌大一片熙熙攘攘的农民自建房，都成一摊碎砖破瓦了。这片金贵的宝地，终究被拆了，它的碎砖破瓦上闪烁着金子的光芒。是的，再也不用命悬一线般，将自己的全部运转交到一个沉默寡言的淘粪老汉手里——它马上就会脱胎换骨，变成与颐和园、芙蓉里、中关村图书大厦、巴沟以及它旁边的万柳高尔夫球场相匹配的某种建筑（后来知道，那建筑就是六郎庄园子里——这名字充满我们这个时代人们趋之若鹜的某种清淡的复归田园的小资情调，一种大隐隐于市的标榜，其实质正是对满心富贵之望的遮掩）。

我们几个当时只有二十四五岁的毛头小伙，不管是早回杭州的Q，二〇一四年才去杭州的我，还是去广州又回贵州再去广州的D，还是后来再也没见过面的S，不觉间，都已迈过了三十五岁的门槛。那个脏乱嘈杂、人人都想逃离的六郎庄，如今不复存在了（再也不用逃离）——但它确实又生动而真切地存在着：以前我们以它为存在的场域，如今它以我们为存在的场域，它以其不易剔除的巨大真实感，像渗入我们身体的时间，长在我们的肉里，我们的生命里。

三义庙的回声

刻写与剥皮

六郎庄之后，我搬到了三义庙。这儿距离我就职的图书公司不足一里路，所以在一间十五六平方米的老房子里，我一住就是四年。通常，我只需八点钟起床，步行过去，而即便如此，我也常是到公司最早的人。我的同事中，一个住在昌平，另一个住在顺义，他们需要早上六点前起床，精确计算分秒，才能勉强不迟到。但我所享受的便利，也不是没有代价的：寒碜的老房子，诸多散发着霉味的不便。

那段时间，我整日在公司编辑着不知会被哪些人买走的图书，与稿费低廉的写手共同贩售可怜的二手知识和经验。我们很少阅读自己经手的图书，和其他行当的生产者一样，只作为流水线上的一员，按照工业原则为消费者提供产品——我们素昧平生，却无比笃定地生产着彼此的需求。每天下午四点左右，附近一所小学会准时响起那首萨克斯名曲，《回家》，自然而然地提醒我们：快下班了。

而实际上，这萨克斯名曲由于数年（乃至数十年）如一日的播放，已经变得令人厌恶，陈旧、乏味、老态龙钟，做作的叹息般的平静，不近人情：它意味着，从一年级开始，一个学生要听至少一千二百多次《回家》，才能真正离校。生活的磨砺（生活的教育）正是这样看似轻描淡写实则郑重其事地开始的吗？耳朵是第一步：耳朵起茧。

除此之外，还会听到每学期至少一次的运动会和歌咏比赛，每周一次的国旗下讲话，每天一次的早操（可能还有课间操）。这些数十年如一日的校园传统生活中，总是有一种铿锵有力的哨子声（这种古老的界定了行动标准的粗暴的金属音）、一个体育老师洪厚有力的指令声、另一个老师的讲话声，以及孩子们齐唱国歌的声音。歌咏比赛的曲目和我的中小学时代令人吃惊的一致：《歌唱祖国》《没有共产党就没有新中国》《学习雷锋好榜样》《我们是共产主义的接班人》，等等。而大合唱的童声，远远听来也是大体一致的：纯真、整齐、卖力。这情景让我恍惚，似乎被拉回了二十多年前的甘肃老家——某种意义上，这其实已构成一种双向象征，或曰双向恍惚：他们是二十多年前的我，我是二十多年后的他们。

这些红色经典数十年如一日地砥砺着绝大多数中国人的童年，以及数量递减的青年、中年以及老年（数量递减是因为失学、自动退团及病死），砥砺着社会建设，发挥着某种微妙但绝对重要的作用：召唤信仰和献身精神。是因为数十年的历史间隔还不够遥远吗，还是因为这些歌曲确实精准地触及了这片土地上最具本质意义的人性？无论如何，无论偏远的西北农村还是首都北京，这些红色经典塑造的思维模式和生活模式早已进入了我们的血液。这种模式，从我们一出生就开始了它们的刻写，我们长大成人之时，正是这种刻写完成之时。完成之后，一些人用一生来践行，另一些人则由于不兼容，必须进行痛苦的格式化，或曰剥离:剥皮。

这所学校旁边还有另一所学校,是一些有智力障碍的孩子学习的地方。在那个院子里,这种全国通用的经典模式并不适用——他们使用另一种模式,我并不清楚的某种模式——所以没有嘹亮的哨子,也没有铿锵有力的口号声,更没有歌咏比赛。这里经常静悄悄的,像在进行一些秘密活动——不被多数人所了解的秘密的成长教育。有时候会看到他们排着队,大约二十个人,前后各有一位老师或家长押队,像一群一不留神就会走丢的患病的小羊,有的跛着脚,有的斜着眼,有的嘴角挂着口水,有的驼着背,有的脸上挂着一种我们或许永不会习惯的笑容,安静地穿过小巷子。

一天早上,在小区门口碰到了三五个人组成的乐队,一台架子鼓,一个萨克斯,还有一把小提琴,卖力地演奏着——演奏的曲目正是《回家》。阴沉沉的天空,似乎随时都会落雨,车辆与行人匆匆而过。就连停下来打量一番的几个老年人也没逗留几分钟,他们要去买菜。这些乐手正是智力或行动有障碍的青年人,看上去二十几岁或三十岁,如同在对空气演奏,而且每个人都拿出了十二分的努力。他们是在卖艺乞讨,还是在进行一场被安排的任务式演出?第二天,这乐队就没再出现了。他们是残障学校某些孩子的未来吗?

如果是的话,那所每天都张扬着《回家》那叹息般旋律的学校里的孩子,他们中的大多数长大后,便是大清早急匆匆去上班的人——他们无暇关注在路边演奏的残障乐手,正如他们小时候便无暇关注另一所学校中的残障学童。未来早已发生。

同一个屋檐下

我们租住的是一套三室一厨一卫老公寓中的一间,说一厨一卫,实际上厨房有三个同款带烤箱的破旧煤气灶(烤箱早已被油烟和污垢封存,煤气灶因其功能的基础性,显示着顽强的生命力,经过多次缠缠绕绕的修补——还在勉强发挥作用),卫生间有三个热水器——只有马桶是一个,三家共用。

房子在一幢瓦灰色的四层老公寓内，这公寓诞生于二十世纪五十年代，大约脱胎于苏联援建专家对自己国家那些革命式家庭用房的记忆。苏联专家离开后，不知经过了多少周折，它们才成了中科院职工的宿舍——他们多在其他地方有整套房子，这儿的公寓中的一些于是被室内分割，作为"面积补偿"供他们使用。因此，一套公寓往往有两三个房东，无人整体打理，使它们有了与它的地理位置极不相称的外部和内部——扭曲的内在。

上二楼，右转，朱红色木门后面就是。门上虽然挂着一把锁，但在这儿住过的人都知道那只不过是个样子，只需轻轻一推，门就会自己打开——但不用担心安全问题，因为楼下就住着怀有高度敬业精神的楼长太太，她的眼睛会捕捉每一个出入单元门的陌生人。

进入那朱红色木门，就如同步入了一条黑洞洞的地道。狭窄的通道贯穿公寓内部，而只有居住一段时间才能适应它散发的由于老旧而产生的霉变和灰尘的混杂气味。对我而言，除较为实用外，乏善可陈的房屋内部，最令人惊喜的地方在乱糟糟的阳台上——阳台下是一块空地，被一圈茂密的黄杨围着,里面有两棵茂盛的金银木。盛夏时,金银木乳白的小花十分繁盛,尤其雨后的夜晚,白净的花树如同栖满了某种神秘的精灵。站在这个杂乱的阳台,就好像浮在金银木的花海,纯净的芬芳浮动在脸上,使你灵魂失重。

阳台对面还有一棵十分高大的椿树,以及几棵更加高大的老杨树,它们那张扬的树冠,坐公交从北三环经过的人都能看见。每个黎明前的黑暗中,总有无数鸟雀在这些树上欢聚,奏出无关任何时代的自然交响曲——然而这一切都在人们睡眠时进行,要听到,除非失眠或早起。天气晴朗时,能清楚地看到阳光在老杨树那无数的叶片上荡漾,像是它们把波光粼粼的河流举到了天空。而下雨时,树冠又会放大雨水恢弘的音乐。

每天早上,这些高树下都会聚满前来卖菜的小商贩,他们像诱饵一样,早早地引出了这些公寓中的精打细算的老人,他们讨价还价和说笑的声音,喊我们起床。

我们搬进去时,对门的屋子住着它自己的房东,隔壁那家屋门紧锁。对门的房东——确切地说,是房东的儿子,屋子是单位补偿给老房东的，但实际使用权归小房东。小房东和他老婆（一个因网恋成为北京媳妇的骄傲的广东女人）及刚出生的女儿住，但不到半年就搬走了，说新买的大房子到手了，要去住新房。暂时，这老房子里就剩下我和爱人了。

一天，小房东回来了，还是笑眯眯的样子，慢腾腾地说："你们很快就有伴儿了。我们都谈好了。他们下周一就搬进来。"他来为租客打扫卫生，"娘俩，一个女的带个女孩儿，老公是大款，长期在外地出差。人家在北京有房子，租在这儿为了方便孩子上学。"话语间萦绕着一种甜蜜的心服口服，正如有一次他感慨这么老的院子里竟然停着兰博基尼，"蓝色的兰博儿基尼，好家伙！"小房东的一再强调，使我记住了：要来个大款。"大款"虽是个常见词，却因为抽象而有了一种神秘感，这神秘感加深记忆。

三五天后，我正光着膀子打扫卫生，大门被撞开了，三四名搬家工人往对门的屋子搬东西。他们刚走，就进来一个三十来岁的女人，身后跟着个蹦蹦跳跳的小姑娘。正是大款的老婆和女儿。

大款的家人很好相处，第一天就主动和我们打招呼，还十分客气地邀我们一起吃饭。没几天，屋里多了个浓眉大眼的男人，平头，白衬衣，深色西装，四十岁上下，一见面就向我们打招呼，自报姓名。我们还没弄明白怎么回事，女邻居出来站在一旁，笑了笑，"这是我老公。"原来这就是大款。随即，大款说："萍水相逢，住在一个屋檐下了，就是缘分，以后互相多多照顾呗。这么着，晚上一起吃个饭吧。"

这"大款"就是王老祥，我们称其为王哥，他夫人姓张，我们叫张姐。"王老祥"是他快小学毕业的女儿对爸爸的称呼，很亲昵，也很潮，叫者和被叫者经常一呼一应，十分快活。王老祥在铁路系的某个国企上班，做项目财务总监，有两三个月的时间，因为上个项目结束而下个项目还没启动，赋闲在家。每天下午四点刚过，就会听见小女孩风风火火回来："王老祥，我回来啦！"王老祥则在屋子里以同样欢快的语调回应："哟，我闺女回来啦！"接着是张姐的声音："快放下书包，去吃块西瓜凉快凉快！"就像《吉祥三宝》一样欢快而默契。女孩儿进屋丢下书包，通常会快活地和王老祥斗几个回合的嘴，之后才"咚咚咚"去厨房，一会儿一趟，一会儿一趟。

这样的快活日子持续到王老祥因新项目又要长期出差，张姐进入铁路系的另一家国企——需要暂时去天津上班，女孩则要继续留在这里上学。

张姐请她六十多岁的鳏寡父亲来照顾女儿，虽然女孩儿经常边跑边大喊姥爷，但那种快活的劲头远不如以前，多少有点古板的老头无法像王老祥一样快活地配合这个外孙女。老头每天要多次去厨房外的破阳台抽烟，几次抽完烟回屋时见我在洗锅，看了一会儿，好意用河北普通话告诉我炒完菜的锅其实不用洗："反正你做饭前还是要洗的嘛，现在洗掉油，沾上水，铁锅会生锈，你说是不是？"后来老头回老家去了，听说是结了婚，如此便很少再能腾出时间来照顾这个外孙女了。

楼长太太

搬来没多久，一天回家，一位人高马大的老太太突然出现在我们面前:"那什么,我是这楼的楼长,您刚来的吧?过两天把那卫生费交一下。"几天后我下班回来,刚要进单元门,她急忙闪现在我面前:"您那卫生费是不是忘了呀?我搁这儿瞅您一下午了,可算逮着了。"晚上带下来二十四块零钱交给她,楼长太太大拇指上沾了唾沫,郑重其事地,一张一张撕下了粮票般的卫生费缴费凭证,撕了十二次,十二张,每撕下一张,都庄重地交给我,仿佛给了我十二次战战兢兢的信任。

我大约因此获得了楼长太太一点信任,所以王老祥一家搬来后,她有一天遇到我,请我带话给他们,要他们交卫生费,"我瞅着呢,那什么,他们搬来也快一个月了。"每个出入单元门的人大概都逃不过楼长太太的眼睛——所以大门有没有锁无所谓。她的眼睛如同受了历史的委任,她手里那叠小票,恰如历史的委任状。

国家每有庆典或其他什么大事,总能看见楼长太太戴着红袖箍,在北三环的辅路上转悠着,看见我即远远地自豪又庄严地一笑,打招呼。如同许多同样年纪或年纪更大的人,她带着这个国家的历史,积极参与这个国家的当下,同时又以当下回溯着历史：这是历史书写的一种回笔——通过回笔的勾勒与加强，使历史更符合它的本意。他们增强历史的复杂性及当下的历史性，并以自己生动的生活证明它。

而这些之于我们，恰如发自历史的声声意味深长的问候，又如一封隐秘又庞杂的历史来信，令人惊异而难忘——实际上，除了房东太太和她手里的小票，我几乎每两三个月就会听到的小学生歌咏比赛，我所住的老房子向我散发的浓郁的灰暗气息，又何尝不是发自历史的问候，何尝不是历史来信？我们活在它们的气息中，并以此回应它们频繁的回眸。

楼长太太住在一楼，房门经常敞开着，门框上挂着小酒馆那样的半截门帘。屋里通常住着两个人，除了她本人，还有她丈夫：一个头发稀疏、无声无息、晃晃悠悠的老头。老头个子很高，足有一米八，拄着拐杖，一脸老年斑，神情中总有一种衰老的羞涩和威严。一天中午我刚进单元门，这老头双手拄着拐杖，生气地看了我一眼，劈头盖脸就说："灯都坏了几天了，你怎么才来？！"我含混地嘟囔两句，赶紧闪开。楼长本人则不同，她步伐矫健，声音洪亮，身体壮硕，甚至偶尔可以表现出一种由于生命力的壮硕而滑溢出来的蛮横。如果楼长太太六十来岁，那么这老头至少有八十来岁。几乎没听到过他们之间的说话声，能听到的只有楼长太太做饭、洗碗以及和别人聊天的声音。老头似乎已经进入了人生的无声期（至少在家常生活中）：声音变得无能，并且变得不必要。

有段时间，因是暑假，王老祥的女儿不知从哪里弄来一个网兜吊床，绑在两棵金银木上，整天躺在上面晃悠，旁若无人地哼着歌，如同神话的山林中某个不谙世事的纯真仙女。她下面就是荒草，荒草中有各种昆虫，蛐蛐，甲虫，蝴蝶，蚊子，苍蝇，蜜蜂，以及其他的鸣虫，土里有蚯蚓——或许某个缝隙和洞中，还有正在窥伺的蛇。这正是让大人们提心吊胆的地方，她妈妈每十分钟就要去阳台看一次。我们都从荒草中寻求过欢乐，现在，那些欢乐早已烟消云散，却留下一种如影随形的意念之蛇：畏惧与忧愁的化身。它是某种东西，或某种事情的暗影吗？

吊床正好在楼长太太的窗前，只要她还站在厨房盯着进出单元门的人，那晃荡的吊床以及吊床上的小女孩就在她眼皮底下——正像一架别致的摆钟和它炫耀的年轻时间？这让楼长太太心烦不已——因为，这实质上是年轻时间对年老时间的一种致命威胁。如果女孩愿意，楼长太太在厨房里洗菜、剁肉、杀鱼，或是吃饭、洗碗，凡此之类，她只要斜一下眼睛就能看见，她甚至可以透过窗户，看他们（楼长太太和她老迈的丈夫）在卧室中打着呼噜休息。当然，楼长也可以透过厨房窗户上那一条条锈迹斑斑的钢筋空隙，打量女孩的一举一动，甚至她那小动物般无法揣测的梦——如同两个紧邻时代（一个正在降临，一个正在逝去）的互相审视。

但楼长太太那几天始终板着脸，很不高兴，你能感到暂存在她喉咙里的呼噜噜的愤怒。那是因为小女孩如同一只不懂人情世故的小动物，在正午的丛林中窸窸窣窣，我行我素，既不在乎楼长太太的打量，也不在乎她难看的脸色。不记得楼长太太是否在什么时候说了些什么，但女孩的金银木吊床仅存了三天，便不见了——很可能她已经厌倦了，一个少女将她的女童时光有意无意地遗弃在荒草中，并为这样的草莽游戏感到羞赧。

我们入住还不到两个月，一天晚上，忽然一阵猛烈的敲门声。我问是谁，一个男人的声音说："查水表的！"我开了门，进来两个男人，草草地亮了一下工作证（我们并没有看清，但犹如亮剑，亮证这个动作本身已经起了作用）。"那什么，我派出所的，登记一下外来租房人口，你们身份证出示一下。"第二天，房东就打来电话，问我是不是有人来查房屋出租的事，我这才想起租房之初，房东就三番五次叮咛我们："无论谁来查，你只说是房东的亲戚。"被查的直接后果是，房东要去交房屋出租所得税，一半税费由我们承担。后来我想，忘不忘记房东的叮嘱，结果可能都一样。

过分自尊的年轻人

王老祥搬来后不久，我们的隔壁房间，即公寓中的第三间房，住进来一对比我们还年轻的年轻人，至此，这个三居室住满了，总共七人。这对新来的年轻人，脸上经常显示出一种不知出于自卑还是出于骄傲的过分自尊，这自尊使他们与其他人成了一个屋檐下的完全的陌生人。这自尊也使他们从不打扫公共卫生,从来不倒厕所垃圾,不管厕纸是否要从垃圾篓里满出来。这让我和王老祥两家都很气恼。

一天早上,大约七点左右,我们还在睡觉,被"砰""嘡"的开门关门声和"咚咚咚"的走路声吵醒了。是王老祥的女儿。平常,小女孩起床上厕所、洗漱、再回屋拿书包、出门上学,我们几乎不会被打扰。这天,小女孩来来回回跑,越跑越上火,关门开门走路的声音也都跟着上火。最后,小女孩去厕所敲门,狂风暴雨一般,边敲边喊:"怎么那么不自觉啊,要不要脸?!"回应她的,始终是静默。终于,女孩跑回房间,几乎要哭起来,"你们管不管啊,要迟到了!"王老祥去了厕所,边敲门边说:"小伙子,里面干吗呢?这么长时间不出来,孩子上学都要迟到了,住在一起了就相互体谅,自觉点,不要不顾及别人的感受!"话还没说完,厕所门就开了,开门声很愤怒。

后来一天晚上,这对年轻人的房间里传来了不留情面的对骂。女生很愤怒:"你丫怎么这么怂?这就不说话了?

昨晚上哪儿了你说呀?"短暂的沉默后,男生突然爆发出愤怒的回敬:"你妈×有完没完?我去哪儿你管得着吗?"女生嗓门陡然提高:"成啊,有本事你丫别来找我啊,立马给我滚蛋,凭啥住我这儿……"随后是一阵压抑的沉默,再随后是"咣咣"的摔门声,接下来一片死寂,像什么都没发生过。此后没再见到过那位男生,仿佛他被那场突如其来的争吵逐出了三义庙这间历史的暗房,而历史根本不在乎。

王老祥一家

熟悉之后,我们才知王老祥并非他们房东所说的大款,然而在北京确有一套房子,只不过远了点儿,在丰台良乡一带。那边的教学质量不如海淀,他们来海淀确是为了孩子上学。王老祥本来准备了几十万,想找关系让孩子进人大附小,以便将来能够升入著名的人大附中。但并不容易,最后只好委曲求全,退而求其次地上了一所距离人大附小不太远的普通小学。

王老祥很善于跑关系，他长期赋闲在家却收入不减的秘密正在于此。一次聚餐后，他曾用带有浓重河北乡音的普通话，作过这样一段义愤填膺的自述："当年高考落榜，我很清楚，如果不想办法，那就要一辈子种地了。说白了，找关系也是不得已，我不能坐吃等死啊。"一个微妙的停顿，仿佛如此可以加强他的正当性，"你还别说，咱不仅上大学找关系，连上高中都是找的关系……谁不想靠自己能耐？谁想找关系？你就说吧，大学毕业后找工作，咱就死撑着，绝不找关系，想凭自己本事，最后怎么着？分到了桥梁厂，从最底层的职工做起。厂里效益好的时候，还凑活，效益不好的时候谁和领导关系好谁就有活，没关系的就闲着，闲着就没收入。"

张姐接过话头："很坏很坏那帮人，你说你闲着吧，出去做个什么事挣点生活费，他们不允许，没什么事还要你天天去单位报到。"王老祥接着说："有一阵子，俺一家三口都开始领低保了，可桥梁厂的人还是耗着你，既不给你活干又不许你在外边干事情。实在没办法了，我才又去找关系，结果就现在这样，组织关系还在桥梁厂，但我不去那里上班了。原来厂里的领导知道咱上面有人，混得不错，现在还开始巴结咱。"最后，他又补充道："社会就这样，没办法，不顺流你就只能等着穷死。"

带孩子的十几年间，张姐读了研究生，那年在丈夫的帮助下找到工作，需要去天津一阵子。王老祥恰好赋闲，就留在北京照看孩子。

父女俩通常晚饭后八点左右外出运动，九点回家。然后，女孩写作业，王老祥看电视。约一个小时后，王老祥给孩子讲解习题，通常，讲着讲着就会大声批评起来；接下来是一阵赌气式的安静；安静之后又开始欢快地打闹——王老祥不忍心女儿生气，所以批评之后又逗她玩；再接下来是电视时间，各种节目翻一遍；电视之后是睡觉时间，睡觉前通常还有一段父女俩的古诗夜诵。这都还好，大约会在十二点前结束。

让人有点郁闷的是，有时在古诗夜诵之后，还会有第二轮电视轰炸，声音依然十分响亮。有一次，已经睡着的我被吵醒。我在黑暗中瞪着眼睛，希望这声音尽快停下，但丝毫没有停下的意思。已经十二点多了，我也学小女孩的做法，使劲开自己的房间门，然后去厕所，使劲开关厕所门，回屋时再使劲关门，过一会儿又来一遍。但根本没用，电视中的人依然在歇斯底里地大喊着冲杀。

我尽量客气地敲他们的房门，敲了两次，没有任何回应，只好直接开门：王老祥光着膀子坐在床边的桌子后面看书，孩子趴在床上写作业，根本没人看电视。我问他电视声音能不能调小些，王老祥这才发现有人推开了门，赶紧一边调小电视音量，一边道歉："好的好的，真不好意思啊，真是不好意思啊。"我转身回屋，听见小女孩欢快地调笑道："看吧王老祥，不自觉，打扰邻居休息了吧？"

由于晚上活动多，王老祥爷俩吵着的人不止我们。我隔壁的那间屋子，与王老祥既不对门也不隔壁，大概没吵到——吵到的是王老祥的隔壁，另一套公寓中的一家。

一天早上，一阵不耐烦的敲门声，但没等有人开门，一个中年男人就气呼呼地进来了，径直跑到王老祥的屋门口："我都快神经衰弱了！你们晚上吵什么吵啊，老是把地板弄得蹬蹬响，下次注意点啊！"一口气说完这些话就出去了，像是送来个东西，放下就走。没几天，这男人又来了,后面跟着一位女士(大概男士的愤怒让女士担心会爆发战争),男人一进门就暴躁地大声质问:"我说你们晚上谁在敲什么啊?"王老祥正好要去厨房,大概看都没看他一眼,只说了一声"不知道",继续去厨房。那两人尴尬又无奈,一时手足无措,愣了一会儿,只好气呼呼地退了出去。

几天后,这男人又一大早跑进来挨户敲门,劈头就问:"谁往我家门口的垃圾箱扔的垃圾?"他家门口放着个小纸箱,作垃圾箱。等待他的答案可想而知。一阵尴尬之后,他又一次气呼呼地退出了这个破旧的老屋子。第二天我们出门,发现他家门边上贴了一张纸,用红色圆珠笔赫然写着几个歪歪扭扭的大字:"往我家垃圾箱乱丢东西者猪狗不如!!!"——用了三个感叹号。这街巷式的诅咒大概是他能想到的最后的办法了。

对这位邻居来说,值得庆幸的是王老祥并非购置了这套房子,而且不久后就要搬家。女孩要上初中,"孩子大了,需要一个独立的房间",他们在附近租了一个独立的两居室。

退房

王老祥退房那天，我们见到了对门小房东的夫人。她提了很多意见——王老祥的卫生工作做得十分马虎，不管房间还是厨房的炉灶，或是那台很旧很旧的小冰箱，看起来都脏兮兮的。王老祥刚出了厨房，小房东的老婆就小声说："要知道这样，当初多少钱也不租给他，真是脏死人了。"王老祥突然回来，听到了，便立刻也把不满写在脸上："那找保洁来打扫呗，打扫完该多少钱我出，这有嘛可说的。"

找保洁打扫了半天，房东的小媳妇还是执意要将那冰箱当废品卖掉，包括一些别的旧家具。小房东一贯笑眯眯的样子，觉得卖掉有点可惜，"媳妇儿，咱别卖了吧，下一家住进来还可以用。""不行，太脏了，要卖掉，卖掉我看它还怎么脏。""那别人没得用了。""那我不管。"这台很旧很旧的小冰箱，就这么给卖掉了——王老祥一家住在这里的时候，时常大方地邀请我们共用；至此，这台工业制品寿终正寝，彻底取消了两户人由此产生友谊的可能性。

沙河记忆

中介勿扰

住满四年后,我们再也无法忍受三义庙那个老房子,终于搬走,搬到了沙河。

其实一年前就想搬,但即使远至北五环外的清河、西二旗、回龙观、天通苑一带,不仅找不到同等价位同等条件的房子,就算愿意接受更高的价格,也找不到稍能称意的。二〇一三年,我们又一次跑遍去年跑过的那些地方,看了二十几家,房子还是去年的样子,甚至更无法接受,房租却在提高。就在我们一筹莫展时,老友R打来电话,建议我们去沙河高教园看看,他在那儿已住了半年多。没想到很快看中一套与房东合住的屋子,定了下来——向中介公司支付相当于一个月房租的中介费,与房东签合同。

这里,位于北六环边缘的沙河高教园,就成了我在北京居住过的第五个地方,也是最后一个。这不容易,但还是值得自我安慰的,总没有一时糊涂落入那些飞扬跋扈的中介之手——我间接地知道太多他们的故事。但要租房子,又无法绕开中介:那些青涩的外地来的年轻人,无论多么初出茅庐,名片上都印着"业务经理"的头衔,他们借助北京住房市场的紧张氛围,与他们所在的那个人数巨大的从业群体一同,垄断了北京几乎所有的房源信息——以此控制着人数更为巨大的北漂们的居住气候。

那些中介,他们多数穿着深色皮鞋,深色修身西裤,白衬衫,皮肤晒得黝黑,眼神中充满了因对财富的渴望而产生的狡黠和机敏,独自一人或两人一组,骑着电瓶车四处穿梭。他们耐心地解答你提出的每一个问题,从各个角度对你循循善诱,帮你做决定:房子有任何问题,只要你一个电话,我们肯定过来处理,包你满意;押二付三,交房租时如果有困难，提前说一声，迟交十天半个月没什么问题；房子很紧俏，你刚看过的这间是昨天晚上才空出来的，最好现在就定；这个价钱，能看过眼的房子不多，遇上一个合适的不容易，不要犹豫了。

这时候，朋友来了电话，你说你再考虑下，回头联系他，他犹豫了一下，喉咙里两句话，咽掉一句甩出来一句，"行，您再看看吧。"然后电瓶车扬起一阵尘土，蹿了出去。

你在租房网站或电线杆上好不容易找到一个"房东直租"的信息，旁边特别标注了"中介勿扰"的警告，有的干脆写道："别自讨没趣，小心我骂人！"你激动地拨过去，他们确实自称房东，也不像那些中介，总是过分热情地对你称哥道姐。你去看房子，见到了房东，他们的衣着跟你毫无二致，对你很客气，甚至跟你说他在百度或网易上班，几年前买了这个房子。在这么多次的奔波和毫无结果之后，你觉得终于找到了一个满意的，并且你还觉得，房东年轻有为，人看上去也不错，或许将来可以做个朋友？于是签了合同，现场转账，支付了押金和租金。

你发现马桶冲水有问题，找他们，他们嘴上答应，但总是抱歉说工作太忙,后来干脆爽快地说你们自己修吧,费用到时候从押金里退。于是,屋子的维修工作转嫁到你身上。第三季度,你因资金周转有点问题,联系他,问他房租能否晚交一个星期,他犹豫了一会儿,同意给你晚两天,因为他刚刚买了车,等着你的房租还车贷,"银行不松口。"第二年,你也顺利续租,可有一次忘了交房租,半个月后他发来信息提醒你,并告诉你按照合同该付六七百元的滞纳金。你一下子理解不了了,想找他沟通,他告诉你房子是投资,当然要按规矩来,你还想再争辩,他马上甩来一句话:"不交钱,就带着你的行李滚蛋吧!"但你知道,如果现在离开,你就会损失差不多四个月的房租,除了两个月的押金,房租还是提前两个月支付的。

但这肯定不算什么事,你听说过更可恶的:前天交了三个月的房租和两个月的押金,昨天刚搬进来,今天就来了个陌生人,自称房东,说房子到期了,要收房。如果你感到疑惑,这个陌生人会拿出房产证、身份证及出租合同,出租合同上的日期写得明明白白,就是今天。顿时,你成了一个不知怎么来到这房子里的陌生人,你也有合同,但和你签合同的人你再也见不到了。你到了派出所，做笔录，也许还会哭着说些委屈的话。但这样的话警察听得耳朵都起茧了，他们心情好的时候安慰你几句，告诫你以后多当心，心情不好的时候会责问你："你自己这么幼稚能怪谁呢？"

你还有班要上，所以重新租房子，一边租房子，一边上班，一边惦记着派出所的消息，许多个夜晚疲惫得想倒头就睡，可躺在床上又难受得无法入睡。好在，慢慢地，你也就淡忘了——你也可能早已离开了北京。但你离开了，他们还在（那个被称为中介的群体，正如你所在的租房者的群体还在），要么标志明显，要么十分隐蔽。他们依然常常骑着电动车在路上奔跑，带着客户，满脸堆笑地推介各种房源。他们看到客户犹疑不定时，也会索性放弃，递过一张名片，上面有电话，留下一点被打电话的可能性——他们怕奔波一整天会毫无所获。

二〇一四年经济有所下滑，从北街家园偌大的社区出来，在一个荒凉的十字路口，经常会看到五六个穿着深色裤子和白衬衣的年轻人，广告牌撑在路边，他们蹲在马路牙子上，落寞地划着手机。似乎全世界和他们的关系，仅仅是路过,而他们——有刚从老家来的十八九岁的青年人,也有干了多年却没起色的中年人——还穿着职业装,像模像样地守在那儿,像是在等这个路过的世界停下来和他们打个招呼。

从北街家园到五道口

北街家园这套房子,很令人满意:宽大的玻璃窗,独立的卫生间,整洁的厨房,明亮的客厅,年轻又友好的房东,都使我们心绪明快,身在其中,仿佛一步从二十世纪五六十年代跨入了现代社会。唯一的考验是地铁,那时我在一家位于五道口的公司任职,需要从北街家园坐公交车到沙河高教园地铁站,然后再挤地铁去五道口。

刚搬过去时,地铁并不拥挤,每天早晨上车时还有空座。但北京城大量的外来人口,就像嗅觉灵敏的候鸟一样,很快便嗅到了我所知道的沙河高教园的一切好处——便宜的房租,还算便利的生活,不错的交通——随即蜂拥而来。仅仅两三个月后,情况就异常恐怖了,饭后散散步,都能明显感到人在增多。于是，当我从沙河高教园站上地铁时，车厢内就已经站满了人，到下一站，要上人就得像装货物一样使劲往里面塞了。每次都能听到地铁协管员在外面喊："咱都上班，里面的同志挤一挤了啊，相互谅解一下，挤一挤了啊。"这样的提倡并不会有效果，于是又对着急上车的人说，"来，小伙子，你准备好，我给你推一把，来，一、二、三，走你！"密实的车厢内几乎纹丝不动，所有人只是微微往里一晃，终于挤进来几个人——与此同时，车厢内总会有年轻女士被挤得尖叫起来。

塞不上来的人只好等下一趟车。车站外的空地上，还弯弯曲曲地排着长蛇般的队伍，正在缓缓滑行，等着进站，等着被依次塞入车厢。那长蛇队伍中的年轻人，多数耳朵里塞着耳机，一边划着手机，一边默然前行，似乎无比坚信队伍流动的方向——每个人新一天的生活已经沸腾，只是这沸腾还等着被汇聚在一起，形成更热烈的燃烧。周边则是这支似乎永不会溃散的队伍吸引来的猎手——卖早餐的，卖煎饼的，卖烤串的，卖水果的，卖手套帽子的，卖内裤的，手机贴膜的，卖光盘的……这些并非所有，但已足以指涉生活的所有想象。

最可怕的是在西二旗换乘13号线。出了昌平线列车，人流像潮水一般涌向13号线的站台，在站台上形成多条长龙般的队伍，曲曲折折地等待着。一般来说，要过三五趟车才能排到闸门前，才可能挤进车厢——如果有谁插队，很容易招致协管员的批评。一个高大又肥胖的青年操着一口北京话，对穿黄褂子的地铁协管员说："丫素质真低，都在排队，好好上不得了吗，抢什么抢呀？要我看，您就应该端个枪，看谁插队就一枪给丫崩了，看还有没有敢插队的。"他说的是几个排在后面，车门一开，蹭一下蹿到前面上了车的人。黄褂子像一下子找到了知音："可不吗？这下您知道我这差事有多不好干了吧？有时候我就心想，哪位要是愿意，我给您一千块钱一天，您给我管好咯，您干不干？"

上了车也极不舒服，金针菇一般紧紧地贴在一起，运气不好的时候，几乎连胳膊都动不了。最后被塞进来的人，靠在门口，不过能勉强做到不将脸贴在地铁门上。列车行进起来，车厢内便开始了站与站之间的几分钟短暂静默。

一些人面无表情地看着手机，一些人一脸疲惫地闭目养神，另有一些人不知道第几遍津津有味地观看地铁电视上的广告，看着看着，扑哧一笑，荒诞而尴尬。更多的人则呆呆地睁着眼睛，也不看手机，也不看别的什么，双眼空洞地看着车窗外呼呼而过的模糊的雾霾天。

能打破这沉闷的，有两种情况：一种是，不知谁碰了谁，不知谁先一天的怒气没处消，小小的挤碰就会点火，但顶多是嘴上骂骂，将氛围搞得紧张而已；另一种是，忽然一股恶臭在沉默中弥漫开来，多数时候大家出于礼貌只是屏住呼吸，想方设法把头转向别处，偶尔也有人戏谑地调侃一句，"O，My God，谁这么缺德？"引起一阵哄笑。

这就是北京，从早上六七点（甚至更早）到九点十点，晚上四五点到九点十点（甚至更晚），乌泱泱一片，都是年轻人，那些从他们故乡来的佼佼者，从糟糕的远郊出租屋出来，赶往体面的市中心去奋斗，直到夜晚再返回，消磨白天残留的疲惫。这些地铁，一天多次将他们运送，轰鸣着，运送给时代——我们知道，与我们一起被运送的，有乞丐，有富人，有小偷，有警察，有杀人犯，有骗子，有疯子，有诗人，有哲学家，有蠢人，有天才，有政治犯，有江湖骗子——喧闹而又无所不包的时代。

过渡

二〇一三年冬天过后，北京的雾霾并没有像人们预期的那样，随着隐藏在各个小区中的锅炉房的暂停而减轻。转眼到了初夏，也依旧不见改观，不但蓝天不多见，甚至有好多次，窗外的空气简直成了泛黄的弥漫于所有空间的浓烟。人们期待大风，期待大风能多少吹散些雾霾——尽管大风刮来时，还没完工的工地上、还没修整的马路上以及还没开建的废瓦砾堆上，就会腾起弥天尘土，夹裹着各色塑料袋、肮脏的卫生巾、快餐盒、毛发、蒿草、废纸片，犹如群魔乱舞。

我的房东C，他的妻子D，两岁半的女儿琪琪，以及他父亲尚未婚娶的同居后妻——一个五十来岁的东北女人，就是这个时候到的北京。安顿好女儿、老婆以及特意请来帮忙带孩子的后妈，C就又出差去了（出差有补贴，"多挣点，早点清房贷"）。之前，D也带着琪琪来过两三次，但每次时间都不长，顶多两星期就回老家去了。这次不一样，再过几个月琪琪就要三岁，该上幼儿园了，孩子上幼儿园之后，D也要出去上班了。所以，这次不仅是琪琪在北京上幼儿园前的过渡，也是D在北京既上班又当妈妈的过渡。

琪琪从出生到现在，几乎一直住在承德。妈妈偶尔带她来北京，也是为了让孩子适应一下花费近两百万元的家的新鲜。她们来的那几次，几乎每次都遇上重度雾霾天气，大人和孩子都不敢外出，偶尔去开业不久的小超市前玩会儿滑梯，然后赶紧回家。更多时间，琪琪只能在客厅的沙发上尖叫着跳来跳去，而就这有限的欢乐时光，还经常被妈妈禁止，D将食指竖在嘴前，小声说："嘘——琪琪你安静点，叔叔阿姨在写作业。"（那段时间，我和爱人在家写点东西，准备离开北京。）如此一来，下次再来北京时，孩子就会闭着眼睛、张着嘴巴、仰着头，一边哭叫一边说："妈妈，我不想去阿姨家，我不想去阿姨家。"

D很快找到了一份工作，每天早上出门时，琪琪也会准时醒来,像个小尾巴一样跟着妈妈"啪嗒啪嗒"走出走进,妈妈去厨房她跟进厨房,妈妈去卫生间她就守在门口。她心里明白妈妈终究要上班去,但还是怕一不留神被妈妈走掉。D会花大约十分钟的时间耐心向她解释,上班的必要性,以及下午回家的必然性,但孩子始终在不依不饶地哼唧着。当D不得不狠心出门的时候,孩子会突然提高分贝,"啊——"的一声大哭起来,哭声里满是委屈、焦急、郁闷,当然还有无奈。那位特意请来看护的奶奶,赶紧安抚:"琪琪乖,琪琪乖,不哭不哭,奶奶带你出去玩啊,"一边说着,一边带她出门。她们去外面的时间并不长,很快就回来了,而回来的时候,琪琪似乎已经忘记了妈妈出门的事。

回家后,孩子就只能自己玩了:在客厅里跑,在沙发上跳,有时候唱歌,有时候一个人打电话。我们在隔壁房间里,关着门工作,客厅传来的声音听上去十分热闹,甚至偶然还会被她的欢乐感染。有时候门没关严实,她会像一只腼腆又好奇的小猫,悄悄从门缝里探进头来,安静地看着你,当你回头看她的时候,她会又惊喜又不好意思地快速缩回脑袋,"咯咯"地笑着,很快跑掉。

一两个星期后，D出门时琪琪就不再哭了，只是偶尔抽泣几声，克制着悲伤与委屈。白天的跑跳大唱依然如旧，中午会在沙发上睡一觉，很安静。有时候大半个下午都安静，我心想大概是睡觉了，便轻手轻脚去客厅接水喝，出房门才见她一个人静静地坐在沙发上，抱着那只大嘴猴布玩偶，正看着我。那位奶奶在另一个房间里弄手机。我笑笑，她也及时地笑笑，明亮又纯净。有许多次，她的笑容竟然像大人一样，多少带着讨好、谄媚的神色——她想让你陪她玩会儿，又不好意思再开口。我接了水进房间，她又一个人了。

生活的教育

晚上D回家后，孩子的精神头达到了一天的高峰，兴奋地跑来跑去，说这说那，对着镜子又是唱歌又是跳舞，失而复得一般的狂喜。但这种兴奋状态，也会让她变得脆弱，稍有不顺就大哭，但往往哭两声又自动止住。如果不能自动止住，D就严厉地说："你再哭，妈妈就不理你了。"

孩子于是饱含委屈,哽咽着将哭声咽进肚子,不断地挤着眼睛,但泪水还是圆滚滚地顺着脸颊流下来。

往后的日子里,要禁止她做什么事情时,不管妈妈还是奶奶,都会套用这个威力无穷的句式,"你再……妈妈(奶奶)就不理你了。"屡试不爽。有一天,她突然对奶奶说:"奶奶你来,你快来和我玩呀,你再不来,我就不陪你玩了!"奶奶说:"你还威胁我呀,你不和我玩就不和我玩呗,谁稀罕呀。"孩子不吱声了,这是一个全新的问题,她全然不知该如何应对。她不知道她所谓的"玩"对别人来说是多么的微不足道。生活时刻都在贯彻它的教育。

有一阵儿,琪琪一有机会就要"阿姨阿姨"地拉着爱人陪她玩,越玩越起劲。当爱人不得不回我们房间工作的时候,她也会示威般哭两嗓子,但随即就收声了,她知道:哭,并不是在任何时候任何地方都会起作用。她只好调整自己,适应这个现状。

一天下午,爱人要外出买东西,琪琪一下子来了兴致,但又不敢明说,就又紧张又兴奋地说:"阿姨,你——你——你别走啊,你——再陪我玩会儿呗!"她太着急了,一边结结巴巴说着，一边像跟着自己的妈妈一样跟前跟后。爱人说："那阿姨带你出去玩会儿好不好？"她没说话，只是怯生生地望着坐在沙发上看电视的奶奶，奶奶犹豫了一下说："琪琪，你不许去，晚上我告诉你妈妈。"孩子有点落寞，又不甘心，憋着嘴，强忍着委屈，不知所措地眼巴巴地看看阿姨，又看看奶奶。爱人对那位奶奶说："阿姨您放心，我带琪琪出去转一圈，很快就带回来。"当奶奶终于默许时，孩子立刻去穿鞋子。

　　买完东西回家，慢吞吞走了一段之后，琪琪突然说："阿姨，我们玩会儿再回去吧。"爱人说："去哪儿玩呢？"孩子一听十分高兴，马上说："我——知道，去——去——去那里，那——里有滑滑梯。"她指着超市前的滑梯。过去玩了一会儿，爱人提醒她该回家了，孩若有所思地说："那好吧。"可走了没几步，又停下来，"阿姨，让我再滑一次吧。"于是又滑了最后一次。生活的教导：不露痕迹地争取自己想要的东西——琪琪已经学会。

后母，父，子

五一长假时，C先回到北京，带着留在北京的D和琪琪回了承德老家，那位奶奶则被送回她自己在东北的家——此后没再来。那位奶奶，就连C，见她的次数也屈指可数，而琪琪则是第一次见，几乎像见一个陌生人。她最终离开北京，多少有点儿不欢而散。据说她是自告奋勇来带琪琪的，而一个月内则好几次旁敲侧击地向C要保姆费，C和D起初感到惊讶（他们原以为这自告奋勇是源于某种曲折的亲情，毕竟琪琪是她同居丈夫唯一的孙女），继而假装不明白，不了了之。

然而，等她回东北后，C的麻烦开始了——她向C的父亲述说了在北京一个月的各种事情，比如儿媳乱花钱、懒惰、夫妻关系不和谐、对长辈不敬重，等等。随即，C和他的父亲爆发了一次电话争论，父亲在电话里要求儿子教训儿媳，C则对父亲的轻信和偏信感到十分生气："爸，我是你亲儿子啊，你就这样不相信我吗？！"这样的质问非但没有让父亲"相信"，还使他中断了支援给C的部分按揭贷款。

C的这位后妈实际上还算不得后妈，只是长期和C的父亲同居，她有一个女儿在上大学，所有费用都由C的父亲承担。D气愤地指责自己的公公："等花完他的钱，等他老了，她们会照顾他吗？你说如果她们不照顾，C是亲儿子，不可能看着不管呀。"事情的局面赋予事情以意义，对于父亲的争取，某种意义上成了对金钱的争取。所以C和D痛定思痛后，又在商量如何补救，他们的方案是，给父亲买一个手机作为生日礼物。这无疑也是生活的教育。

五一之后，琪琪没再回北京。D后来说，当得知爸爸妈妈又要离开时，孩子无比纠结，简直像丢了魂一样，做什么都无精打采，恍恍惚惚地跟着妈妈走前走后，动不动就哭闹。D问她是要跟着外婆留在家里，还是跟着妈妈去北京，琪琪一语不发，一脸伤心，好久之后才终于做出决定："妈妈，我不想去北京。"这也是D来北京后打回家的第一个电话里，琪琪所说的第一句话。一句多么任性的话，只是她还不知道，她是被多少人羡慕的"北京人"。D说，自那以后，不管去哪儿，每次坐车，琪琪总会大哭一场——她以为又要去北京。

D返回北京已近十天，孩子始终不好好接电话，生怕妈妈又一次提起带她来北京的话。再往后，电话甚至都不接了。D，这个年轻的妈妈，好几个晚上，独自一人坐在客厅的沙发上抹眼泪，伤心欲绝，给出差在外的C打电话："她都不想我，她都不想我，不和我说话。"打完电话后，继续在沙发上翻看手机里孩子的照片，抹着眼泪，满含委屈、焦急、郁闷，以及无奈——正像一个月前的琪琪在D上班后所表现的那样。

无所适从

琪琪的北京过渡不如意，D也没好到哪里去。

工作并不顺心，D想再干一个月就辞职。"这工作就是骗人，我一个当妈妈的人，看着那些孩子受骗，真是不忍心。"D在一家民办高职做招生老师，主要工作是打电话，向有意愿的报名者推销自己的学校。她本以为像学校宣传的那样，学生毕业便会有一个名校（北京一所名校授予了他们使用其名字的权力）的文凭并可保证就业，可上班一两个星期后才知道，根本不是这样。学生们被炙手可热的空姐梦所吸引，实际上要当空姐，不但得长得漂亮，毕业时还要一次性缴纳约十万元的"就业金"。对于不能如愿的学生，学校会说："你就长成那样，当不了空姐能怪我吗？"

来这个学校读书的孩子，多数出身底层工薪家庭，以及一些农民家庭。对他们的父母来说，无论是每年约两万元的学费以及相当数额甚至更多的生活费，还是十万元的"就业金"，都不是小数目——甚至是许多父母一生的积蓄，他们孤注一掷，想为儿女作一次具有决定性意义的助跑加油。布罗茨基说，"穷人往往利用一切"，因为他们只能利用一切。"每次给家长打电话，我都会委婉地告诉他们别着急，再好好考虑考虑。但你知道吗？总有一些人觉得机会难得，担心抢不着，第二天就来报名了。"D或许没有想到，"你们再好好考虑考虑"，这句话对急需出路的人来讲是多么具有杀伤力。

对于那些大多数时候不爱学习、学习也不好的他们的儿女来说，名校毕业证，包分配，空乘，还有什么能比这些更让人扬眉吐气的呢——不可思议的是,"包分配",一个已经失效了二十余年的历史词汇,是如何神奇地在人们的大脑中发生作用的?而事实是,诸如此类的事,几乎每天都在成千上万地发生着。

当一些学生感到被骗而协调不果时,他们会去论坛上发帖声讨。这时候,D所在的那个群体就会发生作用,他们去解答,"正面引导",或者干脆删帖"以正视听",同时对那些顽固的"不明真相者"群起而攻。不明真相者领教了对手的厉害,大多数灰溜溜躲进出租房,自认倒霉,投入新生活的规划与奋斗。不然还能怎样?这是我们从小就学会并经常使用的基本生存技能。

这里的招生员,据D说,多数是些高校在读女大学生(沙河高教园有多所大学),她们并不天真,她们知道自己在做什么,但她们相信"做好自己的工作就行了"这条被广泛认可的实用主义法则,因为越多的招生数量意味着越多的奖金提成。对于那些被骗或正在被骗的学生,她们则说:"关我什么事,反正到时候我也不在这里了。"D的担忧中,我想,恐怕正包含了这样的成分:这个让她不安的环境，正是琪琪生活在其中的环境。

没事的，我有药

六月，C的母亲，琪琪的亲奶奶——一位六十岁左右、十分能干却因沉迷于赌博而致使老公离家出走的女人——带着孙女来北京住了一个多月，这次，孩子欢快了许多。这位奶奶待我们很和气，交流也多，经常邀请我们一起做饭吃，有空时还教我们做馅饼。至今，她做的蔬菜馅饼，D做的豆角焖饭，也许还有C做的什么拿手菜，依然温暖着我们的沙河记忆。

七月底，我们离开北京。九月，琪琪按原计划再次来北京，并顺利上了幼儿园。D说，琪琪在幼儿园找到了一个很要好的小朋友，经常一起玩儿。有一次D在微信上晒女儿，说有一天她胃疼，躺在沙发上休息，琪琪帮她接了热水，还给她找了药。几天后做了好吃的，琪琪一个劲儿吃，D提醒她别吃太多，吃多了会胃疼。孩子则一本正经地说："没事儿的，我有药。"

这象征着一种宝贵的自愈能力吗？很好。药是上帝在这个世界上最灵光乍现的创造：我们知道，即使陷入病痛，它也会让我们重拾信心与希望。

第二部

一个悲伤的故事

永远不会消失的真空

二〇〇八年八月的一个早晨，我从古城坐公交去海淀桥上班，一早就在下雨，整座城市被细雨洗得清新又鲜丽，四处都闪耀着一种安宁的微光，世界为之一新。但稍一走神，你就会荡出这个安宁新世界，你会发现有一种忧郁，依然弥散于四周。

这忧郁正源于生活的规驯。对于一个还没有习惯生活之鞭的年轻人来说，这规驯永远显得过于突然，过于不留情面。而一个人要在社会中有所成就，需要真正学会接受它,如此才能获得它蝇头小利的奖赏。约一个月前,我就是这样告诫M的。我的大意是,要忍耐,一旦度过这个煎熬期,你就会获得一种自由,那种自由如同你的脉搏,不再与你相抵触。

万万没想到,会在清早的公交车上接到T的电话。手机听筒中的嘈杂瞬间复活了城市的喧闹,仿佛外面的雨是一种错觉。T是M的大学同学,大约两年前,他们曾结伴来北京考公务员,与我相识,但此后并无联系,只是听M说过,他已经考取了天津的公务员。"你知道吗?M出事了,"向我确认身份后,T问道,"你已经知道了吗?"好像希望我也提前知道,或者有所会意,他要尽力避免将那个消息说出来。他的语气让我感到紧张,但我确实不知道发生了什么事,我和M通完电话也就半个月。"M执勤时,出事了。"电话里一阵沉默,空洞的沉默,夹杂着城市轰鸣的电流声。

电话挂了。我已不记得自己是怎样下了公交车,但我记得这件事就像一团云雾,不高不低地漂浮在我头顶,似乎为了提醒我,一个人的死无足轻重。接着,收到了T发来的三条短信："一天夜里，执勤时，被一辆车撞倒"；"没再起得来"；"他的父母已经赶过去了，单位在争取，希望能争取到'烈士'的称号"。

第二天下班回到古城的出租屋，与房东太太闲聊，听她聊起她一个老邻居病亡的消息，我不知出于怎样的想法（一种死亡信息的交换？信任的交换？），说了M夭亡的事。"他才二十三岁，大学毕业，考了一年多，刚考上公务员，干了几个月……"小屋里沉默下来，似乎我们说了太多的话，需要沉默的调剂。在这沉默即将凝滞的时候，老太太叹息道："你那同学，那么年轻，太可惜了……"她浮肿的脸上没再流露那易碎的笑容，她表情庄重而惋惜，足以匹配我们正在谈论的事，匹配她的叹息。

大约两三个星期后，我才将这事告诉了老白，他是我和M在北京唯一共同的朋友。我也和T一样，在告诉老白之前，并不确信他是不是已经知道，于是先问他："你已经知道了吗？"而从那以后，M就在我和老白之间形成了一种真空，一种永远不会消失的真空。

三年不见

中断联系约三年后,二〇一一年中秋,老白突然联系,来访。那天阳光很好,老白骑着一辆笨重的电动自行车,带妻子和不足三岁的女儿,提了两盒月饼来看我。那时我已搬到三义庙,我们在附近一家饭馆吃了饭,回到租住屋中,照相留念——照片中,老白的女儿大张着嘴巴,紧闭眼睛,一边大笑一边叫喊;老白的脸上则始终浮现着隐忍又略带羞怯的微笑,仿佛那笑容下面藏着某种尖利的东西,刺痛着他。由于小孩太闹腾,照完相没多久,他们便告辞了。

二〇一四年夏天,我准备离开北京,才想到已有三年多没见老白了。我用老家方言拨通电话时,老白先是愣了一下,随后用普通话问我,"哪位?"这让人有点难堪,但我还是故作轻松地说:"听不出来我是谁吗?"老白显然没什么耐心和一个陌生人玩猜猜看的游戏,他冷冷地说:"听不出来。"我在犹疑中报上自己的名字,他这才意味深长地"哦"了一声。我提议见面,老白在一种犹疑间,不冷不热地说可以。

第二天上午,我和爱人下地铁后没多久,一辆白色小轿车在路边停下，老白从车窗中探出头来，向我们招手。其时我们站在天桥上，正盯着地铁的出站口，就在刚刚，我还以某种洞悉一切细节的自作聪明对爱人说："重点注意那些一家三口一块出来的人。"这立刻显得滑稽且愚蠢。

后排坐着老白的妻子和女儿——"阿姨好——叔叔好——"小姑娘向我和爱人打招呼。瞬间，又一种惊异占领了我的大脑，仿佛他们到三义庙的事情发生在十年前，而不是三年前，当年那个喜欢发脾气的小姑娘，如今已完全脱胎换骨：齐肩的短发，黑黑的眼睛，朴素自然的衣着，漂亮，沉静，懂礼貌。只不过这双黑眼睛，还看不透我因这白色小轿车及她的巨变而产生的某种微妙的尴尬，也还看不透她爸爸那隐忍微笑中些微的变化——沉着，他的心里似乎装了许多话，每次总是小心翼翼地挑一句扔出来，看你反应，再挑下一句。但显然，并不是三年太短，而是我那时还不能充分体会三年时间的分量。

老白一边驾车带我们去吃饭，一边与我闲聊。不知是由于我的拘谨作风，还是刚才突如其来的尴尬，这谈话如同一次不合时宜的任务，显得十分局促。老白说他做了三年的精密零件加工厂，叹息着创业的艰辛及生意的不易，但语气间始终流露着成功者的那种从容与得意，仿佛看透了一切。他还说了北京的种种糟糕与不堪，我不断附和着，以便为我将要告诉他的消息做铺垫。

我终于说起即将离京赴杭的事，老白先表现出了一点惊讶，随即就转过脸来，郑重其事地看着我说："那是好地方，我支持你。风景美，空气好。北京空气差，压力大，买房没希望，孩子上学还要交赞助费。"又说，"北京是人精待的地方。"一口气说出这些话，仿佛是为我们的决定准备了礼物，只等我们提出来，他便和盘托出。这也并不奇怪，从任何角度看，我们都应该早点离开北京。迟迟不离开，才显得奇怪。而老白说的每一个理由，都几乎具有真理般的正确性。老白又说，过几年他也要离开北京，他会去银川，因为他的小学同学有好几个都在那儿建立了自己的产业。他是善意的，他想把自己划在"人精"之外，同时模糊地表明，他和我们属于一种人。

吃饭的地方到了，门口停着许多电瓶车，墙根下零散地扔着竹签、废纸、砖块、塑料盆、铁丝拧成的晾衣架、枯草。老白紧贴另一辆轿车，小心翼翼地将自己的车停在路边。我们下车，谨慎地躲着飞驰而过的电瓶车，过了马路，进了饭店，一家陕西人开的面馆——我恍然觉得，这情景多么熟悉：三个瘦小的青年，老白、M和我，小心翼翼地躲避着飞驰而过的电瓶车，过马路，走进了一家陕西面馆。

豆灯狭窄的夜

我不止一次地做过一些氛围十分相似的奇怪的梦：冬夜，外面寒风呼啸，有人在门外透过门板上的缝隙窥视我们，他看见——我和一个人瑟缩在昏暗房间（或窑洞）的土炕上；煤油灯昏暗如豆，似乎用尽了所有能量才勉强冲破黑暗的围堵；我们很惊慌，如同无助的小羊，欠起身子警惕地看着，仿佛我们的目光可以抵御入侵。但并不能，只是事情没有进展，就那样僵持着，惊慌变成惊恐。梦醒之后，我发现梦境还是无比清晰，仿佛我还在梦中——而与我躺在一起的，正是M。

M是我的高中同学，二〇〇三年考取了位于保定的一所警官学校，我由于高考失利，留下来复读，所以直到二〇〇四年来北京上大学，我们才恢复联系。M聪明、外向、善于交际，加之保定与北京相距不远，我们的交往很快密切起来，他至少来北京找我玩过三四次，我也去过保定一次。

二〇〇五年秋天，M第一次来北京找我，我们一起挤在宿舍的单人床上，凑合了一夜。第二天，我早早起了床，没一会儿，M"咚"地一声跳下床，跑去隔壁的盥洗室上厕所。一小会儿之后，当他再次出现时，我和室友都呆在了那里，他竟然没穿内裤：黑而精瘦的腹部下方，一片黑色阴毛中间，瑟缩着微微勃起的阴茎。M大概知道我们在想什么，狡黠一笑，然后猴子一样爬上高架床，继续睡觉去了。M就是这样的人：对于这个世界，他并不介意毫无保留。

那天下午，M带我去健德桥见一个老乡。我们下公交车后，很快就来了一个瘦小伙，两只小眼微微往外下瞥着，仿佛经受了难以想象的苦难的锤炼，但笑容十分灿烂，又让人怀疑他是否真的受过磨难。他走过来，向我笑一笑，握握手,然后直接过去搂着M的脖子,兴奋得跳起来。这就是老白,比我和M大三两岁,是M的一个远房舅舅——但M并不叫他舅舅,而是直呼老白。老白先带我们去吃饭,喝酒——也是一家小小的陕西面馆,然后再去他上班的机械加工厂。印着红字的草绿色机器都冷冰冰地休息了,它们旁边堆满了各种形状的银光闪闪的加工成品,堆在沾满油污的地上。

天擦黑的时候,我们去了距离小加工厂并不远的一个小区,老白就住在那里。生满锈的大铁门上缀满了爬山虎,我们需要从它们那已经开始枯萎的身下的小门中钻过去,进入矗立着许多令人眩晕的高层楼房的小区。老白租住的是地下室:先进入一个平房的入口,走下窄小而陡峭的台阶,大约三四十级,越下行就越要忍受潮湿的霉味,到底后右转,前行大约十几米才到。昏暗的灯光使为每一件物品都投下了比它们自身更沉重的阴影,使空间更加拥挤,但阴影中依然散发着阴冷的气息——小屋没有因为拥挤而不再阴冷,仿佛这些挤在一起的物们欲以抱团取暖的愿望破灭了。

那天晚上，我们就住在那里，老白和 M 住在他的小屋里，我则被安排在斜对门的一间同样的小屋中，那是老白一个同事的租住屋，主人正好不在。睡觉前，我们在昏暗的灯光下聊了很久，三个瘦小又单薄的毛头小子，在散发着潮湿霉味的地下室，并不认真也不知道意味着什么地聊着未来，聊着老白和 M 曾经的艳遇。

这多像那个梦啊，豆灯昏暗而狭窄的黑夜，外面寒风呼啸，我们躺在简陋的木板床上，有人在门外窥视，"两个世界的灵魂，最终相见，在另一个世界"：

而梦中局促的怀疑与思辨

而忧疑与惧怕，就那样

从木门的漏洞中偷窥

那么，是谁在偷窥？偷窥，是为了让我看清那将会变成一次永远的遗憾吗？

外省来的成功者

在面馆里,我们靠里找了一张橙色的小桌坐下,身后的墙壁上俯瞰般挂着一个小风扇,呼呼地吹着风,我们头发飘扬,像是大风在拥着我们奔跑。我们各自点了爱吃的面食,点了几个小菜,又给小女孩点了柳橙汁。

我问老白当初为什么会来北京。他略微顿了一下,眼睛忽然一亮,来了兴致,仿佛一阵风吹亮了火星儿:"北上啊,你要赚钱,肯定得到人多和钱多的地方,北京不就是这样的地方吗,人多,钱也多!"老白自然算是一个小小的成功者,从最底层的工人变成了老板,这种变化不仅是外在身份的变化,更是由内而外的整体性变化,除了身份、收入、行头,还有:话语。所以他的回答像真理一般闪烁着极富优越感的微光——哪里像我大哥,只说"广州没票嘛,北京有票,所以来了"。多数聆听者,他们需要这样的答案,因为有先见之明,才有激励性,使人确信:当一个人足够明智并做出足够艰辛的努力时,成功就是必然。

老白最津津乐道的还是他的生意经,或者说人生格言。

他反复强调，对他来说，这些格言并非空话，而是都在身体力行："只有言行一致的人才能得到别人的尊敬。"他偶然要扳扳手指头，以显示他的郑重其事，也显示这些格言不可或缺的重要性：做生意就是不断解决各种各样的问题，服务客户，服务员工；商人不赚钱是可耻的；不管学历，还是跟随的老师，或是你的技术，归根结底都是为了增加你的影响力；善待身边的每一个人，就是在投资一种无形资产……这些具有某种不可撼动的合理性的话，只要一说出来，就会释放某种鼓动性的力量，老白讲得专注而兴奋，我也听得十分认真。

这些格言深刻地武装老白，使他成了这样一种人：可以狡黠且精准地理解这些格言的现实意义，发掘这些格言可以带给他的实际价值，同时说出它们，形成自己头上的光环。

这就是成功者。所以老白询问我出书的事——书本将会以某种可以让人骄傲的形式将变动不居的光环具象化，并将其固定下来。他坦言，他在中关村图书大厦认识的一位人生导师，对他走向成功产生了十分关键的影响。他花钱上了那位导师的许多课程，也认真研读了他的主要著作。"当你是一个一无所有的穷光蛋时，你要怎样启动你的人生？没有鸡，就借鸡生蛋。"这句话令老白十分激动，因为他今日的成功正是源于对"借鸡生蛋"这个智慧格言的践行，他的机械加工厂就诞生于亲朋好友的借款。"那时候一穷二白，拿出一万块都要命。"

不耐烦的中年女服务员将一碟陕西米皮放在我们桌上，老白的女儿飞快地夹了一筷子，吃完之后，煞有介事地问道："这个面是不是日本人吃的啊？"老白微笑着看了我一眼，仿佛在为女儿这个问题向我表达某种歉意。他反问："谁说面就是日本人吃的？"他的语气在说，我们是中国人。"那不是日本人吃是哪里人吃？""你是哪里人？"孩子说："我是北京人啊。"老白骤然严厉起来，他没想到自己的循循善诱却将女儿引入了更可怕的歧途，赶紧斩钉截铁地说："你不是北京人，你是甘肃人。"不像是一个判断，而是一个亟需执行的命令。他大概怕我们会以为孩子这些话源于他们的教导，他不想自己被认为过分期待北京的接纳。

饭后，出了面馆，老白看看手机，犹豫了一下，对妻子说："去不成了，他们说今天是媒体专场，普通观众进不去。"他们说的是顺义车展。老白于是提议送我去地铁站，车子起动后，他又犹犹豫豫说："反正没什么事，要不去我那里看看？"

他的加工厂，位于生命科学园地铁站东面的一大片富有神秘感的厂房群中（坐地铁经过的人总能看到它们，但不知道其中发生着什么事）。其中一间敞开着大门，门内坐着一位二十来岁的年轻人，穿着被机油沾染得发黑的工装。厂房内部很高，里面摆着五六台机床，各种各样的钢材以及各种工具，很多东西上都粘着黑糊糊的机油，还有一台笨重的刷着绿漆的磅秤。老白的女儿一进门就跑到磅秤上称自己，他的妻子追过去，一边呵止，一边生拉硬拽地将女儿带出厂房去了。

如鲠在喉

厂房刚进门处,右手边是用毛玻璃隔出的一间约八九平方米的小屋子,作老白的办公室。小屋正中摆着一个简单的茶几,茶几上有一套瓷质茶具,茶几后面是一张淡绿色的布艺沙发,靠着墙。爱人跟老白的妻子和女儿去厂房外了,屋内剩下了我和老白。"坐,我们喝点茶。"老白一边招呼我坐下,一边往热水壶里充水,"简单来说,交际的诀窍就是一根烟、一杯茶、一顿饭。"我扭头看了看身旁空着的另半截沙发,仿佛有人坐在那里。这时候,老白也微微抬起眼睛,快速而不经意地瞟了一眼,仿佛被我发现了一个秘密,或是他发现了我的一个秘密。

我早想提起 M 的事,老白的老家距 M 家不远,他可能在回老家时见过 M 的亲人,或至少听说过些什么。但有一种奇怪的力量遏制着我,不让我说起这件事,似乎这样做会显得不礼貌——不是所有人都愿意记住这些往事,它们会挤占现实生活的空间。

二〇〇八年七月前后,也就是 M 出事前约半个月,一天早上,我在公交车上接到了 M 的电话。听得出来,他很落寞,开门见山地说他不喜欢那个工作,完全不符合自己的期待,他也根本融入不了同事的圈子:"只有我一个是外地人。"最后又说:"我想来北京。"我劝阻了他,我知道考中这个公务员对 M 来说,是多么不容易,而放弃则只需一句话,并且他去那里上班还不足半年。我像个过来人一样劝他要多些耐心,"世上哪儿有完全如意的事情?"又告诉他要三思而后行,"再熬一阵儿,尽量去适应,再攒点积蓄,到时如果还不喜欢,再辞也不晚。"而电话里的 M,如同一头焦躁、孤独、无助的驴子,固执地表达着自己的异想天开,"我们可以和老白搭伙,开个小饭店。"

考了将近两年,M 才终于考中了江苏省盐城市的公务员,属于警务体系,一到任就被分派到盐城市下辖的一个乡镇派出所。干了三两个月后,M 告诉我:"如果弄不好,我可能一辈子就要在这里混,没有背景,想调回市里比上天还难。"由于无聊又寂寞,M 还找了一个当地女孩谈恋爱,但他心里清楚他们不可能在一起,因为女孩没文化也没背景,根本不符合他的择偶标准。他缺乏家庭背景,所以他希望能找到一个有家庭背景的女孩做老婆。但那个女孩的家人却很看重他,并且很认真。在那天的电话里,M 也提到了这件事,声音里充满了焦躁不安,"这个事情怕不好解决。"忧心忡忡,如鲠在喉。

我并没有意识到这通大清早打来的电话意味着什么,我也无法理解 M 所说的"这个事怕不好解决"意味着什么。那时我大学毕业还不足半年,也已经被枯燥的现实折磨得精疲力竭,根本无暇他顾。我知道,M 的意思非常明确,如果我赞同他的想法,如果我可以暂时为他提供来京后的落脚之处,他会马上提出离职,逃离那个让他心绪黯淡又提心吊胆的南方小镇。但我没有允诺,我提供不了帮助,也不确定这是否真的出于他的深思熟虑。然而,对于 M 来说,我说的那些又意味着什么?

老白的修辞学

老白的办公室里,沙发和茶几对面有一张拐角办公桌,桌旁是一个小书柜,书柜中放满了人物传记、成功学以及经营管理类的书。一套米黄色封皮的胡雪岩传记,是老白最喜欢的书,"老胡是我最钦佩的人,红顶商人嘛。"办公桌上有一个小小的金属文件架,其中放着文件——就是在它们中间,老白抽出了两页A4纸,上面印满了他吃饭时向我阐述过的生意经和人生格言。

办公桌旁的墙上挂着一个简陋的木边玻璃画框,其中嵌着一张纸,纸上是一首楷体印刷字的格言:"为人不可贪,为商不可奸。手中若有钱,善事做在先。"如果老白坐在办公桌后面,只需微微抬头或眼睛略微斜一下,就可以看到这四句格言。我问老白,这是不是他自己编的座右铭。老白略带羞涩地笑了一下,仿佛为被我误认为是这几句格言的作者而感到抱歉,但也无所谓,毕竟其中有他的创造,他没有故意掠人之美。

"你觉得这几句话怎么样?"但我甚至还没回答,老白就讲起了它们的来历,"这其实是胡雪岩的红颜知己写给胡雪岩的,我改了几个字,原话的前两句和这个一样,后两句是:若想做善事,手中先有钱。"他停顿了一下,依然微笑着看我一眼,仿佛要从我的眼睛里看出我对他的谈论是否感兴趣。我确实感兴趣,所以他继续讲解这两处小小改动背后的深意。"为什么这样改呢?"设问,以便强调,"如果按原话,你挂在办公室里,给别人的感觉是,这个人做事的目的就是赚钱,不好。而改后的这句话,给人的感觉就是,赚钱并非首要目的,甚至不是目的,这样的说法很多人比较能接受。"

现在的加工厂做起来太累,老白希望也能像他的导师那样,通过自己的经验和理念,以及由之形成的影响力来赚钱,比如给这个行业的小老板传授创业、管理、业务经验,给他们一些有用的指导,做顾问。他希望成为一个可以将知识和思想变现的人。"比如,像你们这样,不用那么辛苦地整天跑着跟客户谈判,就可以赚钱,靠这里。"他指了指自己的脑袋,"太辛苦,你是不知道,刚开始跑坏了一辆电动车,后来换了摩托车,一年时间也跑了个稀巴烂,最后没办法才买了小车,现在每天还要跑一百多公里。"老白说,"不跑,你就没单子做。"

这就是老白想出书的原因。我不知道这个设想行不行,但还是向他介绍了出版一本书的大致流程。听完后,老白愉快地说:"今天和你见面的收获,就是对出书这件事了解了,这就是价值啊。"下午离开前,同样的话,他又说了一遍。

老白不止一次提起让他受惠的那位人生导师的建议,开设博客、申请电子邮箱、更换一个尊贵的手机号码,所以回家后,我上网找到了老白的博客。他博客上有限的几篇博文中,置顶的一篇讲述了一个听上去真实可信的励志故事:我,自幼家庭贫困,在童年时就对致富很渴望,二〇〇七年开始,在外打工七年,好不容易存了三万块钱,可刚过完春节,操劳一生的亲爱的父亲突然离我而去,安葬完父亲,国庆节期间我又结了婚,出过彩礼钱之后,我几乎身无分文……二〇一〇年十一月,我在北京中关村图书大厦买了一本《普通百姓致富之路》……我决定自己创业,首先就是借鸡生蛋,借钱开厂……

一个身无分文的初中毕业生通过努力,改变自己的命运,当起了老板。这个故事数学公式一般,精确地充实了成功学的内涵。老白说,这篇博文发布之后,真有不少人打电话问他情况真假,其中好几个人后来成了他的朋友。

"有一个人,也是一家机械加工作坊的小老板,在业务的发展上遇到了问题,三番五次请我去作指导。"还有一个人,因为被这个故事激励,认可老白的理念,至今自愿不要薪水,在他的加工厂里当学徒——他希望有朝一日,自己也能学到老白的本事,成就一番事业。

我突然想到,在探讨出自胡雪岩传记的那四句格言时,老白突然问我觉得怎么样,我附和了一声,紧接着,老白目光略微一晃,就开始讲解其中的深意——那附和似乎太无足轻重,太微弱,以至于都没来得及说,没有传递给老白。我想,如果当时 M 也在旁边,老白可能会得到完全满意的回应,M 和老白更能相互理解,在某些方面,他们更是一类人。

梦想放大器

下午,老白开车送我们去地铁站。轿车缓缓绕行,好几分钟才绕出那片到处飘着塑料袋和废纸片的灰色厂房区。因为周末,大多数厂房都关着门,但几乎每家门前都停着一辆国产小汽车。这些车中的绝大多数,也和老白的车一样,用着周边哪个省份的外地牌照——这意味着,开这些车的人外出谈判,需要见缝插针,躲开限行区域和限行时段。一家厂房门口放着一只不足两立方米的铁笼,里面养着两只凶狠的大狼狗,它们不停地在铁笼里左右移动,喉咙里发着焦躁的低吼。它们的存在,使整条巷子都散发着浓烈的狼狗的尿骚味。

厂区的大门口,竟然还有一家简陋的超市和几家小饭店,但似乎均无人光顾。一溜的水泥路上,到处都是废弃的塑料袋、包装纸、快餐盒及一次性筷子。太阳在天上明晃晃地照着,看店的人躲在石棉瓦小屋的阴凉里,饶有兴味地看着出进的车辆,从眼神看,他们应该会对看到的每辆车评头品足,并猜测车上那些小老板的家产。

我小心翼翼地叹口气,叫了一声老白,老白像是被什么蜇了一下,快速看了我一眼,然后沉默着继续开车。过了一会儿,老白也叹了一口气,说:"要是扁扁在就好了,我们三个好好谝一谝。"扁扁是M的小名。终于,我们还是说起了这个已经成为某种真空的人。我紧接着问他有没有见过M的家人,老白说自那以后就没见过,"听说全家都搬到新疆去了。"这时候,老白的妻子插话说:"他们一家人到现在都放不下这个事,打击太大了。"老白又说:"可惜扁扁这个小伙子了。"

仿佛大家都在等有人挑起这个话题,仿佛这个话题可以使我和老白已无比生疏的关系更亲近一些。短暂的沉默之后,老白的妻子又说:"实际上,当年,家里人就劝他找个普通工作算了,不见得非要考公务员,可扁扁心高,自己非要考。"

社会的教育已经使不少人成了那么一种动物,一种即便是公务员这三个字,也会让他感到兴奋和安心的动物,不是吗?这就是 M 曾经面临的窘境。就我所知,从毕业开始,他在近两年的时间里,至少在以下这些地方参加过公务员考试:大学毕业地河北,临近的天津,富裕的广州,有亲人在那里打工的新疆,自己的家乡甘肃,首都北京,最终考中了似乎没有什么关联的江苏省盐城市的一个职位。公务员对他来说太重要了,但当抵达盐城,并被分派到一个下辖乡镇派出所的时候,他才发现,费尽九牛二虎之力得来的东西,与想象和传说中的样子,相差太远。

或者，更客观，也更冷酷地说，公务员的远大前程（其中包括荣耀和权力，它们往往是最强效的梦想放大器和人生兴奋剂）给了他过于不切实际的期望。生活最大的困难就在这里：如何判断你自己。

老白说M出事前一星期，也给他打了电话，那天雨很大，他下班回来，还没有进屋，就躲在屋檐下，一边是空无一人的地上落着哗哗的大雨，一边是他们一南一北的电话。他们说了很久，他一边聊一边看着黑暗在大雨中弥漫，加重。M告诉老白的，和他告诉我的大体一样，他想来北京和老白合伙开个小饭馆。"但谁能料到，那是最后一次通话。"老白说自小就与M认识，一起玩，有时候他们找一个山峁，面向黄土高原的深沟大壑，蹲在荒凉的黄土地上，一边拉屎一边聊理想，"扁扁看着面前一溜一溜的山坡，说长大了可以把这些山承包过来，搞点啥小生意。"

那时候，有谁会想到一个叫北京的地方，又有谁会知道一个叫盐城的地方？生活就像在黑暗中行走，所以当M焦躁地隐忍着那么多屈辱，终于考中一个小公务员的职位时，如何能想到等他的是什么。"要是扁扁在，多好，"

我下车前,老白又一次叹息,"我们三个可以好好谝一谝。"

永别

有一件事,我始终没有告诉老白。

二〇〇八年 M 出事不久后的一天,我和爱人在地铁1号线上,忽然看到一个二十来岁的青年男子,他是多么的像 M 啊,像得一旦看见就令人难忘:精瘦,肤色偏黑,短发修理得自然又利落;黑色的皮鞋,深蓝的修身裤,黑色的休闲夹克;一个人坐在靠门的座位上,神情悲伤而自尊;眼神飘忽而略显疲惫,犹如快要熄灭的火,尽力聚集着剩余的所有能量——正像一个刚参加完公务员考试的人。

我几乎呆在了那里,过了好一会儿,我碰碰爱人,让她看看,她也呆在了那里,那不是别人,就是她曾经见过的 M。有那么一瞬间,他神情忧郁而淡漠地瞥了我们一眼,并没有说话——他不可能说话,除非 M 出事的消息不实。那如同陌生人的随意一瞥,仿佛投过来两粒即将熄灭却还火热的炭,一下子灼伤了我的心。我顿时感到无比难过,我的心快速跳动着，催促我上去与他相认。然而，我终究没敢上去，我不敢相信M出事的消息是假的——而他，再也没有投来那忧郁而悲伤的一瞥。几站的路程，十几分钟的时间里，再也没有。接着，传来了报站声，"公主坟到了"，我被一种力量推着，跟随人流涌下了地铁。刚出地铁门，我就意识到错过了，但同时又想，或许下次还会遇到，如果再遇到，我一定上去相认——然而，没有下次，此后再也没有遇见过。

他以如此的方式回闪，为了什么？是为了用那不可思议的相像和极度忧郁的眼神，加深我对他的记忆吗？二〇〇七年初冬，我们最后一次在北京见面，他刚参加完一场公务员考试，就是这样的着装，就是这个样子。我穿着一双褐色皮鞋，一件黑色的半长款呢大衣，里面是休闲西装，衬衣，去万寿寺公交站送他离京。

那天阳光很好，他突然停下脚步，转过身来，看着我说："我们个头不高，就要穿这种长款衣服，这样好。"眼睛明亮，说得如此郑重其事，就像早已知道那是永别。

Ms Wang

叫我 Ms Wang

W 老师已退休二十多年,那时还常在家中的小客厅里给一些家长带着求上门来的小学生上英语课,或是应邀去一些中小学做场面宏大的示范课。无论在哪里,只要上课,W 老师会毫不含糊地对学生提出严厉的要求:"John,call me Ms Wang."小男孩不好意思地低头笑一笑,W 老师极其严肃地又一次强调道:"你们听好了,上课时叫我 Ms Wang。"这令人印象深刻:那种嗔怒又陶醉其中的神态。

她是我编辑生涯中持续服务时间最长的一位作者,几乎覆盖了我在三义庙四年中的三年时间。由于是我所在公司老板的中学英语老师，W老师如同一尊老佛爷般，经常显得盛气凌人，且有许多雄心勃勃的作品再版计划，她的工作表至少排到了90岁。W老师相信，无论哪个读者，当这些承载着她英语教学思想的作品拿在手里的时候，他们都会感受到她的独特见解，并因此受益。她经常带着这些修订稿去学校做讲座（实践检验真理），仿佛要亲眼看着这些已经沉睡多年的思想，在孩子们和年轻英语老师们的脑子里复活，闪耀复活的光芒——他们体会到了其中的妙处，所以眼中充满了理解和崇拜的光芒。

那几年，W老师最常去的地方是H市。因为太远，她两三个月才去一次，而因为这么久才去一次，所以只要去一次，每天都要工作不下十个小时，讲课，接受宴请，解答被地方教育系统推举为英语教学重点培养对象的老师们提出的问题。她从来都乐此不疲，就像蜡烛从来不会抱怨燃烧得太多，"人活着，总是要发点光发点热的，要不然，你说还有什么意思。"在H市，她受到了足够的尊重与款待，她用一些承诺来回报（或者说那些尊重是这个承诺的回报）：只要一两年时间，只要你们听我的，保证你们的英语成绩在全省顶呱呱。

W老师当然希望自己的名字能像当年红遍北京一样红遍N省，再蔓延至全中国。但她不着急，她相信领袖的名言：星星之火，可以燎原。"保持干劲，努力工作，结果只是个时间问题。"所以那几年，无论打电话还是见面，除了不愉快的几次，她的声音里总是充满了领袖一般的乐观——她或许希望以此来感染我，因为她需要我也像她一样，能为这个意义重大的工作投入十二分的热情和精力。

"哎呀呀，你可不知道，H市的情况好得不得了。"她突然停下来，在电话那头喊与她一起居住的女儿，"小梅，这次那个表现相当不错的女老师叫什么来着，是不是小马……"她总会得到援助，然后开始讲解她创造的一个个奇迹：某位年轻的英语老师（小马，小王，或其他小什么）的示范课真是出色极了，那么多资深老师以及教育系统的领导，都惊讶得不得了，在场的几百号学生家长，那还用说，震惊得不得了——刚刚学完二十六个字母的小学一二年级学生，竟然可以非常流利地拼写bake、cake这些单词。

他们怎么会不震惊呢？"关键是，那些老师，我只教了他们两次。"

她所津津乐道的，正是三十多年来一直让她引以为傲的"整体教学法"——二十世纪八十年代她当中学老师时提出的一套脱离音标学英语的教学法。退休后的二十余年，她所做的最重要工作就是整理和推广这套教学法：做示范课，写书，推广。她不怀疑自己的作品，也不担心出版，但让她烦扰的事情一年比一年离谱：先是取消了大学毕业证与英语成绩的挂钩，接着又似乎要取消高考的英语考试，甚至还出现了小学一二年级不许学习英语的禁令。"他们的理由竟然是英语影响孩子们学习中文，"她伸长脖颈，瞪着眼睛，歪着头，严肃地看着我，像个激愤的年轻人要得到一点声援，"你说说看，这到底是哪门子的逻辑，难道英语学习禁止了，他们的语文就能学好了？"

二〇一四年春末，我已不做编辑快两年，想在离京前去看望她。她接起电话，略微迟疑了一下，我问她能否听出我是谁，她只停顿了一秒钟，便脱口说出了我的名字。我夸她记性好，她照例像以往多数时候那样，爽朗一笑，

"我告诉你,"一顿,"我记得你,是因为我心里有你。"又爽朗一笑,干净利落地结束了通话,"那就明天见。"

争分夺秒

她家位于东城区一个大约建于上世纪七八十年代的简陋居民楼里。和所有那个年代的住宅一样,这幢单薄而呆板的板楼,同样透露着年代的贫乏气息,但更多的,是透露着某种整体性的禁欲企图,或者说是对欲望的藏匿(从这些建筑,你完全感受不到人们对舒适生活的追求)。而如今还遗留着那个年代特有的近乎偏执的激情——小区入口处的黑板前,正有几个老人在用粉笔写字:歡度五一佳節。

到楼下,先摁单元门门铃,W 老师还像往常那样,也不问是谁就直接开了门。依然是那个狭窄又有点陡峭的水泥楼梯,上楼,到四楼门口,毫不犹豫地敲门——一年多没来,我竟然还清楚地记得是哪家。门马上就开了,是 W 老师,还是一贯的样子:不说一句话,微笑着上上下下打量着我(那微笑,像早已备好的招待客人的水果一样自信);

一米五左右的身材因为驼背而显得比实际更低，简单烫染过的黑发在贴近头皮处渗出了一层灰白，白皙而松弛的皮肤上皱纹愈加明显，分明而大方的五官，大眼睛，淡淡的白绿色麻布 T 恤，发白的牛仔裤——并无多少变化，依然显示着年轻时的魅力。

她大约五十岁的女儿小梅，正在小厨房里准备着 W 老师一贯用来招待客人的柚子茶，回过头来向我打了声招呼，说自己刚在外面办了点事回来。她看上去确实有点疲惫，但也还一如既往，穿着与她的母亲相仿风格的素淡休闲衣，干练，自信，显得从容，仿佛另一个 W 老师，只是比母亲年轻三十来岁。实际上如果让她们母女二人处于同一个年龄上，或许真的难以分辨。她也随母亲姓 W，在加拿大工作、生活了许多年，英语甚至比汉语更得心应手（W 老师在美国长大的十一二岁的孙女回国，有一次，她一时找不到合适的词语形容侄女的身材，干脆说："你看她，那什么，那 figure，多棒啊。"），她也喜欢说诸如此类的句子，"你可不知道"，"要保持干劲"，"真是好得不得了"——你分不清，到底是谁影响了谁。

我被带进了 W 老师的工作室兼会客厅——也还是老样子：进门，右手边是一排贴墙的书柜，其中码放整齐的书籍主要和英语相关，更多的则是她自己以前出版的作品，教材，练习题，还有一些别人赠送的书籍。但看样子，这个书柜除了 W 老师要给别人看看她上世纪出版的著作时才打开橱门，十分准确地找到几本发黄乃至发黑的小书，此外似乎并不被经常使用。房门正对面，靠墙放着一台老式的大屁股电视机和两个黑色的小音响。这几件陈旧的电器也同样不被经常使用，W 老师不喜欢这些无聊的东西，"浪费时间"。

靠近阳台的，是她的工作台，一张并不大的桌子，上面堆满了各种她工作时需要参阅的书籍、文件，她正在修订的作品手稿，手稿中夹满了花花绿绿的便签条，旁边还放着涂改液、红蓝黑三种中芯笔，不同颜色的铅笔，橡皮以及卷笔刀。工作台紧挨着与这个小客厅相通的小阳台，客厅和阳台间没有门。阳台外围都安装了玻璃窗，贴墙放着一些纸箱，也和这个小屋子里的一切一样，被整理得井井有条。

透过阳台上的窗户，可以看到旁边一家小学的教学楼和操场，时常可以听到小学生玩耍的吵闹声，或课间的唱歌声。楼间的空地上有几棵高高的柳树，它们虽然高，但看上去太小，仿佛一个老单位突然调来了几个年轻人。但四月阳光明媚的日子，它们淡绿的新叶会把空气调得透明。站在这个小阳台上，你可以清晰地感受到叶片上那些轻柔的绒毛，它们在苏醒，那是一种透明的精神活动。这样的时光如同明净的水彩画，透着气，使人神情微漾，使人真切地感受到源于自然的悸动。不知 W 老师是否也曾感受到同样的悸动。

照例，W 老师在工作台旁那把发黑却造型精致的木靠背椅上坐下，我拿过一把轻便的折叠小凳，在她斜对面坐下。照例，寒暄之后，聊每一次必然要聊起的她的事业，英语教学法的推广，再零散地聊一些往事——当然，是 W 老师的往事（这是我感兴趣的部分）。依然是照例，她夹杂着上海腔的普通话显得兴致很好，说起事业时尤其显得雄心勃勃——照例像个信心满满的老将军。她编写的教材中有一句她自己创作的格言："学习起来犹如你会永远活着,工作起来犹如你明天就要辞世。"对于事业,她正是这样争分夺秒的。

我不断说照例,不仅因为见 W 老师的情形每次都十分相像(那种相像程度,使人会在某个恍惚的瞬间,误以为我们只见过一次,而就在那一次,所有事情密集地发生了),更因为关于她的许多往事,我都是以这样的方式知道的——甚至,我们之间最主要的实质性交流(我是说我们交流过的那些往事,得知我小时候曾放羊时,她有点惊讶地说:"从一个放羊娃能到今天,那可真不容易。"眼睛里闪烁着一种怜悯之光),都是以这种方式完成的:她坐在那把木靠背椅上,略略俯视着我,一边注意着客厅的电话,一边动情地讲着;我坐在略低一些的折叠小凳上,端着 W 老师的女儿准备的柚子茶,略略仰视着,听着。

还不能理解生死相争的残酷

在我给她做编辑的时日,W 老师最感到欣慰的是,她极其看重的一本英语教材再版了。她不止一次说:"实在话说,你还是有点想法的,你提的那些个意见,还是不错,以前的编辑可不敢提。"她微微歪着头,看着我,等待我做出反应。尽管在接下来的话中,她还会罗列我所提的那些小意见,但我感到这多少有点儿像是某种警告。有时候,她也会说,"你写我的那篇文章也还是有点才华的",虽然如此谨慎,但我还是挺高兴,我知道这是W老师表达感谢(或者说安慰)的方式,她在感谢我作为编辑为她这本堪称代表作的教材所付出的劳动。

这本书再版后,公司在新华书店为她安排了一个新书发布会。发布会前,我去她家作沟通,W老师自豪地告诉我,她邀请了已经八十多岁的W教授,他会来捧场。我之前并不知道这位W先生的大名,只是对他如此高龄还能前来捧场感到惊讶。"W,你都不知道?哎呦,那可是大名鼎鼎的翻译家呀!"W老师先是一惊,随后皱起了眉头。当她说起W先生那大名鼎鼎的译作《金枝》时,我获救一般,马上说这本了不起的人类学著作,我曾经翻阅过几页。W老师松了一口气,回到了我所惊讶的问题上,"当然了,他是我师兄,我当年也是有那么点影响力的,所以说我出面邀请他呢,他还是要给点面子的。"

新书发布会当天,在闹哄哄的新华书店,这位八十多岁的老翻译家真的来参加了:个头不低,大背头,头发花白,胡子拉碴,面容枯瘦,眼睛炯炯有神——看上去很有几分索尔仁尼琴的派头。由于年纪大,走路不稳,一路由一位看上去七十来岁的老妇人搀扶着。除了这幅特别的面貌之外,W先生给人印象深刻的,还有他简直可以说简朴至寒酸的衣着——浅灰色的旧夹克,拉链一直拉到胸前,由于偏大而极不合身,空空荡荡,仿佛里面灌着风;灰色的直筒裤,同样宽大而不合身;黄胶鞋,老旧而过时,让人怀疑是不是上世纪的遗物。所有这些,展现的完全是一副落魄老市民的样子。这令人耿耿于怀,难以相信他是如今依然时髦的W老师的大学师兄,是一位重要的翻译家。

发布会结束后,我问W老师,这位W先生是不是生活不宽裕。W老师略微愣了一下,马上拉长声音,她无法理解我为何会有如此荒唐的猜测,她说:"可不是,他家可有钱着呢,只不过他呢太不注重仪表,有时候甚至让人嫌他邋遢。但是,我可跟你说,这是一位了不起的翻译家。"

我于是知道，这位老先生曾经家境显赫，在经历了诸多动荡起伏之后，一辈子只痴心于英语翻译，不求荣华，淡泊名利。

大约几个月后，有一次我去W老师家，刚坐定，她便叹息着告诉我，W教授病危了，她很想去看望，但她必须抓紧时间写作，实在抽不出时间去。她神情略显悲伤，一种出于工作要求的昂扬向上极力地冲淡着这种悲伤，但并不容易，你能感受到它们在她的心里纠缠。没多久再见时，W老师告诉我，W教授病逝了，由其夫人——就是发布会上搀扶他的那位老妇人，另一个落魄的老市民，一位俄语翻译家——写了讣告信，发给了相关的人。这一次，W老师放松了许多，仿佛病危的W先生是个沉重的包袱，终于落地了。"都是一些亲近的重要的人，我当然也是要发的。"她起身，将W先生的讣告拿给我看，打印在A4纸上，四号甚至更大的宋体字后面，盖了一个方形的私人印章，正是那位老妇人的。W老师站在我身旁，默默地等着我看完，收起来，放回原位。

然后，她又走向书柜，默然地从中拿出了W先生赠给她的两大本《金枝》，拿给我看。商务印书馆的新版，衬页上写着字，字后面盖着一个方形的印章，是 W 先生的私章。我默然地翻了翻，递给她，W 老师又郑重地收了起来，放回书柜——展示并摩挲故人的馈赠，也是一种怀念吧。"这事又要耽误一天时间。但是人家去世了，总还是要去送一送的。"她有些伤感，有些惆怅，但更多的似乎是担忧，担忧时间的不够用。她还是有分寸地微笑着，似乎死亡并不存在，似乎死亡无法进入她的思考范围。实际上，她必然明白，死亡这个暴君正在通过比她先逝的人向她发出威胁，那就是：她得从有限的时间里拽出一天来面对死亡。只是，我或许还无法理解她所感受到的生死相争的残酷。

能在实质上影响 W 老师的，大概只有两类事情：一是不能及时掌握自己作品的出版情况，二是不能遵从她的想法。有一段时间，她经常打来电话，开口就说："我说，你怎么这么久不给我打电话呀？"然后是一声生硬的干笑，但那点笑根本藏不住她极力压抑的不满与责备。她想随时掌控有关她作品出版的尽可能多的细节。

但这还是好的，最难堪的是第二种情况：她满心期待着一个阶段的工作成果,但看到成果时,发现和她想象的并不一致。那本重要的教材出版前,我将刚画好的插图拿给她看,翻了五六页,她突然将稿子扔在桌上,激动得哭起来,"你们怎么就不听我的话呢,怎么就不听我的话呢,那么不要出了吧,干脆拉倒算了。"她女儿当时就在身边,似乎早就预感到了暴风雨的来临,满脸凝重,她相信母亲是对的,但无论如何,她还是赶紧劝说,调和。我当场承诺,在不影响出版时间的情况下,尽可能地修改——她妥协了:她赶时间。

我当然不会忘记,相识不久之后,W老师就跟我说:"之前和一家出版社合作,小编辑什么都不懂,还自以为是地要改我的东西,什么玩意啊。而我呢,我的态度一直都这样:宁可不出版。"她希望始终保持这样的风度,并在合作方那里获得与之相匹配的尊重——在与我当时的老板(她的学生)签订出版协议的时候,她提起版税问题,老板给了她一个慷慨的数字,这让她十分满意。但这,正是她的许多作品都会在出版上遇到坎坷的原因,所以,当我因为要离开那家出版公司而不能继续做她的编辑时,她曾一度伤感落泪（我离开后，W老师的作品似乎确实没再出版过）。

我不懂英语教学，但W老师毕竟是八十多岁的人了，她欣赏的插图风格以迪士尼和海尔兄弟为范本；她在英语教材中，提到食物时喜欢说"meat pie"，提到玩具则说"iron hoop"，诸如此类。这有点残忍，但又确乎是事实：她以强烈的自信和不可侵犯的强硬，牢牢地背负着上个世纪的辉煌与潮流。

绿色的鸽子

W老师毕业于上海一所著名的教会学校，圣约翰大学——这里曾走出了许多有影响力的人物，这些人也让她引以为傲，如顾维钧、邹韬奋、贝聿铭、周有光，等等。一九五二年，这所大学被分散于上海的多所大学，仿佛撕碎的纸片被撒入风中，而当它最晚的毕业生过世，则将杳无踪迹。W老师从小在上海长大，这个晚清以来中国最发达、最开放、最具活力的城市，但大学毕业后，她并没有继续留在她更熟悉的地方，而是来到了首都北京——从任何意义上讲,北京都是一个更有高度的地方,几乎可以俯瞰全国,或许正是因此,更能让人抖擞精神,蓄养抱负?

W老师只是淡淡地说:"当时毕业分配,一九五二年我分到了新华社北京分社。"

无论如何,北京很快就为她新闻记者的事业带来了回报。没多久,W老师就写出了一些有影响力的稿子,"做记者,总还是有那么点自己的想法的。"最值得一提的是一九五五年钱学森回国,她是这件振奋全国的大事件的亲历者,更是报道者。"我注意到了他的衣着,着装的颜色,等等,并且据我判断,钱学森应该是比较喜欢绿色的。"她很高兴能时隔多年再次谈起人生的第一个辉煌时刻,就像一个九零后在谈论她的偶像——她的记者偶像是如何敏锐地抓住了报道对象的个性特征。

关于这一点,W老师并没有多说,但这绿色确实是令人印象深刻的一笔,在那个印象中一切都灰扑扑的年代里,哪怕仅仅是作为往事来回忆,也令人眼前一亮。或者说,她(以及她那一类的人)就像一只绿色的鸽子,纯真、机敏、自律,咕咕地叫着,带着某种责任的鸽哨,飞翔在时代的天空——像绿色的火焰一般耀眼。

然而，不到两年后，历史的旋风便席卷了这些无害的生灵，他们在自己耿直而喧嚣的争论中被折断了翅膀——当他们自己发现这一点，已为时太晚。W老师所在的部门，司机、财务等所有人加在一起大约二十个人，其中就有八人被划为改造对象：五分之二。这是一种基于数学的政治学和社会学——她仿佛永远不会忘记这个惊人的百分比，正如她不会忘记这个百分比是一个指标，是一个必须完成的基础线——因为政治学和社会学只有反映在数学上才显得完美，才会显示操刀者的雄心壮志？W老师，这只耀眼的绿色的鸽子，当然也在其列。

她像惯常那样，微微歪着头，认真地看着我，以一种不可思议的口吻说："最后一个，最冤最冤的，是我们那个财务人员，他的罪行是什么呢，就是说了这么一句话，'他们几个人平时都挺好的啊。'"短暂停顿，仿佛在这里需要急吸一口气，"这可真是够滑稽的。"最后，她还是爽朗一笑——把这介乎嘲讽和宽恕之间的笑抛出去，把自己拉回来。

一个天生的战士

但 W 老师并不觉得自己是完全冤枉的,尽管有一些罪名无法接受,她还是老老实实地意识到,一只绿色的鸽子到底意味着什么。她早学会了自我批评:"资产阶级思想嘛,可能多少还是有那么一些的。"她的语气表明,即便这是一种错误,也是一种值得自豪的错误——就如同历史曾长期地将女性之美视为一种罪恶。

而令人惊讶的恰是"自我批评",这是一种生活的教育,或者说历史的教育吗?一种生存策略,一种姿态?或者说,是对那场运动的合理性的体认——这体认即是对规则的认可:认定规则,自我检讨,顺从规则。一个严格的模板,切割着所有人自由舒展的部分。这意味着:没有自由的规则,没有更高的规则,也没有更好的合理性。W 老师的质疑只是对规则执行是否合乎标准的质疑,而不是对规则本身的质疑。

这是改造的成果吗?人类令人不安的芒刺,从来都是思想进化的源泉,但我们知道,麦穗被剥掉了麦芒,被打成麦粒,被磨成了面粉。

她被外放劳改，进干校，接受广大贫下中农的再教育。"掏粪、喂猪、养兔子、种黄瓜、拉大车，这些活我都干过的，你想不到吧？咱可是每一样都干得不赖。"愿于某种豁达的笑容依然挂在脸上，仿佛正在笑对历史现场，"比如种黄瓜，现在我还记得，如果下了雨，那么黄瓜上需要尽快冲水，要不然将来吃起来，这黄瓜就会苦。你都不知道的吧？"在曾经的那个人生的竞技场上，W老师显然也顽强地战胜了磨难，于是磨难变成滋养她生活的得意与信心——竞技者沉溺于技艺本身，所以其荣耀具体而极有激励性？她似乎并不在乎在哪里，在做什么，她只在乎是不是比别人做得好。一个天生的战士。

所以，在体认惩罚的同时，她又不屑地说："说向什么贫下中农学习，现在想来真叫一个荒唐，你知道他们在一起说得最多的是什么吗？我告诉你，就是一些低俗下流的黄段子！除了黄段子，那些贫下中农们就不会说话了。"

W老师可以认错，可以接受惩罚，可以接受再教育，她希望这一切尽快过去，但并没有。所以当提到这件事的时候，她的眼睛里闪动着的是委屈，以及对不公的控诉。

这句话,她重复了好几次:"如果一个人确实错了,我想,那么受点惩罚也是应该的。但是,受过惩罚,平反之后,如果还剥夺人的工作权利,那就太不公道。我理解不了。"让她没想到的是,平反后她不能再当记者了,而是被发配到了报社的资料室。人们都觉得让一个才华出众的女记者去资料室打杂太可惜,但即便如此,人们还远远无法体会当事人的愤怒。

所以,心怀委屈与愤懑,在无聊的资料堆里干了几天之后,W老师将自己以前写的所有稿件一把火烧掉了,似乎点燃的不是她过去的付出,而是她的愤怒。"是一天晚上,在家里烧的。"一个人在家里默默地烧,烧掉从前,也烧掉重返工作的希望,或许也烧掉了她期冀获得的某些歉意。无论从何种角度来看,不能不说这愤怒的绝望是明智的,因为这把火让W老师跳出了希望与失望交相摧残的一生。烧掉,才能改弦更张,才能重新开始——或许她相信,即便烧掉整个家园,她照样可以快速建成自己的大厦。她就是这样一种人。

二十根冰棍的羞辱

做英语教师是 W 老师的第二个职业，大约始于新闻稿大火之后，这个职业让她在上世纪八十年代收获了莫大的荣耀，一度成为整个北京乃至全国性的风云人物。

圣约翰大学毕业生得天独厚的英语优势，地道的美式口音，新潮时髦的衣着打扮，使得 W 老师又一次，在那个灰头土脸的年代，成了一个鹤立鸡群般耀眼的人物，学生们欢欣鼓舞——她最早的那些如今已六十多岁的学生，现在还津津乐道地回忆着第一次见到 W 老师时心中的悸动，称她为"圣洁的白玉兰"。良好的基础，勤奋，钻研，加上对每个学生一视同仁的难能可贵的品质，她很快成了老师们中的佼佼者。

有一个英语几乎零基础的学生，W 老师接手时，他的英语测试不会超过 10 分，在她的辅导下，只用了一年时间，这个学生就可以考到 60 分以上，但在初中毕业考试中，他只得了 58 分，没及格，这意味着无法顺利毕业。她为此去找校长交涉，她的理由是，一年的时间，这名学生能从 10 分考到 58 分已经是一个奇迹，校长应该宽容他 2 分，

"你要让人看到努力和进步的价值，"而如果不宽容，这2分就会毁掉一个孩子的前程。校长最终被说动了。

她的同情和勇气也让她获得了回报——上世纪六十年代中期以后的动荡中，她并没有遭受到多少冲击。这让她更加坚信同情和勇气的价值，也让她欣慰而自豪，"我一直对学生好，所以他们告诉我，W老师你别怕，我们会保护你的。"这当然是一种令人心惊胆战的区别，将她和另一些人区别开来。有些老师被带到一个大操场上，被咒骂，被抽打。"就在那边，不远，老学校的大操场上，"W老师冲窗外抬抬手，那些凄惨的回音似乎还回荡在窗外，令人不寒而栗，"深更半夜都能听到叫喊声，撕心裂肺，真是惨得不得了。"

她更愿意说起的是另一件十分模糊的事。一个女的（大概是当时的女学生），偷偷地骑在门框上，W老师（或许被迫着）从她的裆下钻了过去。"有这么侮辱别人的？我现在还是想不通，一个女的那么做，到底是在侮辱别人，还是在侮辱自己？"她神情严肃地提出疑问，随即一笑，给出了答案。这大概是她遭遇过的最难忘的侮辱。我报以苦笑，作为对这件事的荒谬以及 W 老师的质疑的回应。W 老师接着说："要是一个男的这么做，总还是可以理解的，但一个女的……"她苦笑着摇了摇头，对那个曾经意欲侮辱她的可笑女生，以及她可怜的贻笑大方。

上世纪八十年代，电视开始越来越多地进入寻常百姓家。由于别具一格的英语教学法，以及优异的考试成绩，有一段时间，W 老师和她的学生们被邀请去录制电视节目，在中央电视台播放。一时间，北京（乃至全国大城市）的大街小巷，几乎无人不知她的大名——即便是三十多年后的今天，出身知识分子家庭的六七十岁左右的人还记得她的名字。W 老师成了一颗熠熠生辉的明星。

可后来，由于好心在自己编写的英语教材上署了一个研究员的名字，W 老师被反咬一口，说她侵权。这引发了一场著名的轰轰烈烈的知识产权官司，由于没有必要的证据支持，W 老师最后输了官司。但这对她来说，并不算一件大事，毕竟那只是她众多作品中的一部。"这件事反而更让我看到了自己的价值。（刚输了官司的那几天）我去坐公交车，许多人给我让座，向我鞠躬说，'W 老师，您受委屈了。'"她依然爽朗一笑,以此宣布她对那个判决结果的蔑视,"人民的眼睛总还是雪亮的,谁是谁非还是看得清楚的。"她相信自己并没有输给事实,只是输给了拿不出证据。尤其让W老师欣慰的是,这场影响极大的官司,一定程度促进了中国著作权法的诞生——几年后,中国就出台了著作权法。"这也算是我对社会进步做出的一点贡献吧。"连同这个意义,她接受了这个已被明确作出的裁决。

让W老师大动肝火的,是另一次没有被裁决的不公。她所在学校的一位代课老师,在校外办英语培训班,来求W老师,说尽了花言巧语。她尽量不失庄重地模仿着那个人的样子和语气:"W老师啊,我是真爱教育的,我将来死了,如果悼词上能这样写——这个人是真正拥护党和国家的政策,是真正办过教育的——我就很满足了。找您帮忙,只希望招生宣传单能写上您的名字,您象征性地去上几次课就可以了。"W老师说,人家的要求不高,对她来讲只是举手之劳,又怎能忍心拒绝。她去了,那个校外培训学校生意的繁荣令她震撼,"你可不知道,学生真是多得不得了。"

干了一年，她就没再去了，有一天却被校长叫到了办公室。让她完全没有想到的是，有人反映说她在校外代课，这是不允许的，学校不得不象征性地有所反应，校长说，"就在你的奖金中意思性地罚一块钱吧。"W老师一个月的奖金是五块钱。罚一块，钱并不多，让她无法接受的是这个事情本身，当时在校外代课的老师不止她一个，并且她认为自己出色地完成了分内工作。"我对校长说，一块钱没关系，不就二十根冰棍吗？但你记住，这件事会让我数落你一辈子。"刚才严肃的神情舒展下来，自信地一笑，然后看着我，"你看吧，现在都过去这么多年了，但说起这件事，我还是要数落他的。"W老师对自己当年那洒脱的应对方式，十分自得，因为那不仅是潇洒的，而且仿佛一种预言，明明白白地一遍又一遍地应验了。

实际上，这种看似淡然的无所谓大概只是说起来时的样子，因为W老师又一次点了一把火，烧掉了自己多年的积累。这次烧的是教案。"就在这个房子里烧的，那天晚上。"她看了一眼房间的地板，仿佛还能看到泛着蓝焰的火。

我们的谈话似乎瞬间回到了已属于历史的长夜：她坐在现在正坐着的那把木靠背椅上，泪珠沿着脸颊滚落，不断地将自己的手稿，一叠一叠扔进火焰颤抖的洋瓷脸盆。这些她曾看过无数遍或许令她激动不已的资料，被投入火盆，就如同一个目不识丁的人烧掉无用的废纸，如同急需靠它们取暖。

告别

二〇一四年春天的告别，是我迄今最后一次见 W 老师。那天下午聊天时，W 老师一直在留意小客厅中的电话。接了第一次之后，电话大概还响起了两三次，每当电话响起，她就微微扭过头去，冲着客厅喊道："小梅，是哪里来的电话，不是找我吧？"她女儿已经在接了，待挂了电话，才说不是。

过了五点钟，W 老师去另一个房间找了一件薄薄的灰色羊毛衫披在肩上，"我们去吃饭。"由于是告别，她女儿早就提议说要和 W 老师一起请我吃晚饭，为我饯行。要出门时，W老师一边整理刚穿上的羊毛衫，一边看着我说："五月份，我还得去N省一次，给他们再作作指导。"自信地一笑，又说，"你去了杭州，也看看地方的学校，可以给咱们推广推广，无论如何，"她停了一下，"这对你是有好处的。"这就是W老师，一个寡居了许多年的老人（关于她如何与丈夫离婚，她从来没有提起）。

出了小区门，花坛边上坐着一个收废品的人，W老师见到他，便冲其有风度地笑笑，"一会儿等我吃完饭，到家里来一趟啊。"含混不清的话，配合着随意的略微抬抬下巴的动作，她的意思变得明晰起来，至少在场的所有人都明白了。但那个收废品的黝黑的中年男人看到走在一旁的我时，像是被什么灼伤——我正好也看到了他——他快速地低下头，眼睛里闪过一丝迅疾的不悦，好像有我在场会泄露某个秘密，那眼神令人耿耿于怀。

那人尽可能短暂又小声地，含混地说了一个字或两个字，作为对他的这位老客户的回应：一种被生活规驯的回应，一种职业性的回应，饱含着对那一闪的不悦的压制与容忍。

厌倦了的人

破相了

西四环外侧的南坞,是距离六郎庄最近的另一个著名城中村。

我离开六郎庄后,才知当时的同事Z就住在南坞:我在六郎庄时,他住在那里;我在三义庙时,他住在那里;我从与他共事的公司辞职,搬去了沙河,甚至在我准备离开北京时,他依然住在那里。Z并不喜欢南坞,就像他同样不喜欢北京,但他必须忍耐着,那是一种需要——只要他还在我们曾共事的那家公司工作,只要他还没离开北京。

他多次要离开北京，但迟迟不能离开：如果不能在北京踏踏实实上班，在衡水老家的妻子及正在上幼儿园的儿子、月供房贷，都会成为问题。

二〇一四年春天，我已从与Z共事的公司离职两年，一个周末，约了时间去看他。因之前来过一次，还记得大概方位，在西四环下公交车后，我径直往南坞去，他往公交站这边走，来迎我。刚过了四季青镇政府大院（似乎已被废弃），就遇着了。Z还是老样子，笑起来神情单纯，单纯中又夹杂着狡黠，说起话来声音微弱，仿佛总怕说错，神色多少有点颓废，似乎对什么都提不起兴趣，但又不是完全没兴趣——像一个内向、羞涩、不积极上进的毛头中学生，一点儿不像三十岁的人，更不像一个四五岁孩子的爸爸。

Z突然停下来，撩起额前的头发，说："你瞧，留的疤。"仿佛一个小孩在迫不及待炫耀某种奖励。左眉上方，斜着一道约两厘米的疤痕，虽然清晰，但已痊愈。"明显吗？"他先问我，随后又追加了一句，好像为了确认这个问题的严肃性，"你看，都破相了。"实际上，如果不将头发撩起来,并不容易看出来。我说不算严重,头发放下来也不影响美观。Z眉头一挑:"我操,这还不算严重?"仿佛没想到我对他的遭遇不能感同身受,但说话的瞬间,他又接受了这个结果。

我问怎么回事,他转身指着镇政府大院对面的一条小路,抬抬下巴:"就那儿,一傻×娘们儿,五六十迈的速度拐弯,我骑车正奔四环去,根本没反应过来,一下就飞了出去,有好三四米远。"他可能意识到自己的声音有点激动,于是停顿下来,笑了一下,但那笑容中充满了尴尬,像是为自己这次遭遇感到不好意思,"还好不是直接撞我腿,要不然这条腿肯定完蛋,车头怼在了自行车后轮上。人飞了出去。当场额头就流了血,流了不少。"

这就是车祸的整个过程,像所有灾祸一样,短暂,完整,眩晕,足以给当事人留下长久的恐惧。Z讲这些时,神情生涩而复杂,好像这事刚刚发生。自那以后,Z再也不骑自行车了,他说他真的怕了,宁愿等,宁愿挤公交,哪怕等一小时,哪怕到公司时挤出一身臭汗。肇事女司机对这事一点儿不在乎,她有保险,"按保险走呗。"这是最让人受不了的,撞了人就像不小心打碎了一只杯子,"撞了人,啥事没发生似的,娘的。"

后来,Z走了法律程序,询问了律师,一家事务所帮他整理了上诉材料,他自己拿去法院递交。三个多月后,法院宣判了女司机的主要责任,医疗费加上误工费、赔偿费,总共赔了Z不到一万块钱。这个结果显得太冷漠,Z说起诉前前后后,他搭进去两三千块,还耽误了一个多月的工作。让他感到安慰的是,他所在的公司给了一万块抚恤金。

我也不能理解这种宣判,想当然地问及精神损失费。Z愣了一下,随即有点激愤地说:"狗屁,还精神损失费。人家说你这伤口不到多少厘米,连轻伤都不算。中国的法律,不都是向着有钱人的?惩罚太轻,所以有钱人做啥事都肆无忌惮,不在乎别人的生命,反正大不了赔点钱呗。"接着,他为这个判断找了一个更残酷的例子,"我有一老乡,就那四环辅路,骑个电动车出门,在一个三岔路口,被一辆小车给怼上,一下给撞到了主路上——幸亏主路上当时没车过来,要不然肯定完蛋——肠子都破了,缝了好多针。

最后怎么着?"在短暂的停顿中,他瞪大了眼睛,"也就赔了四五千块钱。"随后又加了一句,"北京这破地儿,妈的。"

但面对这种无处不在的顽疾一般的傲慢(金钱的傲慢,法律的傲慢,机关的傲慢,权势的傲慢),Z和绝大多数人一样,能做的只有无可奈何地咒骂,然后在咒骂中平复自己,再适应它。即是说,通过放弃,通过适应,成全它们的全面胜利。

在饺子店里

正是午饭时间,Z带我直接进了路边一家有八九张餐桌的饺子店。"上次咱去的那家小饭馆撤了,那溜房子也都拆了。娘的,那些房东们这下可发了财了。"约两年前,我们在Z所说的那个小饭馆里喝过啤酒。现在这家饺子店,不光有饺子,也有各种家常炒菜,菜单的丰富性与食客人数那么不协调,以至于使人怀疑菜单的必要性。店门口就是一条马路,靠边停着的几辆大卡车,沾满了泥灰。没人知道这些卡车的司机们身在何处，正在做什么，就好像它们没有司机一样。

一位服务员——大概也是老板娘——面目黝黑，衣着普通得有点配不上"老板娘"这几个字，拿来一薄本简陋的菜单，撇在我们落座的桌子上，什么话也没说，转身就去招呼刚进门的其他客人了。Z点了两杯扎啤，两个炒菜，又点了些现成的凉菜，猪蹄和鸭脖（它们和别的凉菜一起，盛在四方形的硬塑料盒里，招牌一般，挨个儿摆在饭馆入口的玻璃门旁边），一样一盘，后来又执意点了三两饺子。靠里面的柜台基本无用，也没有收银员站在那里。柜台后面就是后厨，黑洞洞的，只听得轰轰的烧火声。

仿佛出于某种感恩，又仿佛出于某种担忧和不信任，我忽然想到：后厨的那个人，是哪里人，他厨艺如何，他用的是哪里的材料，他是否会将食材洗干净，他会因为客人不多而感到焦躁吗——这些隐藏在幽暗处的事情，不正是我们生活根须繁多的基础，不正是水面下的那"八分之七"吗？

整个中饭时间，来这家饺子店就餐的人不超过十拨，小店始终冷冷清清，直到来了一位大约住在附近的老北京。他人高马大，一进门就和那位不像老板娘的老板娘聊起来，声音沙哑，嗓门始终很高，仿佛怕别人听不见。我和Z的闲聊顿时被打乱了，他的北京话就像涂了胶水的生锈的锥子一样，硬生生地刺进你的思维，搅乱你的语言。落寞的老板娘就站在他落座的餐桌旁，一手拿着一个小本子，一手拿着笔，像是在进行一场毫无把握的听写。她讪讪地听着，偶尔用她的南方口音插上一两句，消极又敬业地赔笑着。

我们回头看看他们，希望以此提醒他们，店里不止他们一桌客人，他们应该收敛一下自己的声带。起初他们根本没注意到，第二次我们又转过去时，那个老北京看到了，但我们的眼神如同微雨落进了熊熊大火，不但没有使其熄灭，反而助长了这嚣张的声音之火。我们只得停下来，一边忍受着，一边沉默地吃着。不知过了多久，当我们重新聊起时，突然发现餐馆里的客人又一次只剩下了我和Z。

忍耐

在公司，Z参与的一个项目出了点问题，项目负责人已经离职，他莫名其妙地被领导叫去批评一通。领导厉声警告他，即便你明天就要辞职，今天的事情也得做好。Z感到委屈，他觉得自己成了领导的出气筒。工作出了问题是因为没有流程管理，就算因为他是参与者受点批评，也可以接受，但如果那样说，就是在侮辱人了。"怎么能这么说呢？说得我像是在混日子似的。这不是侮辱人吗？"他眼睛瞪得圆圆的，仿佛不小心会渗出一点泪光，但随即脸上又露出一点笑容，像是为了防止落泪。"天地良心，咱哪天不是尽职尽责？"

几秒钟的沉默带来了略微的平静，Z端起啤酒，跟我碰碰杯，仰头喝了一口，招呼我夹菜。Z不能安心在北京上班，主要因为老婆孩子都在老家，他总是需要两地跑，来回折腾让他精疲力竭，而老婆孩子来北京的可能性又几乎没有——Z未曾明说，但能感觉到，他也担心将妻子长期留在老家，毕竟这个花花世界有太多的诱惑。

我问他今后如何打算，Z又和我碰杯，喝了一口啤酒，待这口酒完全咽下，才说："唉，能沾点边儿的都想过，感觉没一个好做的，也不知道能干吗。"相比北京，衡水确实是一个太小的城市，这意味着一个显而易见的事实：缺少工作机会，也缺少购买力。Z知道，要在衡水找到一个现在这样的工作，几乎没有可能，要回衡水，唯一可能的出路是自己做点事情。家肯定是要回的，继续留在北京，只是为了多攒点本钱。"也许明年开年就走，没办法，刚买完房子，现在手里就两万块钱，啥也没法干。"

Z在衡水置办的房产，两年前就开始还贷。去年底装修好，老婆孩子住在里面，孩子就近在那里上幼儿园，老婆照顾小孩，无业。他平时上班，住在南坞，周五晚上坐高铁回衡水，周一起个大早，再坐高铁回北京，八点钟到北京西站，赶去公司上班。这样的境况，还是比较令人满意的，尤其高铁开通，为他的工作和生活找到了某种值得欣慰的平衡。但这种欣慰与平衡只是暂时的——Z几乎无时无刻不在想，如何冲破这种暂时性的欣慰与平衡，将其升华至永久。

Z吃了一口菜，又和我碰杯喝口啤酒，才犹犹豫豫地说：

"其实，我在琢磨一件事，你帮我参谋一下，这事能干不能干。"我应承了一声。他郑重其事地说："我们那地儿吧，现在地都没人种，承包的话很便宜。我就琢磨，能不能在老家承包十亩地，养羊。十亩地，都给用铁丝网圈起来，建一溜儿简易房，弄好饲养池，地里种上苜蓿，养百来只羊，就地放养，卖羊肉……现在的问题是，手上没钱，我算了一下，成本投入要差不多四五万，还要预留一些钱，还房贷，还要日常开销……"略微停顿了一下，才从铺垫跳到主题，"你觉得这事能干吗？"

颓丧的人，激情的人

其实二〇〇六年前后，Z 就回过一次老家，和他的六七个职校同学一起，打定主意要离开北京，但最终只有一个留在老家，其他几人都和他一样，又来到北京。留在老家的那个同学，在一家工厂上班，"日子也就那样。"和 Z 一起重来北京的几个，也和他一样，继续干着老本行，做图书排版工作，干了十多年，平均月薪大概四五千。这些同学中，Z是收入最高的一个，这境况极其自然地在他的眉目间浮起一点淡淡的自豪。但他很清楚，他们所干的行当就是个力气活，几乎没有上升的空间，随着年龄增长，如果没能跳到管理岗位的话，往后是无法继续的。

二〇〇六年回衡水老家，Z本不准备再来北京，在老家结了婚，可家乡贫乏的工作机会使他不得不带着新婚妻子再次返京。后来妻子怀孕，回老家居住，他一个人留在北京奋斗，在频繁换了好几份工作之后，找到了现在的公司，待遇、稳定性比以前都好很多，一干就是六年，也是在这里，他积攒了买房的资本。所以，虽然工作干得并不爽快，他还是选择再坚持一些时间。"走肯定是要走的，不迈出这一步，永远看不到头儿。"

Z初中毕业后，在老家上了一个高职，学的是计算机排版。学校是一个熟人介绍的，当初说的是学计算机，听上去很有前途，但直到工作几年后，他才明白"计算机"和"计算机排版"是多么的不同。"谁他娘的能想到是学这个？"况且就这电脑排版的技术，也不是在学校里学的，如果说在那里真的学到了点什么，就是电脑打字。那个高职在宣传中说是北京一家公司和当地政府合办的学校，但才上了一年，学校就撤了，所以作为还没有毕业的学生，Z跟着学校来了北京。他现在明白："那根本不是什么学校，就是为了骗学费。"

Z和他的家人当年看重的是学校的承诺：毕业包分配。毕业时，学校确实给他推荐了一份工作：打字，月工资三百元。"就这，最后还不好好发，只给两百，真是他娘的，有这么欺负人的吗？"后来他只好自己跳槽，去面试一个电脑排版的美工职位，"人家问你有经验吗？我能怎么说，心突突地跳着，说有。"去试排，他只能憋着劲儿手忙脚乱做个样子，但看上去似乎操作很熟练，最后被录用，边工作边学，两三个月，学会了基本操作。"再跳槽，从二〇〇一年一直跳，跳到二〇〇七年，直到进了咱公司。"

说着说着，Z又一次郑重其事地问我："你觉得养羊这事儿真能干吗？"我表示过支持，但似乎在他看来，那只不过是一种出于礼貌的鼓励，我于是又说了一遍我的理由，衡水离北京近，羊肉能卖上价钱，北方人爱吃牛羊肉，等等。但我知道，即便再重复一遍这些看上去基本正确的理由，对 Z 来讲也并不意味着什么。没有本钱的人连奋力一搏的机会都没有。

我们一直这么闲聊着，偶然回头，才发现整个店里除了我们，就只剩下一个衣着更朴素的中年男人坐在旁边一张桌子后面。他应该是老板，同时也是刚才在后厨给我们炒菜的人，神色落寞、倦怠、无可无不可、阴郁，似乎一个被谁安插在这里的人造人，生命不属于他，这个位置也不属于他，他在这里仅仅是在这里，没有其他含义。很明显，他是在等着我们离开，但并不着急，也毫无催促之意，他没有其他要紧的事。

某种程度上，这位老板模样的人，和 Z 很像。他们被更多的问题困扰着，以某种惯性延续着在这个城市的生活，构成生活史的灰景观。他们脸上，他们眼睛里，所表现的也是我们，他们的令人惊异与慌张，也正是我们的令人惊异与慌张。

游荡者的午后

四月的阳光已经有点毒辣。路上没多少人。

Z在南坞搬了一个新屋子,月租三百块。我提议去看看,他有点犹豫,"比之前的还小,就只放一张床。"但一边这么说,一边还是慢悠悠带我往村子方向走。经过一个小公园时,我们在近旁飘着尿骚味的公厕里(仅从外观看,它比六郎庄的公厕好很多,而且,它几乎是这里最体面的建筑)上了厕所——这也是Z在南坞上厕所的地方。

公园后是一些平房及临时搭建的小矮房,地上堆着很多沙土和砖块,几只脏不拉几的小狗跑来跑去,但并不叫唤,显出很懂事的样子。空地上停着好几辆大卡车,还有几辆小轿车。一个低矮的石棉瓦简易房旁,几个中年男人正在打牌,再旁边,一个肥胖女人在洗头,塑料盆放在方凳上,凳子边放着热水壶和大瓶的洗发水。她旁边卧着一只冷漠的狗,眼睛都懒得翻一下。

路两边停满了小轿车,有不起眼的奇瑞,也有不少高端车,奥迪、宝马,北京现代和大众居多。"操,这地要拆迁,他们有钱着呢,宝马算个啥。"Z大概看到了我打量奥迪、宝马时惊讶的样子，它们看上去确实和这个破砖碎瓦遍地的村子有点不匹配。再往前不足百米，就是Z租住的院子了，他掏出了钥匙，已经抬起手，却突然站住，转头问我："很小，就放一张床，还进去吗？"仿佛小屋中藏着不可告人的秘密。

于是，我们像两个无所事事的游荡者，顺着村子西面的一条并不太宽的柏油路转悠。一些杂乱的棚屋后面是荒野，太阳正从那个方向照下来，路边的野草已经很高了，蒙着灰尘。我们转到了四环边一条南北向的铁道上。铁道早已废弃不用了，大约一百来米之内就有两条铺了柏油的道路横过，路口也无任何警示标志。不断有三三两两的人穿过。铁轨中间积满了土，已形成一条坚实而光滑的小路，老年人推着婴儿车在上面散步。旁边有几棵很高的柳树，招展着春风，似乎它们头顶的天空比别处更加高远。

铁道另一侧就是商场，可以看到里面挤满了人。下面的停车场边上是一溜小摊：卖烤串的，卖凉皮的，卖煎饼的，卖臭豆腐的，贴膜的，卖衣服的，租房子的，卖水果的，拥挤不堪——就是这里，聚集了无数人（他们中的许多和

Z一样，租住在月租金只要三四百元的城中村）的周末时间，在这个抽象的混流中，无人关心这里的人发生了什么，只是这里和许多个此类的地方一样，它们产生的数据共同填充着国家的经济报表。

时间不早了，我要告别，Z却劝我再待会儿："这儿挺安静的，再坐会儿，聊聊呗。"话还没说完，他那在淘宝上专卖电瓶的邻居第三次打来电话，问他什么时候回去——他请Z帮他买电瓶，假买，冲信用值。淘宝店铺的信用值是顾客决定是否下单的重要依据，店主不得不找熟人假买：付款，发货，写好评，然后再将钱退给帮忙的人，把电瓶要回去。接完电话，Z叹息道："也不好弄，一点儿也不省心，一个月下来就挣四千来块钱。"Z也曾想过开淘宝店，甚至自学了一套网络店铺"装修"技术，但这个行当早已过了红利期，他所了解的几个开店人的经营状况均无法给他信心。

我至今不清楚出于什么原因，是一种源于客观精神的总结，还是一种源于好心的安慰？但当时，我确实说了这样的话："在北京，多坏的事都有，多好的事也都有，多坏的人都有，多好的人也都有。"没想到Z眼睛一亮，像是突然在幽暗中看到了光亮，他说："这还真是。就我出车祸那次，倒在地上，人一下子懵了，得亏旁边过来一个老大爷，对我说小伙子别紧张，我给你把把脉，他摸了摸我的脉搏，说不要紧，没什么大碍，好好休息，治疗一下就好了。"这是一种事实，也是一种游移，但与其说是一种事实或游移，不如说是一种安慰：我们需要这些安慰。

悬浮世界

我离开时，Z一直送我到对面的公交站。上了天桥，可以看到商场里依然人头攒动。西四环路上车龙密集，轰鸣不绝，行人稀疏。天气依然很好，铁道旁的柳树梢上，淡薄的云朵散走一朵，又飘来一朵。风大了一点，刮起一只白色的塑料袋，直飘过高高的柳梢头，令人眩晕——仿佛我们悬浮不定的世界，仿佛我们被抛在空中的微不足道的梦想。

诗人去念经

发言权

二〇一三年秋天,搬离三义庙好几天后,我才发现有东西落在了那里,要回去一趟。好在那老房子转租给了B,我打电话问他是否方便,他很高兴,"来嘛,一起坐坐。"那次见面,他再三让我帮他问问,看五台山有无合适的机会,他想去五台山找座寺院,住一住,念念经——我跟他说过有个老朋友和五台山的好几座寺院有些联系。晚上告辞,他出来送我,又一次说:"五台山的事你别忘了啊。"我问了那位朋友,回话说需要一些简介和申请资料,寺院方可研究是否接纳。然直至我第二年离京,也没得到 B 的回应。

其实,B 此前已多次去寺院念经,间或徒步云游。但他并不是个出家人或打算出家的人,他去寺院很大程度上(或许)是因为不愿像多数人那样被俗务所累,(但显然,脱离比投入更难),他期待可以有人供养。他是个随性的诗人,文字中同时充满激情与禅意:"树下,还有什么样的水 / 可供忏悔""水深入土地。寂寂灯亮。一半沙子跳入海中"。

那年清明节,一个朋友组织诗友去燕山植树,在那个活动上,我第一次见到了闻名已久的 B:快要齐肩的草草长发,不特别浓密的长须,中式布衣,斜挎着一个蓝底白花的布包——远看像行走江湖的道人挎在肩上的褡裢——里面装着一台单反相机(他说自己正在洽谈去《中国国家地理》做摄影记者的事)。这样的装束很轻易就将他与众人区别开来,使他好像一位高僧下山,来到了一群扛着锄头、铁锹和树苗的凡人中间。

植树活动后,B 提议我们,他、我,还有与他同行的他的一位老乡以及另一位刚认识的人，在东直门下车找家小饭馆喝酒聊天。之所以如此提议，仅仅因为在回程的班车上，我们几人邻座。大家有一种奇怪的默契：聊聊，看看有无可能互通有无，做些事情。

我们进了一家川菜馆，点菜的过程很漫长，相互谦让又不断比较，要考虑其他人的口味，又要考虑价钱。最后定下来的饭菜极其简单。相比而言，饭间聊天倒是热烈，各人所知道的奇人异事、诗歌界的八卦，以及对时事热点的评论，没有知而不言的。当然，聊得最多的还是生存之道，这才是大家都面临的问题。

有两位仁兄极力建议我脱离图书行业，"做编辑太清苦，无法赚钱，也无法成名。"其中一位建议我去做销售，我怀疑自己木讷少言又不会喝酒是不是适合做这一行。他举起一只手，在空中一砍，好像拿着一把无形刀，要及时斩断我的误解，"错！销售并不一定要说多少话，最关键的是如何让对方信任你！"他又解释说我的长相看上去朴素又实在，可以天然地获取别人的信任。几人中，他来北京最早，也最有成就——在北京有两套房子，所以聚餐结束时，他似乎出于某种义务，结了账。另一位劝我离开编辑行业的，是B的老乡，他刚刚由编辑转行为软文写手，建议我跟他去写软文。"比做编辑赚钱多多了。"他因喝酒而微微发红的鼓凸的圆眼睛看着我，热切又略带忧虑。

反倒是提议聚会的B，全程也没说多少话。这主要是因为在座的几人，几乎都从心底里觉得B对现实生活，尤其对于赚钱这件事，并没有多少发言权——他刚刚结束了一年的云游生活，回到北京。显然，没有稳定的工作，到处游荡，也没有钱，对绝大多数的城市人来说，这就是失败者的典型。失败者没有发言权。所以有好几次，当B想发表意见时，被不同的人及时地以略带讥讽的语气压制了下去。B有点愤愤地苦笑几声，就沉默了，心不在焉地自己夹菜吃。

在那两位热烈建议我改变命运时，B先后起身，去餐厅外打了好几个电话，之后向我们打声招呼就离开了，说去接一位朋友，"一位女性朋友，"他诡秘地笑了笑，要我们几个一定等着他，"去去就回，去去就回。"然而大约过了一个多小时，太阳已经开始昏沉，他还没回来。打电话过去催，他只说："不要等我了，你们先回吧。"

那种气息，极好

再次见到 B 是初夏。他带着一个胖胖的小兄弟来找我。我在位于三义庙的租住屋里招待他们，吃饭，喝酒。那位小兄弟全程几乎没有发言权，每次刚想说话，就会被 B 无情地压制下去（有好几次，我都觉得 B 有点过分了），但他似乎早已习惯了这样的状态，撇撇嘴，表现得很无所谓。饭后我切了几片西瓜，但随即就后悔了：他们坐在沙发上，接过西瓜吃起来，因为怕西瓜的汁液滴在自己衣服上——所以，诡异地，干脆打开本来并拢的膝盖，任凭那些甜蜜的液体啪嗒啪嗒滴落在地板上。

B 是来找房子的。饭后，我陪他们外出，在附近一边转悠，一边留意墙壁、天桥、电线杆或干脆贴在路面上的租房信息。脚下不停地发出滋滋的声音：路面黏连着他们刚才在地板上踩过西瓜汁的鞋底。直到这时，我才知道，B 那段时间一直住在那位小兄弟家——他是北京人，家里有房子，由于患病在身，不能上班，几乎所有时间都花在热爱的诗歌上，而在诗歌界有一定名气的B对他来说，正是诗歌上的老大哥。

转了一圈，在双榆树的一个小巷子里找到了一家出租床位的房子，一个南方口音的中年妇女带着我们上上下下看了好久，B才犹犹豫豫决定要预留一个床位。一间位于二楼的小屋，约七八平方米，里面四个床位，窗外是一条小巷，阳光很好，电线杆上绕满了乱糟糟的电线。月租金四五百，需要交一百元押金，B转身看着我，问我能不能先借给他，"早上出门，忘带钱包了。"我正在犹豫，那位小兄弟自告奋勇地付了钱。但那个铺位，后来并没有租，他接手了我在三义庙租住的那个老房子。

九月初，我告诉他要搬离三义庙，去北五环的沙河高教园，B说的第一句话就是："你三义庙那房子租给我呗。"他说第一次来这老房子便喜欢不已，"那种气息，极好，我喜欢。"我们搬走的第二天，他就搬了过来，与房东签合同，就好像我的接任者，及时地与这老旧的房子建立了关系：作为彼此的容器，彼此容纳，彼此塑造。刷着朱红色老漆的木地板，虽已严重磨损，依然是 B 认为最有感觉的地方：如同经受了历史磨砺的俄罗斯老贵族，高贵，豪迈，粗粝，并且有着自我革命的勇气？无论如何，这老房子是会很自然地将进入其中的人拉回上世纪五六十年代的，仿佛一块石子无意中撞入历史之河。

我住进来还不足半年时，闲来无事，用小刷子蘸着朱红色的颜料，在刚进门那块发黑的白色墙壁上，以革命时代的标语体，戏写了这么几个会令人产生错觉的字：伟大的无产阶级万岁，伟大的共产主义万岁。果然，一些第一次来做客的朋友，包括 B，认为这墙以及墙上的标语是上世纪的遗物。它们如同一个未醒的历史之梦，和这间老房子里的其他摆设配合得天衣无缝：一个我们购置的极其笨重的藏青色三人沙发，一台刷着朱红色油漆的三斗条桌，一个大约两米高的暗红色书柜，两张拼在一起的朱红色框架的木制单人床，床头是一个奶油色的小写字台（房间内最不协调的部分），两把朱红色的简陋靠背椅，墙壁上还有一扇同样朱红色的木门，其后是容量不小的壁柜。

此外，这间老房子的吸引力至少还源于以下几个方面：

一是交通便利，就像附近的四通桥之名所示，位于西北三环，属于北京稀缺位置，四通八达；二是由于小区极老，大树参天，长尾喜鹊经常光顾，跳跃在不同的树木间，还有几树每至初夏即芬芳袭人的金银木；三是租金便宜，月租金一千五百不到，与邻近同等大小的出租房相比，价格至少便宜五百块左右。这些，都是我在这里住了四年之久的原因，大约也是 B 喜欢这里的原因。

我购置的那条笨重的藏青色大沙发，简易的小饭桌，几个塑料小凳，以及一些带不走的餐具，都留给了 B——最后一次回三义庙时，它们都还在，都还被使用着，我们用来铺沙发的那条粗布床单还被刚洗过，醒目地搭晾在阳台上。

去海上

十月底或十一月初的一天，B 打电话说 Q 来北京了，想约我见见面，坐一坐。我当时正在位于五道口的一家公司上班，就约他们来五道口。下班后，刚出那幢只有三层高的灰色小楼的大门，B电话就来了，说他们已经到了。我顺着马路往南走，很快即看到了他们，在马路对面，B远远地走在前面，四下张望着，一看到我，马上挥动胳膊。

我穿过马路，这才看到B身后大约七八米处，走来一个神情憔悴的年轻人，B冲他微微抬一抬手，"Q，从天津过来好几天了。"Q穿着一双塑胶拖鞋，漠然地向我们走过来，站定，抬手跟我打了个招呼，似乎有些不自在。他衣着草草，苍白的脸上露着不易觉察的微笑，看上去极其倦怠，嘴角微微地呲着，像是胃或肚子在隐隐作痛，又不便说出口。中等个子，十分消瘦，面相腼腆而愁苦，上下嘴唇都起着一层白皮，干裂，就像刚刚从飞沙走石的戈壁滩跋涉而来。手里提着一只白色塑料袋，里面是两本书，他说是淘来的旧书，"总共才花了不到十块钱。"那书仿佛他淘来的金子——灼伤了他的金子。这就是Q，也是一个诗人，一个苦行僧般的年轻人。

我带B和Q去吃饭，网上查好的饭馆死活找不到，一时又下起雨来，只好临时找了一家顾客不多的餐馆。直到吃饭时，我才明白Q为什么情绪低落：几乎只要他开口，就会受到 B 的挤兑，而这挤兑，自然并不是在见到我之后才开始的。挤兑的内容倒也无足轻重，不外乎要他好好找个工作，踏实挣钱，不要再那样浑浑噩噩对生活没打算，诸如此类。正如那次在东直门的聚餐，只要 B 发表意见，就会受到压制。这样的压制，大概谁遇到都会无比愤懑。

Q 正处于无业状态，但他也并非那种好吃懒做之徒，他有自己的想法：随船做海员，去海上。"海员一个月的收入低则一万，多则毛两万，"他嘴唇微微地颤抖着，看看我，又看看 B，"这有什么不行？总比找一家公司上班强吧？"毛两万，这个数字对 Q 来说显然有着很大的诱惑力。关于大海那辽阔的浪漫幻想，早已燃烧掉了海上的枯燥，当 Q 说出这个打算时，我想到的是波德莱尔《恶之花》中的那只信天翁的处境，"船在苦涩的深渊上滑进"，"这有翼的旅行者多么萎靡"。大海并非温柔的乐园。当时我还没看到那篇非虚构杰作《太平洋大逃杀》，对大海之黑暗与凶险的认识还仅仅停留在波德莱尔这诗意的悲叹上。

B 有点不耐烦地说："这些小广告上的事情，你也信？"他认为就算薪资比较高，那也需要内部有人照应，"不会有什么事情像想象中那么美好的。"面对 Q 有点顽固的天真，B 几乎不能忍受了，但最后还是极力控制着已经浮动在嘴唇上的轻蔑与鄙夷，郑重地对他说："你要是真想去，我打听打听，托朋友帮你问问。"

Q 忽然坐直了单薄的身子，一脸愤怒："我就不信了。我凭我自己的双手，劳动挣钱，吃饭。干苦力，"一种惊讶使他不得不停顿一下，"这，难道还需要找关系吗？"仿佛 B 是某种命运的代言人，刚刚发布了令人难以理解的论调，使 Q 怒不可遏——他当然不是质疑 B 的好意，而是在向命运叫板。B 刚刚压下来的轻蔑一下子又跳了出来："幼稚，天真，根本不了解这个社会！"然后便陷入了沉默。命运也有词穷的时候？我在一旁竭力说些不咸不淡的话，充当他们的调和剂。在某一刻，我注意到，Q 的两只手明显在颤抖，似乎随时都会攥紧拳头，砸到 B 的脸上去——但他时时控制着，他说话时，用指节敲击桌面，每一次敲击，都仿佛释放了一拳头的愤恨。B 去卫生间，我劝 Q 不要在意，他苦涩地笑了笑，说："没事儿，我和他这么熟，我知道他是为我好。"

在Q面前，B之所以有点儿盛气凌人，是因为那段时间他正好有一份收入不错的工作，而Q无业，并且吃喝都可能主要依靠B。B说自己在帮一个富二代美女老板做事，主要工作是陪女老板见一些客人，发挥他的优势：长相的江湖气，眼光的高蹈性，知识的庞杂化。即是说，不管遇到什么人，不管看到什么东西，不管谈到什么话题，B总是可以聊上几句。B从卫生间回来后，气氛平和了不少，最后说到了一个我们都觉得还比较靠谱的工作——不用动脑子，跑一跑腿，赚钱也不见得少——快递员，Q也觉得可行，郑重地说："嗯，这可以试试。"我曾建议他找点文字相关的工作，但被Q断然拒绝，他坚信挣钱只是为了活着，而文字是崇高的，并不适合参与到低贱的生活中。他说："诗人心中要保留一种文字洁癖，怎么能浪费作为诗人的脑子？"

那晚分别时，雨早已停了，人行道上的一棵棵槐树下，到处是明明暗暗的浑浊积水。我们左跳右跳地躲闪着。夜风吹过来，已有一点冰凉，胳膊上一层鸡皮疙瘩。在路口分别，他们随着密集的人群去坐公交车回三义庙，我则跟着更加密集的人群，去坐地铁回昌平的沙河高教园。

  大约一个月后的一天，B突然给我打电话，说Q去物流公司做装卸工，干了三天，被人骗了，一分钱都没拿到。"我们正在车上，去那个傻逼物流公司，讨个说法。"电话里闹哄哄的，仿佛正在出兵讨伐。我问了问才知道只有他们两个人（就像堂吉诃德和他的桑丘？），只好嘱咐他们注意安全，不要蛮干。后来，网络上出现了"诗人Q被无良老板欺骗工钱"的帖子，然而在这个时代，"诗人"早已引不起人们的注意，更无法成为某个新闻的噱头。实际上，许多时候，诗人甚至已经成了人们调笑的对象，被认为滑稽而无能。B想发动舆论的策略显然无法成功——他经常一副典型的诗人作派，难道就因为他认为现在还是诗人可以像过去那样备受崇拜的时代吗？如果是，那大概是他对时代的误判，某种带有可怜的故意的误判。

  Q的事，最后大约不了了之。

满树芳华,皆是我肺腑

我认识Q,或者说直接和他交流,是在更早的时候。一次去看B的博客,看到了Q的评价,跟过去,才知道他也是个诗人,属于我喜欢的类型。一颗诚实直率而左奔右突、狂野却细腻的心,几乎在他笔下的每一句话里,恰如他的一句诗所言:"满树芳华,皆是我肺腑。"通过博客加了QQ之后,他却劈头盖脸问了我两个凌厉的问题,这使我相信他已经脱离社会很久——后来的事情,确实说明了这一点。

第一个问题是:"你有B的电话吗?丫突然失踪了,好多天联系不上。"我说不知道,但我认识他的一个朋友,可以打听一下。打听之后给了他一个电话号码,Q说这个号码他有,打不通,又说,"B去尼泊尔云游了。"

我出于对东南亚佛国的兴趣,后来曾当面两三次问过B有关这次传说中的游云之事,但都没有得到详细的答复,似乎那是一趟整体上可以对外宣称但细节却需要保密的事。那时,Q的博客上贴着一首他写给B的诗,配着一幅B本人的照片:一片深蓝得近乎黑色的湖泊,泛着强烈的白光，B独自一人在一艘小木船上，侧身划船，长发、长须，如同年轻的耶稣一般，显得孤独而一往无前。照片下面，Q的赠诗也充满了深情，仿佛在怀念一个永别了的导师。是的，在Q看来，那大概就是永别，所以像那阳光一般强烈而刺眼，又像湖上小舟一样轻忽得令人眩晕。

B曾告诉我，在诗歌写作上，他确实影响了Q，他说："Q的诗歌特质就像草原上的野草一般，明净且富有生命力。"B曾在北京著名的上苑艺术馆作驻馆诗人，就是那一年，Q特意从天津赶过来拜望，在上苑待了好久。B还记得，那个明净的秋天，他们一同去艺术馆后面的山间散步，在一棵核桃树（或柿子树）下，他们躺着，随意交流着对诗歌的理解，望着天空，听着风从天空的白云上、从他们头顶的树上、从他们身旁的野草上吹过。B坚信，那些经历，那些Q在写作诗歌之初进行的谈话，必然深刻地影响了他的创作。

Q的第二个问题是："你认为你懂诗吗？"接着又解释说，"我的意思是你自己觉得自己懂不懂？"但生硬的反讽并没有因为这句解释而有所减弱。从那一刻起，我便以为这一定是个高傲、极端、不好相处的人。从后来的接触看,他的行为和他的写作总是那么的不一样(哪个才是他的实质:是他的表现,还是他的诗歌?),你甚至无法相信那些诗出自这样一个人之手,唯一相近的是其中急促的气息。但更多了解之后,又会觉得,只有他这样的人才能写出这样的诗:"我爱,只爱活着/我恨,只恨活着。"抛出这个问题后,我还不知道怎样作答,他却说:"时间到了,我要下线了,改天再聊。"又补充一句,"要去约会了。"此后再无联系,直到他来三义庙——此前他大约经历了广州的失恋,天津的不顺,最后才来北京投奔B。

五道口一见之后,有一次去三义庙,B和Q请我吃饭。社区内的广场旁有一家餐馆,我们就坐在那家餐厅门口,露天,旁边是三五株高高的墨绿色塔松,外围的简易凉亭后面是一些法国梧桐。很多人在树下乘凉,也有人在广场上跳舞,小孩子跑来跑去,搅动着空气中的生活气息。我们点了几个家常小菜,几瓶啤酒,B照例挤兑Q,除了工作,还有诗歌:"你的作品虽然有天才的灵光,但许多东西是破碎的,整体性上有问题。"Q就像一个装备贫乏的战士,反反复复只用一句反问来回应："你以为只有你写的才是好诗吗？"很快，Q又像一只被激怒了的小山羊，一边条件反射式地应对着，一边身体微微发抖。B突然说要回住处一趟，上厕所。他走之后，Q冲我笑笑，碰杯喝了口啤酒，说："别看B嘴上厉害，其实对我挺好。"

过了约有半小时，还不见B回来，Q打电话催，B在电话里应着，"马上来，马上来。"又过了十几分钟，再打电话催，他终于来了，结了账，说送我去地铁口，我坚持推辞，B才神秘地说："顺便去接个人。"刚到地铁口，就见到了B要接的人，一个约三十岁上下的女士，文静，彬彬有礼。B介绍我，夸张地说："这是子禾，中国很有才华的一位青年诗人。"女士冲我微微点头——我理解为这是她在向诗歌致意，她来见B，我也理解为是她来见诗歌，无论真情还是假意。这些，大约正是B以诗人之名的额外收获？

Q依然一如既往，少有信息，仿佛一只散落在荒野中的苦涩羔羊，过着不为人知的生活，做着不为人知的工作，延展着他那十分扭结的生命。这一切正如他大学以来一直经历的那样：在天津一个大学念计算机专业，由于不喜欢而主动退学，后来又花钱办了一张伪造的计算机专业毕业证，带着这个假证做着与计算机无关的工作。为他带来收入的主要工作是文案（之前是，之后也是），他竭力地捍卫着他的文字洁癖，却又不得不接受文字暴虐的命令：接受文字作为谋生手段的事实。

北京怪圈

最后一次去三义庙大约是第二年春夏之交，其时 B 和 Q 双双无业。Q 说他第二天就要去上班了，然后便撇下我和 B 聊天，自己出门买菜。他要为我们做饭。那一次，大概由于都无业在家，B 没再挤兑 Q，只是叹息自己年华蹉跎。他说他大学刚毕业就来了北京，可一晃十年即将过去，始终没找到理想的工作。"倒是很多本可以拥有的东西，都丢了。"他叹了一口气，"要是留在老家，现在至少是县电视台的副台长了。"我问："那当初为什么来北京？"B 一愣，脱口说："操，傻×了呗。"自嘲之所以必要，大约正在于它可在失去的生活和尚未得到的生活间，做出一点平衡？

有人打来电话，接通一会儿之后，B便义愤填膺地说："此人非善茬，不见。我不想见恶人。"放下电话，对我叹息说："北京是个很势利的地方，许多人虽然认识，知道没有利益可图，就连你的电话都不会接了。"我说大忙人事情多时间少，B马上反驳："错，我告诉你吧，才不是，牛逼的人都有时间，主要看他想不想见你。"我想，北京确实像一个怪圈，到处充斥着令人愤愤的不友好，甚至充斥着杀人不见血，却总能将许多人绕进来。而正是因为它的这种磁力对我们产生了作用，唤醒了我们心中那属于同一类的东西吗：野心——没有权力（或者说影响力）的人，也梦想着像他们厌恶的有权者一样获得权力？

这种势利的北京怪圈，B大概深受其伤，他或许曾以为我也属于这个怪圈。最后一次见面前，我打电话约见，他虽则嘴上答应，但语气显得很淡漠。那天下午过来之前，我再次打电话确认："在家吗？我带一坛黄酒过去。"B依然语气倦怠，没睡醒一般，但总算是略有一点欣喜："好啊,好。"

在观音古寺

离京一年多后,一天,B联系我,说他在安徽马鞍山的一个观音古寺念经,离我不远,"有空来看看我吧。"这个特别的邀约散发出的某种孩子气的天真打动了我。两三个星期后的一个周末,在他的提醒下,我和爱人带着一些杭白菊去了马鞍山(抵达的那晚,见寺庙住持时,他拿着那两盒杭白菊,说是我特意带给住持的,住持拿起来看了看,礼节性地说了一声谢谢,然后放在一旁)。下火车后,打车拐来拐去走了不少路,经过一片建在湖光山色中的荒弃或尚未完工的别墅,在一个草木葱茏的山脚下终于看到了刻有"观音古寺"几个大字的崭新的牌坊。

牌坊背后是陡峭、巍峨又十分宽阔的新造的青石台阶,台阶顶端就是镶着朱红色大门的寺庙。它们的崭新以及高大巍峨,都和它所处的偏僻之地及它古朴的名字有点不相称:太新、太高、太大、太堂皇。打过电话,一两分钟后,

B就开了寺门，站在最高的台阶上笑眯眯地向我们招手：剃着贴头皮的短发，蓄着小胡子，穿着墨蓝色的无袖布褂、灰色的束脚裤，皮肤黝黑，牙齿洁白，手腕上绕着一串佛珠。

我们跟着他进寺，直到位于二楼的寺庙会客室，才发现这观音古寺坐山面湖。山上满是茂密的灌木，山下则是一片汪洋湖水，在天色的明暗变化中闪烁着强弱万变的光，一直延绵到四周的远山脚下。远山上丛林茂盛，几只白鸟飘然滑翔，偶尔也会有一群黑色的小鸟自树丛中飘起，呼啸着飞走。会客室位于最佳的观湖位置，门前的走廊上放着一大张整木茶桌。微风吹过，檐铃清脆，柔和而悠长。这一切扑面而来的，都在向我们展示观音古寺的绝好风水、惬意的佛寺生活以及主人的文艺情调——茶桌，桌上的茶盏，以及大大小小的多肉。

午后，B邀请了寺里一位毕业于某个美术学院的八零后法师，一起带我们去佛寺后面，位于山顶的观音台。大理石铸就的大圆台上，高耸着一尊足有二十米高的灰白色观音石像，面带慈悲微笑，向湖而立，山水飘渺尽收眼底。圆台周围及圆台下一些未曾使用的斗室内，抛着诸如废纸、果核、饮料瓶、小吃袋之类的弃物——有人来此游玩，而寺庙后门外的推土机则表明这里的旅游基建工程还未完工。山路两侧杂草繁盛，杂草中有一些野枣树，落着细碎的花黄。

那位八零后法师和B各自抽了一两支烟，照了几张相。B一再建议法师晚上下山，去镇子上请我们吃小龙虾，被法师支支吾吾地拒绝了。然后，他们，法师和B一同感叹道："唉，还是你们好。"他们说的是我和爱人成双成对。下山入寺后，我们随B继续去会客室，那位年轻法师回自己的僧舍，至我们离开，再也没有见到。

晚饭后，我们比较完整地参与了寺院的晚课。加上住持，以及暂住的B，大约五六个人，住持和一个六十来岁的老妈妈（前来给寺院帮忙的附近村民）一起拜佛，他们匍匐顶礼，一丝不苟，待晚课结束时，住持已是大汗淋漓，汗渍浸湿了佛衣。B刚开始时擂鼓，不多久即被后来的另一位年轻和尚拿去了鼓槌（那神情极其嫌弃，仿佛B多管闲事地动了他的私人物品），B也不恼，只好讪讪地到佛殿的另一侧唱经——态度认真，声音洪厚，如同出自巍巍的铜制宝塔,听上去十分庄严,深具感染力。自始至终,大殿门外有一个和尚一直嘟嘟嘟的敲着木鱼。尽管只有这么几个人,晚课的每一个环节都十分庄严,这庄严衬托了天色黑尽的湖山草木的寂静,也衬托了洪亮清脆又矫健的檐铃声,让人意识到这片山水属于这个观音古寺,也让人意识到这里毕竟是寺庙。

第二天一早,去斋堂吃早饭,斋饭已由那位老妈妈做好,清煮挂面,盐,酱油,醋,几乎没有什么菜。一两位中年僧人静默地吃着面条,见我们打招呼,只微微地低一下头,吃完便默然离开。我们一边吃斋饭,一边出了斋堂旁的小侧门,这才发现斋堂后面种着一大片蔬菜,菜地旁有七八只鸡以及五六只猫,安静地溜达着。鸡远远的,猫则一点不怕人,不断变换姿势和表情,就像在农家田院,逗着我们。这情境让人有点心惊,仿佛什么东西瞬间取消了佛俗的界限,惊于一墙之隔,竟两个世界。而小门旁边的朱红色高墙,以及墙上巍峨的佛殿又将其还原。

我们给B发了几次信息,至我们离开,他一直没有出现,只回信息说:"正在打坐,你们等等。"约一个小时后，我们还是步行离开了，到那片尚未完工的别墅附近时，B打电话来说抱歉，说要赶来送别。我们谢绝了。旁边的石桥上久久无人路过，只有一只白鹭偶尔在灰色的栏杆上歇脚。

我们离开观音古寺大约半年后，B离开寺庙，去一个江南小城，与一位女士成了婚，过上了不用上班、不用念经却显然也受制于人的拮据而寂寞的世俗生活。知道这件事时，他结婚已有一段时间，我多少吃了一惊，B不会出家我大概知道，但没想到会那么快就结了婚。又一年后，他微信问我在不在杭州，让我给他回个电话。电话里，他像是在躲着什么人，小心翼翼地压着声音问我，能不能来杭州在我家住几天，他正在收拾行李，语气略带慌乱："我可能要离婚了，得搬出来。"

北京过客

明月高悬在苍穹

那年春天,我们一行人登上北京西郊的百花山,除了虚龄已七十五岁的六外公,其余都是二十五六岁的年轻人,L、Y、J、W,以及我和爱人。和往常一样,六外公那次也是先去别的城市,回哈尔滨时绕道北京来看我,时值清明假期,正好加入我们的京郊之旅。

老人家一路兴致勃勃,触景生情,时不时吟咏他多年来记诵过的唐诗宋词中的名句,仿佛那些曾让古代诗人兴味盎然的妙境正在一个接一个复活。登顶已是午后两三点。

百花山海拔高，春风尚未回暖。遍山的枯草还没完全被新草淹没，小而稚嫩的树叶吸纳的春光还不足以照耀发黑的枝干，山岭上的石头还长着仓黑的被寒风磨秃的瘦苔藓。六外公激动不已，不住地说："你们年轻人，朝气蓬勃，如八九点钟的太阳！"已毫无寒意的春风像无数只温柔的大手，抚慰着我们四周苍苍莽莽的野草，仿佛在还魂。

很快便夕阳西下，只有一绺一绺明暗交错的山岭间，那些向阳山坡上的杏树、桃树、李子树，浮动着一簇一簇乳白、粉白的花，涌现着某种令人惊异的激情，在光亮处明媚，在幽暗处燃烧幽暗。我们在山岭上，居高临下地遥看那景象，感到它们似乎在微微游移，忽近忽远，如同在一个漂浮无定的梦中，以第三者的眼光审视我们并没有生活在其中的世界——那美，使我们不舍得离开。我们这个由老人和年轻人组成的行游团，和冬春之交的山野完全契合：在一天中明暗相交的时候，在自然新旧相交的地方，我们的生命（人类的生命和自然的生命，老人的生命和年轻人的生命）混杂在一起，相互涤荡，犹如新草旧草混杂在同一个春天。

暮色四合，又一个夜晚从山中升起，缓缓笼罩四野。最后的夕光一点一点被挤到更高处，我们看到最后的杏花，最后的树，均在更高处——直到没有更高处。夜晚与夜风，渐次收回了它们的百花山。我们趁着最后一点幽暗的天光，终于下山来，回到农家院。我们点了饭菜，特意将桌子搬到院中一棵还未开花的李子树下，吃饭，喝酒，聊天，照相。明月高悬在苍穹，仿佛我们无法视而不见的所有难忘记忆的总和。

孤独的消音器

我和六外公相识于二〇〇五年，北京西站附近的一个酒店中。他是我外公的堂兄，排行第六，作为其家族中少有的读书有成之人，一辈子都生活在遥远的哈尔滨，加上我母亲外嫁异姓之乡，所以相识之前，我非但没见过他，甚至都不知道有这样一个人。

二〇〇五年春天，一位传说中的外曾祖父携带他的台湾夫人，回大陆探亲旅行——他早年参军，后阴差阳错远走台湾，自此在台湾生活，并在那里建立家业。我大约五岁时，家里就收藏了一张这位外曾祖父及其家人的照片，他们一家人坐在客厅内铺着地毯的楼梯上，旁边的墙壁上挂着许多相框，那个在当时的我们看来无比奢华富贵的家以及他们脸上洋溢的城市人的气息，至今令人难忘。台湾老人下榻在北京西站旁边的一个豪华酒店中，六外公与几位老家亲人特意来京，在那酒店中与老人相聚。六外公通过我舅舅知道我正在北京读大学，便打电话让我也去参与那难得的亲人聚会。那是第一次见六外公，也是第一次且唯一一次见那位台湾的外曾祖父——他那浓密且已染霜华的寿眉，正和我记忆中那张照片上的一样，显得英武豪迈。

第二次与六外公相见是二〇〇五年秋天。去我们校内一家餐厅吃饭，上台阶时我主动伸手扶他，他像遭到蚊子叮咬一般，猛的甩掉了我的手，"不用不用，我自己可以。"似乎被搀扶是一项他不能容忍的禁忌，这让我感到受挫，进而觉得这个老头脾气不小，不好相处，于是便小心翼翼。也因此，后来不知什么时候，我们一起走路，当他不自觉地拉起我的手时，又给我留下了非常深刻的印象——我认定那是一种亲密的表现：二〇〇五年虽则相识，并不相熟，所以不能亲密。虽则那次甩手似乎不太友好，但从那次开始，往后每一次见面，六外公总会塞给我两三百元钱（当时两三百元已够我在学校差不多一个月的生活费），让我补贴零用，每次总不厌其烦地勉励我："努力奋斗，创造你人生的新辉煌，也为我们家族争光，创造辉煌！"

二〇〇六年腊月底，六外公来廊坊探望正在上小学的外孙（因独生女与前夫离婚，唯一的外孙跟了爸爸，六外公经常去廊坊），春节留在了廊坊。那年寒假我没回老家，六外公知道后，便打电话叫我去廊坊和他们一起过年。

年三十儿晚上，由于穿衣单薄，又带着小表弟去楼下放鞭炮，我着凉感冒，第二天与他们一起去北京逛玉渊潭公园，整日无精打采。下午，小表弟跟他爸爸回了廊坊，六外公随我留在北京，住我宿舍，准备第二天一起逛地坛庙会。感冒凶猛，我刚回宿舍，就感到疲乏不已，于是让六外公自己在校园里转一转，我休息一会儿再陪他。没想到一觉睡到了晚上八九点，直到被六外公摇醒，我才发现自己浑身大汗，被褥都已濡湿——六外公站在我的高架床前，仰着头，拿着几粒感冒药（我睡觉时，他去校外的药房买了药），端着一杯水，让我吃药。我糊里糊涂吃掉那些药片，又陷入了昏睡。约十二点左右，六外公又摇醒我，让我吃了第二次药。

第二天，虽然感冒未好，我还是坚持陪六外公逛地坛庙会，与他一路相携，互相拍照，直至下午送他离开。他说要去看望一个老同学，然后回哈尔滨，我还记得他汇入人海时那微驼的孤独背影。

回哈尔滨不久，他便寄来了我们那几天的合影及一封信，在信中反复感谢我带病陪他游览地坛公园。自此，我们间的信件逐渐多起来，电话多起来，同行的短途旅行也多起来——798、北大、清华、圆明园、工人体育馆、天津、百花山等。六外公也逐渐认定我是可以聊一聊的人，"我们不看重金钱，不追慕名利，我们是同一类人。"物以类聚，人以群分，同一类人正像彼此孤独的消音器——我能听见：孤独像一匹马，在他心中嘶鸣。

一生的外乡人

六外公在干旱贫苦的陇东农村长大，二十岁左右时，西去省城兰州念大学，毕业后分配至哈尔滨工作，因而，一生中绝大多数时光都在这个有着"东方小巴黎"之称的著名城市度过。但六外公似乎无法消受"东方小巴黎"这个美称所示的哈尔滨的一切，即便到了物质生活已十分丰富的当下，他大概依然与这座城市多少有点格格不入——他既没有学会并不难学的东北话（或是他根本没有学），也没有彻底学会普通话，他那让许多人不容易听明白的语言是夹杂了普通话的西北话，或者说是被乡音深刻浸染过的普通话；而即便已年过八十，他还会有意无意找些机会，返回故乡，拜访大学乃至中学时期的师友，即便一路形单影只——他腿脚不便的老伴留在家里。

参加工作后，由于诸种原因，直到一九七六年四十一岁时，六外公才第一次回甘肃老家。那次回家，他为家中购置了第一辆自行车，用自行车载着自己的老父亲，去集镇上照相，"那成了我父亲的遗像，要不然他老人家连遗像都没有。"六外公还经常说起那次回乡见到我外公带着我母亲的情形："当年，你妈才是个八九岁的小女孩。你看快不快，现在你都三十几岁了！"六外公喜欢怀念往事，但几乎并无伤感，这些过往时光就像被阳光晒得透亮的庄稼，自然之果实的一部分，他拈起来看看，然后扔在那里，继续晾晒——就像他安之若素的生活，接受命运的曝晒。然而，这些往事中，发生在哈尔滨的太少了，至少在他向我的讲述中，与哈尔滨有关的永远是当下的琐碎生活——老伴儿因眼疾住院，或外孙读书到了几年级。

于哈尔滨而言，六外公只是一个落寞的外乡人吗，一生都心怀强烈的还乡冲动？而因心怀过于强烈的乡愁，离别太久的故乡无法占据他的生活，所以毫不犹豫地占据了他的回忆？所以在八十岁之前，他竭力回忆、不厌其烦地为故乡几乎所有已逝的亲人写下纪念文章及悼诗？

他不止一次向我讲述他六叔（我亲外公的父亲）的故事，在那个物质贫乏的年代，他的六叔推着笨重的独轮车，跋涉二三十公里的坡路，去高中为他送干粮，"我能有今天，和我六叔的付出是分不开的。"二〇一二年腊月，六外公和我相约一起回老家过年，在他的提议下，我舅舅为他的祖父（即六外公的六叔）筹备了一场简单的追念仪式，纪念其逝世三十周年。六外公提前撰稿并由小县城某书法家写成的长篇纪念诗，已被装裱成四条屏，堂堂正正地挂在我外公家的正房中。六外公坐在四条屏前，肃穆地念着他撰写的数千字纪念散文。屋内炉子正旺，炉上的热水壶滋滋地冒着热气，仿佛他所念的每一个字背后的感念，都得到了回应。在家乡的亲人们，祖孙数代二十多人，聚集一堂，围坐四周，静穆地聆听着那往事的回响。

然而，在因贫穷而面容悲戚的老家亲人们那迟滞的眼神中，我几乎可以确定地看到，六外公感慨万千的往事是多么虚渺——是生活挤压了它们的空间？或是六外公被普通话浸染过的乡音对于亲人们而言过于陌生难辨？

此类文章及诗词，达二十余万字，六外公后以《勤耕苦读传家风》之名辑录成书，自费印刷百十来册，分寄给散居各地的后辈儿孙。以此而言，那不只是他的乡愁，更是他所期冀传扬的那种家风——自然，他也将其理解为一种必须肩负的责任（退休后，由于经常外出旅行，但凡知道老家某个亲人家有孩子在外读书，六外公总会找机会前去探望，每次都会给几百元钱，勉励一番）。只是我并不了解，六外公是否希望这些被他带到邮局亲手寄出的挂号包裹得到回音（既是乡愁的回音，也是家风的回音），以及是否真的得到了回音。我曾问及他的往事，建议他写成自述，他惊讶地瞪着眼睛看了我好一会儿，似乎不能理解我何出此言，最终幽幽地说："看看吧，再说。"然后顾左右而言他。

收信人

在哈尔滨，六外公至今依然和老伴（我称为六外婆）生活在一起，以前经常一同外出旅游，约二〇一一年前后，由于老太太眼疾及腿疾严重，行动不便，出来的就只有他一人了。他外出时，六外婆由一个保姆照顾。像大多数老年夫妻那样，六外公和六外婆之间基本上相安无事，但似乎又隐约存有某种微妙的界限，被以沉默的方式（至少就我所见，他们在一起时极少说话，像是无话可说，又像是刻意回避）习惯性地维持着。

我第一次见到六外婆是二〇〇八年，后来几年，因出国旅行，她多次与六外公来京转机，见面渐多，很快就熟络起来了。她的健康远不如六外公，所以一起外出时，六外公总是远远地站在前面，回过头来，略显急躁地看着她，等着她。六外婆则在后面挪动着颤巍巍的碎步，如行动笨拙的机器人一般，不慌不忙地赶着，但一点儿不着急，也不气馁。她完全一副无所谓的样子，从不埋怨老头走得太快。

我与他们同行，更多时候是搀着老太太跟在后面，六外公依然走在前面，走一走就停下来等我们，而当我们快要赶上时，他又独自走到前面去了。六外婆从来都乐呵呵的，像一个资深的信徒那样，走着走着，轻轻拉一拉我的手，神秘地说："我告诉你啊，人呀首先要讲德，没有德，什么都不行。所以，你有事没事就默念'真善美好'，这样你会得福报。"我并没有理解她的深意，直到后来有一次她悄悄塞给我一个透明的小塑料袋，里面装着一张扑克大小的硬纸片，我才知道怎么回事。"没事你就念真善美好，法轮大法好，消病减灾，得福报，全家人保平安保健康。"

说完冲我一笑一颔首，如一个神秘又愉快的得道者。

我们走进一家餐厅，刚坐下来，他们就争了起来，像两个小孩一样互不相让。老太太坚持说一个人有了德就有了一切，别的都不重要；老爷子则讥诮地说，一个人光有德没有才能，他能干什么呢，谁又愿意用他呢；老太太反唇相讥，一个人再有才华，没有德，又能干什么呢，谁敢用他呢。我赶紧调和，他们这才不再争论，但依然用眼角的余光表现着对对方的不屑一顾。争论的停息，自然只是出于对我这个调停者的体谅。但这是我所见的，他们间的唯一一次争论——除了极少的一些必要信息的沟通，他们多数时候用沉默相处。有一次我去宾馆找他们，六外公正伏在桌前记录他打好腹稿的诗词，六外婆则面向墙壁，跪在床上，双目微闭着念念有词，井水不犯河水般，互不打扰。见我进来，六外婆回首冲我笑一笑，很快下了床，她知道我明白她在做什么。

但老太太这个过于指向实用性的信仰自然是靠不住的，后来她的眼疾越来越严重，直至进医院做了手术，再后来腿脚的毛病也越来越严重，直至不得不住进医院。关于六外婆的信仰，我后来不经意地问起过六外公，但他不置可否，似乎也不愿意提起。大概她迄今还在信着。六外公则更愿意从纷杂的现实中梳理出一套乐观的看法，真正有用的实在的东西，就像压在杂物下面的野草寻找阳光。比如坚持运动锻炼，以保持健康；坚持清心寡欲，以保持坦荡心怀；坚持背诵古诗词，以保持自己对高雅品味的追求。

有一次，我与六外公饭后散步，聊起家族中一个上了名牌大学、也被族人（包括六外公在内）寄予厚望却至今不愿成家立业，也似乎不求上进的年轻人，六外公马上皱起了眉头，毫不掩饰地对他的叹惋。他相信他受到过什么打击，也愿意理解这打击，但他无法理解他为什么不将这些说出来，为什么不坦诚向亲人寻求帮助，而要窝在一个死角中。六外公深知人生之路的曲折，所以更坚信一个人要学会在曲折中永不放弃地追求目标，那样步步为营，最终才可能有所成就。"我这个人，可以忍受饥饿，可以忍受干渴，不怕严寒，不怕酷暑，不怕脏，不怕累，也受得了委屈！"他一下一下挥着手，激昂的声音使得这些汉字听上去更加铿锵有力，引得路人侧目。当时，我们正走到两棵苍劲的松树下，阳光明亮，落在他银白色茂盛的寿毛上，这些短促的句子就像在清风中战栗的松针，在我大脑中引起精神的激荡。

每次见面，六外公总会热情地提议拍照留念。即便是在毫无特色的小饭馆中，快吃完饭时，他也会翻他的挎包，拿出随身带着的数码相机，招呼服务员，要人家给我们照相。拍照时，他一手举起酒杯，做出与我碰杯的动作，一手叉腰，身体坐得笔直，自信而爽朗，一脸笑对人生的豪迈。如果在室外，则将帽子和挎包放在一旁的地上，用手理一理灰白的头发，站定，一手叉腰，一手做出V字形，依然自信而爽朗，一脸笑对人生的豪迈。六外公对照相的热衷，有时候甚至让人略感难堪，因为一些你和他照过相的地方，确实找不出值得留念的理由。

然而近十年后，偶尔翻出旧物，我才发现，似乎唯有六外公寄来的那些照片，还暂时地保存着已逝的年轻时光，一种不可再来的时光。它们远比记忆更长久。每次回哈尔滨后，他会抓紧时间写游记，整理打了腹稿或记在小本子上的古体诗，去复印店找人电脑录入、打印，又去照相馆冲洗照片，在照片背后标注地点和时间，然后将游记、诗文和照片装进信封，去邮局，分别寄给几个他认为可以交流的亲友。我经常是这些信件的其中一个收信人。六外公不止一次在电话里说："我们是有文化追求的人，我们和他们不一样，我们要多交流。"他希望找到一个有效的收信人，但似乎我并不是。

秘密的重负

一次整理照片（这比整理日记更接近整理往事），看到一张合影，上面是六外公、我和亮亮，照片背后是六外公遒劲豪迈又一丝不苟的蓝色钢笔字：摄于中国青年政治学院，二〇〇七年十一月。

亮亮是我一个远房姨妈的女儿，与我同岁，她家距离我家仅三四公里，我们又是在同一个学校念的初中、高中，所以很熟。亮亮的亲外公是六外公的堂兄，所以她和我，与六外公的亲属关系十分相似。从兰州的一个专科学校毕业后，亮亮被"分配"到了北京，在平谷区的一个大型电子厂上班，所以才有机会在六外公来京时，与他见面。那大概是我们三人唯一一次在北京相见。那次合影之后，过了大约一年，我们就断了联系。后来才听说，亮亮辗转去了深圳（那里有更多更大的电子厂），并在深圳结了婚，嫁为人妇。若不是后来听说，对我而言，她就像消失了一样——一滴水落入大海成为其中无足轻重的一分子，一种略大于不存在的微弱存在。我深知我也是如此：仅在极其有限的意义上存在着。

那次合影之后，六外公给我寄来了两套照片，一套给我，一套嘱咐我交给亮亮——但这套照片，迄今还在我手里。六外公后来多次向我打听亮亮的情形，但联系已断。好在我们老家相距不远，过年时多少还可以从父母那里获得一点有关亮亮的消息。二〇〇八年前后，亮亮的母亲——我的那个远房姨妈，一个热情爽朗、大方、大嗓门、总是笑着的好心女人——因患癌症，在五十岁左右时去世。大约此后没多久，亮亮就去了深圳，并在那里与一个甘肃老乡结了婚。再三两年之后,她在老家的父亲——一个大个子男人,一个曾经很能干的农村小商贩及商店店主——也因突然中风,连话都说不清了,一张嘴就要流涎水,神情滞涩,动作迟缓,整天坐在他的小商店门口晒太阳。她的哥嫂,似乎还在像她的母亲在世时那样,继续着那冤家般充塞着吵闹与怨愤的家常。

二〇一二年春节回乡,路过亮亮家的商店时,我向她父亲索要她的电话号码(六外公后来又问我:"亮亮这孩子,好多年没有音讯了,你能不能问到她的电话?")。那个可怜的男人,我的远房姨夫,还记得我是谁,表情木讷地愣了好半天,终于听懂了我的话,慌忙掏出自己已经很陈旧的诺基亚直板手机,翻找了好大一会儿,给了我一个电话号码。我还在上中学时,有一天早上,就是这个男人,拿了一卷红纸来找我,希望我用毛笔为他的商店写一个有"商店"二字的招牌。那时候他满脸堆笑,眼睛中闪耀着一个小商贩的精明之光,主意坚定,声音洪厚。而如今,麻木、痛苦和呆滞已经深刻地混杂在了他黝黑的脸上,凝滞的白色眼仁上布满了血丝,暗淡无光。

我无从判断，这件事是否给他带来了一丝温暖——还有人来找他，来打听他的小女儿。可是，当我回家拨出他给的号码，一种公事公办的冷漠的女声说道："对不起，您拨打的电话是空号，请核对后再拨。"

年后，我又去亮亮家的小商店，她哥哥在，这个我曾去过多次的小而温暖的小店里，一反常态地没有生火炉，也没有前来买东西的人，冷，冷清。它失去了以往的主人，我那位爽朗的姨妈，就如同一个人失去了温度，使人坐立难安。亮亮的哥哥很客气，又略微有点慌乱，他没料到我的到来，似乎突然到他面前的是一个多么尊贵的稀客，一下子不知道怎么办，只是指指墙边的条凳说："坐坐坐，坐坐坐。"

我说明来意，他拿出手机，翻找了半天，从玻璃柜台上一本小孩子的练习簿上撕下一张纸，抓起一支圆珠笔，不下墨，又翻抽屉找到半截铅笔，写了一个电话号码给我。这时候，进来一个中年女人，暗淡的脸长长地拉着，怒气冲冲地翻着眼睛，没好气地看了看我，又恶狠狠地对亮亮的哥哥说了些什么，转身进了小商店的套间。我没见过这个女人，但想必是亮亮的嫂子。这次没见到亮亮的父亲，问起时，她哥哥只说，"走亲戚去了。"这让人感到惊讶：一个连话都说不清的中了风的老人，走亲戚去了——去完成由于过年而必须完成的礼节性拜访？

二〇〇七年和亮亮见面后不久，我接到了一个来自老家的陌生电话，接通后才知道是亮亮的哥哥。他声音轻快（完全不像二〇一二年我去他的小商店时那样落寞），尽力地抬举着我说："听说你在北京混得不错，你帮亮亮找个对象吧。"又补充说最好是老乡，总归习惯相近，好相处，等等。我只说如果亮亮愿意，看看认识的朋友中若有合适的，会牵牵线。那时候——实际上就是到了今天，我也还是不知道，他操心妹妹的婚姻，究竟出于怎样的考虑，出于关心，或是催嫁——妹妹如今大学毕业，像一个成熟的瓜果等待采摘，一旦出嫁，大额的彩礼将会是父母这么多年付出的一次总结性回报？后来，我还真通过朋友给亮亮介绍了一个在天津当公务员的甘肃老乡，他们有过短暂接触，但后来不了了之。亮亮说："他想周末来北京见面，在北京过一夜。我没同意。"

然而，亮亮的哥哥给我的电话号码也未能拨通，电话是通的，无人接听。六外公打过去无人接听，我打过去也无人接听，发了短信，也没有回音。是有一些秘密的重负，必须每个人自己孤独地承受吗？正如我们的影子，我们时刻肩负着，在茫茫大雾中前行。说起亮亮的母亲时，六外公说他有一次回老家，听说她病重，还曾去探望过，"给了她一些钱。哭得很恓惶。"不知道六外公是否了解这个突然失联的亮亮，这个远房外孙女，她所面对的生活之重——我甚至想，是否在母亲过世后，亮亮屈从了哥嫂为他物色的婚配？

照片中的北京之旅

不知每年有多少青涩的大学毕业生像亮亮那样被"分配"至北京，迈出大学校门第一次接受现实的碾压（我们也一样）：枯燥的工作、昂贵的消费、寒酸的住所、同事间的攀比、商场的诱惑、精神的愤懑、心灵的空虚、家人的衰病与死亡、婚姻的逼迫。而悄无声息离开后，上过班的厂房里，住过的出租房里，坐过的公交车里，甚至那些短暂的同事的心里，都不会留下任何痕迹，就像没有来过。我们所看到的北京向我们隐藏了太多，过客匆匆的故事，像无关紧要的鸟鸣，在无人听见的沉寂中，瞬间便被虚诞的风吹散。

当然，这绝非全部，北京人数众多的过客中，至少还有大量从全国各地来旅行的人——尤其看病的人——他们多数珍惜这个机会，膜拜人山人海的天安门，领略北京的街边摊、小旅馆。如果有机会，他们也一定会仰望人民大会堂和人民英雄纪念碑，排队瞻仰毛主席纪念馆里伟人的真身——至少，留下以天安门城楼做背景的照片。北京正是以天安门城楼的照片这种具象的形式，长久地存留在绝大多数中国人头脑里的，过去是，现在是，未来也将是。照片巧妙地结合了天安门（北京的精神内核）具象与抽象的两面，恰到好处地强化着多个中国之最，也强化着人们的一切现世信仰。所以过客们（这当然包括亮亮，包括六外公，也包括我自己，我们都心怀自豪与激动地，在那里将自己嵌入一张张照片中）来瞻仰，用他们的崇敬和体温增加天安门荣耀的高度。

二〇〇五年夏天,在天津打工的十八岁的弟弟因眼睛不适,前来北京检查,结果是患了角膜炎。我已经完全忘记是怎样带着他不停倒公交,最终找到了一个并不喧哗(这样的不喧哗让人产生某种错觉,误以为它是上世纪八十年代某个无人问津的医院的幻影)的医院,挂了号,做了极其简单的检查,就得出了并不那么令人忧虑的结论——我们不知道角膜炎意味着什么。几个月后,弟弟在天津一家医院做手术,由父亲陪着,住了大约十天院,花了几千块钱。出院后,父亲和弟弟顺便来了一趟北京——我知道那可能是父亲距离北京最近的时候,所以极力请他来看一看。四十岁出头的父亲穿着一身青灰色的样式过时的西服,头发已经有些花白,弟弟则戴着一副用来保护眼睛的极不协调的方框墨镜,穿着一件咖啡色的宽大夹克衫,一条因过于肥大而飘飘荡荡的裤子。

这一切,如今都还能精确地从已有点泛黄的旧照片(出自于我从学校的打印店租来的胶卷式傻瓜相机)中看到。和我带六外公游玩的地方一样,照例主要是:中国青年政治学院、紫竹院、国家图书馆、北京大学西门、清华大学西门、天安门、故宫。照片中，父亲微微昂着头，脸上显示着来到北京的某种微妙的满足感，完全看不出弟弟的角膜炎手术给他带来的烦恼。弟弟架在鼻梁上的墨镜，无时无刻不在增加他瘦小的脸庞上那种冷峻的矜持，面无表情的自尊，或者说某种现代主义艺术中的荒诞感。阴沉天气中带有凉气的秋风，吹拂着他们的头发，鼓荡着他们宽大的衣裤，也吹拂着他们略带愁苦又似乎无所谓的皱纹。北京就那样巨大地漂浮在每一张照片中。

这是父亲迄今为止唯一一次来北京，在数码相机和智能手机普及前，这些经历就这样被异常珍惜地保存在照片上。唯一让我遗憾的是，我给他们的特殊招待仅仅是：学校食堂里四块钱一碗的牛肉炒面，以及半个小菠萝。

大约二〇〇六年夏末，二姨夫带着他十岁的小儿子来北京做开颅手术，癫痫和脑瘫症已经折磨这个孩子十年了。我几乎每天都从万寿寺去位于石景山区的医院帮忙。出院后，因为还要留在北京观察，我便在学校为他们租了一个床位暂住。一天晚上，二姨夫给儿子多加了安神药的剂量，等他睡着后又用绳子将他绑在铁架床上——怕他醒后掉下床。然后，我带他坐公交车去天安门，租了照相机，匆匆拍照后，快速赶回。照片中，二姨夫的身影和天安门的夜景融为一体，三十六七岁的他迎风而立，夜风吹拂着他的头发和花格子短袖衬衫，吹拂着他连日来操心熬夜的疲惫，也吹拂着天安门带给他的如愿以偿的欣慰。天安门的灯火就在他身后，汉白玉华表及深不可测的故宫都在他身后，辉煌地映衬着二姨夫以一张照片完成的源自某种基因的深沉夙愿：一次含义饱满而纷杂的精神朝拜。

经过这次漫长又昂贵的治疗，早已错过最佳治疗时机的小表弟的病症并没有见得多少好转，但他也竟然以这种方式，成了浩浩荡荡的北京过客中的一个，他也留下了几张照片：头上绑着白色的绷带，坐在宾馆简陋的铁架床上，微微地斜歪着头，看着镜头，痛苦使他的眼神迷茫又呆滞，像在微笑，又像充满了疑惑。

伤感

二〇一〇年上海世博会期间,六外公带着比他小一两岁的亲弟弟(出于兄弟情深,大约也出于某种责任),游历了上海、杭州、南京等繁华大都市——他的弟弟一生在甘肃留守家业,几乎没出过远门。我没问过六外公,是否曾有过带他弟弟游历北京的计划。但那一次,大约成了他弟弟一生中历时最长的远游——回老家约一年后,不慎摔倒,严重骨折,长期卧病在床,骨折终于养好后,行动不再便捷,又三四年后,患癌病逝。那次带弟弟远游结束后,六外公绕道北京,我们在一家小餐馆吃饭,他兴致很高,不住地端起酒杯与我碰杯,喝酒。"现在是多好的时候,咱们能从黄土高原的山沟沟里奋斗出来,都很幸运,"他说,又一次碰杯,"好好奋斗,争取在北京立足,以后往来北京,你这里就可以作为一个落脚点了!"

六外公是真喜欢北京的,这个被人们称为中国文化之都的城市,这里有他喜欢的知识和文化,有他喜欢的多所大学、各种讲座及展览,有他喜欢的知识分子、名人纪念馆,等等,他希望——大约也自认为——自己是一个知识分子。

然而二〇一三年三义庙匆匆一见之后，他便很少来北京了，有时候打电话说会路过北京，要来相聚，但几天后当我询问时，他已返回哈尔滨家中，"家里有事，需要提前返回。"好几次，他在电话中约我："下次我们一同去天津，看看在天津打工的亲戚，他们提意见说老是不去他们那里。"但始终没成行。

他每次急着回家，确实有事：在哈尔滨长到上小学的外孙，先跟着爸爸在廊坊上小学，后又转到天津上小学，并上了一两年初中，但始终不适应，最终决定回哈尔滨上高中——六外公于是有了任务：负责照料唯一的外孙上下学。他相信，等外孙考上大学，他又可以像以前那样经常外出旅游了。所以二〇一四年夏末，我打电话给他，告知我们要去杭州生活的消息，六外公一时语塞，在大约三两秒的停顿后，一边"哦哦"地回应着，一边恍然若失地挂掉了电话，仿佛我突然下达了一个冷冰冰的通知，他虽然还不太理解，但告知我：他已接收。

这消息让他感到突兀，进而感到感伤，乃至于失落，因为我的离开不仅仅是撤销了一个落脚点，而是在很大程度上取消了六外公绕道北京的必要性——一位北京过客的正当性,正如许多无病的外省农民一生也不具备这正当性(这是一个极端的类比,但不可否认的是,在这种正当性中,最无可指责的就是疾病,尤其疑难杂症)。

明天再来

历史的胃病

这里想说 R 的故事，R 是我的同乡（甘肃）好友——我们的生活，有着某种实质上的相似性。我相信这也是更多人的生活。

二十世纪八十年代中后期，国家提出全民实行"九年义务教育"的口号——后来，待长到很大以后的后来，我们这些曾经的无知幼童，才知道义务教育的核心含义原来就是免费教育。但当年并不能理解，这些过于抽象的词汇，对无论我们还是我们贫苦的家长来说，都过于晦涩难懂，因为它们指向了一种扭曲到晦涩难懂的现实。就我所在的西北农村而言,这个晦涩难懂的现实是这样的:不但从小学开始要交足够的钱,包括学费、书本费、杂费,以及诡异的勤工俭学费,等等,而且小学只有五年,初中三年——这使得"九年义务教育"这个说法在加减法的意义上也十分令人费解。

要理解它的方法就是不去理解。当我们这批人大学毕业多年,曾经的小学才增加了六年级。于是恍然如悟:我们的"九年义务教育"实际上是"走向九年义务教育",因为"条件不允许"。

不仅如此,在严峻的小升初大考中,一个三四十人的班级中有一半以上的学生,跨不过这个小小的独木桥——于是,过早地走向了裁缝、厨师、泥瓦工、小商贩,甚至小偷、强盗、杀人犯。初中三年后,是同样令人心惊胆战的独木桥,通往高中——要过这座桥,则要再损失三分之二多的人。之后才是大学。我们初生为人,除去最初六七年"在家玩耍"的日子(在我们的档案中,零到七岁的时段确实被我们的小学老师那工整的蓝色钢笔字概括为"在家玩耍"),从入学开始，就在有意无意中尝尽了人之为人的最大的现实主义滋味，就不断历练在社会体系中人之为人的本能：竞争，拼杀，使自己受到重视。

在那个"条件不允许"的年代，学校的运转主要靠代课教师和学童的自力更生。比如，自组小队去深沟里抬水洒地（现在的水泥或瓷砖地面，已经使"洒地"这个词成为难以理解的历史，那时是泥地，不断洒水才能减少扫地时扬起的灰尘），给校园菜地锄草，从家中带凳子或桌子，由于没电灯而自带煤油灯，在破铁盆上用泥巴搭建火炉，自带柴火生火驱寒，自带一种植物做成扫帚打扫校园，等等。

当然，也时常需要家长助力。一年，通渭县的一所小学要翻新校舍，由于缺乏经费，就号召家长帮忙：有钱的交钱，没钱的可以贡献两根椽。一位家长拿不出钱，又没有积蓄的木材，当晚便去村里的公山上偷偷砍了两棵洋槐树，准备交给学校，完成任务。这事被小儿子知道了，他无法理解，因为老师教导过，偷是一种不道德行为。他于是在日记上提出了自己的怀疑：父亲偷公家的树，对吗？

不对，也不应该。但家里没钱也没树，如果不偷来一棵树，这个差事如何完成？

许久后的一天中午，吃饭时，这少年与他哥哥因为琐事吵了起来。哥哥冷不丁地，像抛出一个丑闻般，抛出了这件事，他对一同吃饭的父亲说："他在日记里说你偷了公家的树。"少年大吃一惊，而事实确凿，他无法否认，也无言以对，一口馒头吞在嘴里，愣在了那里。他不是怕父亲跟他算账，而是没想到哥哥竟然一直在偷看他的日记，一个与他最亲近的同龄人，竟然一直在偷窥他生活中唯一不希望被人知道的区域。父亲严厉地看着他，这个中年农民，他当然希望能得到解释，他本能地以为儿子应该理解他的行为，并且不事声张。少年解释说自己是写了这件事，但并没有责怪父亲的意思。可哥哥不依不饶，说这就是弟弟对父亲的抹黑。

父亲恼怒地命令两个儿子不许再吵，但大儿子不善罢甘休。恼羞成怒的父亲扬起一只巴掌，要打他，机灵的大儿子起身逃出门外，父亲那已经扬起的巴掌最终落在了小儿子的脖颈上。少年再次震惊不已，一愣，随即便是翻江倒海的委屈，眼泪咽到肚子里，什么话也没说，拿着没吃完的半块煮土豆，出门上学去了。

将拳头大小的土豆整个儿放在锅里煮熟，剥掉皮，蘸上盐或醋，拿着吃，是西北地区众多土豆吃法中较常见的一种。沙地土豆干爽，使人即便这样吃也不会感到厌烦，但土豆生气，会给肠胃带来不小压力。少年怀着巨大的委屈，迎着冷风，边走边吃那半块早已凉透了的土豆，当天下午还没放学，胃就疼得厉害。此后多年，即便少年已长大成人，胃酸胃胀依然频繁地折磨着他，像是在提醒他，这次不白之冤和莫大委屈至今尚未根除。从那以后，少年便不再写日记，已经写了的日记则随身携带，高中毕业时，干脆一把火焚掉——在呼应那个历史久远的焚书传统？

这少年就是R。

不合时宜的人

高考那年，R成绩优异，成了甘肃省定西市的文科状元，被中国青年政治学院录取——除北上广等大都市消息灵通的家庭外,这所大学被无数家长和老师刮目相看,因为校名中含有"中国"及"政治"这样似乎预示着无量官途的字眼。一时间,方圆乡镇乃至整个县城几乎无人不知,政府的奖励,企业家的资助,都找上门来。这些奖励和资助没有明确的交换条件,但也并非全无条件——当R的成长不符合期望的时候,他就自然地陷入了某种被动的境地。

显而易见,人们希望他能像大学校名所示的那样,成为国家官僚体系中的一分子,无论在中央还是在地方,只要他在,这种一分子的力量就总会在某个时候以某种恰当的方式,与他们形成合力,从而得到共同发展。所以R大学毕业几年后,资助过他的故乡企业家还不懈地勉励他,"要上进","要识时务"——他没有做公务员,而是在一家NGO组织工作,主要工作是研究教育平权问题,愿景是促使国家在这个问题上能有所改进。

R的哥哥就曾指责他,认为他不做公务员是不明智且不负责任的,如果R做了公务员,"办事会很方便。"不可否认,这样的逻辑更贴近现实。这个哥哥就是十几年前偷看R日记的人,他聪明伶俐,能说会道,但早早离开了饱受各种限制的学校，进入社会，那所大而无当的残酷的人间学校。在人间浸染数年后，R的哥哥成了一名走南闯北的货车司机，游走于江湖，快意恩仇。他撞了别人的车，父母帮着还赔款，后来他又贷款买货车，挣钱不少，但父母照样还着部分贷款，他自己则继续过着快意恩仇的潇洒日子。

二〇一二年春节前，R接到父母的电话，问他认不认识人，能不能想想办法。他哥哥和别人闹纠纷，纠集几个"兄弟"将对方囚禁，几天后释放了被禁的人，但很快，这事就到了警察局，并在那里变成了"非法拘禁"。按中国现行法律，一旦被认定犯有非法拘禁罪，则要面临三年以下的徒刑，具有殴打、侮辱情节的，从重处罚。父母希望R能从中调解，不让哥哥蹲监狱，R也知道，"在那种地方待一两年，人就废了。"R偏向了世俗规则，他利用自己所学的法律知识，利用自己在老家政界、法律界并不太多的关系四处活动。但最终白跑一圈，原告坚持要将这个拘禁他的人送进监狱，R找不到过硬的关系，也拿不出足以让原告放弃诉讼的赔偿款，只好接受现实。

犯法者受到法律制裁，是观念法则对世俗法则的一次胜利，但对 R 及他的家人来说则是一次失败。若 R 如众人所愿做了公务员，能如愿获得世俗的胜利吗？

他的哥哥最终被判刑，进了监狱，R 拿出不少钱，替他赔偿。随后，哥哥的妻子离开了家，家里只留下已步入老迈的父母，以及一个小侄女。在父母眼里，R 一个人漂在北京，前途并不明朗。一个儿子似乎已无指望，另一个儿子的不确定性也无法让他们安心。而父母头顶盘踞的沉重阴云，必然传导给 R，笼罩在他的生活之上。

实际上，R 被寄予厚望还有一层重要的现实原因：他有一个亲戚曾是县政协主席，有一个亲戚是在任县长，还有一个亲戚是市法院院长，这位市法院院长的同学则是在任的省高院副院长，在县政府任职的一般干部另有好几个，并且，曾资助他的那位当地企业家也有着极为广泛的关系网。大家不止一次暗示他，如果他从政，所有这些人，都可以帮他。所以当他选择一条甚至与此相悖的道路时，尤其让人难以接受。母亲有一次叹息着提起此事，R 激愤反驳。"他们成天拍马溜须、吃喝玩乐、贪污腐败、跑场子，你觉得我能干得了吗？就算能干，你愿意我这样干吗？""你就不会不拍马溜须，不贪污腐败吗？""不拍马溜须，不贪污腐败，你觉得我还能待得住吗？"

山野中暮色苍茫

有一年回家过春节，父母因琐事争吵，R劝说不下，一时怒气攻心，发了一通火，夺门而出——由于怒气太盛，一时间全身颤抖，鞋子都穿不上。这个细节不但震惊了父母，连R自己也感到震惊。当年与哥哥吵架挨了父亲一巴掌，就是这个样子，他没想到的是，多年过去，自己的个性还是那么强，脾气还是那么大。

R的母亲入了村里新传的基督教，于是像许多耶稣信徒那样，肩负起了劝导、督促全家人一致向主的使命，而第一个也是最可能的劝导对象自然是R的父亲。父亲根本不信这一套，长时间一笑置之，久而久之，终于招致了作为资深信徒的妻子的恼羞成怒。大年三十儿，按传统规矩，儿孙要给祖先上坟，烧银钱冥币，奠酒撒饭。基督教的教义则要求信众心中只有唯一的神,那就是上帝,除此之外不能崇拜任何人。所以,R的母亲对丈夫上坟拜祖一事多有微词,家人不与她一同信仰上帝似乎还可以容忍,但当着她的面年复一年地破坏基督的教义,就不能容忍了。

父亲被激怒了:"哪个上帝立的规矩?我连敬拜我死去的父母都不行?"母亲非但没有妥协,反而更加坚持。R终于忍无可忍,对母亲大发脾气:"你信你的基督教可以,我爸祭拜祖先也没什么错,谁给你教的道理不容许别人祭拜祖先?什么教派,什么信仰,难道我不比给你传教的人了解更多吗?我是你儿子,我难道会害你吗?"R趿拉着鞋子,出了院子。

过了一会儿,当他再次回到家中,父亲和母亲都看着他,不无愧疚地说:"你不要生气,我们也就是吵吵,不会有什么事的,有时候闲得时间长了,不吵架又能做些啥?"母亲的信仰依然如故,她对于丈夫的期望大概也依然如故。但事情有了一个更通融的解决办法,父亲不用为没有祭拜祖先而感到不安,母亲也不再会因为基督教义被破坏而耿耿于怀:大年三十儿,为祖先上坟烧纸的事情由

R来代劳，母亲该做什么做什么——她天然地认为，小儿子不在她可以施加影响的范围内，所以不会对他发表什么意见。

千万不敢碰

二〇一二年夏天，R去加拿大参加一个国际学术会议，其时国内发生了一个敏感事件，R的几位同事被卷入其中，他们在北京的办公室被相关部门搜查，拿走了一些书刊，同时要求他们"停业整顿"。这样的气氛使当事者之一的R有些紧张，因而在给父母打电话时，又显出了口吃的老毛病来。父亲问："没什么事吧？"他了解儿子，他的意思是，是不是R遇到了什么麻烦。后来一次回家，父亲突然问R："听说你把政府给告了？"R研究过三峡问题，曾因向政府申请公开有关三峡工程建设资金的信息遭拒，而将其告上了法庭。父亲语重心长地说："好好工作，不要惹事。"

正像绝大多数五零后、六零后那代农村人一样，R的父母还不能理解NGO。在他们的观念中，工作只有"公家的"和"私人的"之分，"公家的"意味着铁饭碗，意味着可以在别人面前扬眉吐气，"私人的"则意味着不稳定，意味着悬而未决。让R的父母十分警惕的，犹如洪水猛兽的，则是那些被视为不务正业的事：邪教或反革命。所以父亲不止一次恳切地劝R："那些东西，可千万不敢碰，千万千万不敢碰。"

而实际上，R所关注的教育平权问题，正是具有改革性的：改革不好的、不合理的，让社会在教育领域更好、更合理——问题在于，改革往往可能被视为"反革命"。这样的工作并不受官方欢迎，也不受认可，更不会被支持。

R走访过许多中小学，多数是被冠以"农民工子弟学校"这个名称的特殊学校。北京一家这样的学校让他印象深刻，破旧的校舍和极高的教师流动性震惊了他——教师大多数是志愿者，因而是临时的，今天还在上课，明天可能就没法再来，当没有老师时，孩子们只能在教室里叽叽喳喳地"自习"——"孩子们怎么会在这样的地方念书？"在这种学校上学的学生，基本都是附近农民工的孩子，家长不愿意（或根本没有条件，因为家中无人抚养）把孩子留在凋敝的农村，但城市中并没有足够的学校可供他们学习。于是，在一些农民工聚居区，出现了针对这些孩子的学费低廉但不被官方认可的学校。

所以，校舍的破旧以及教师的流动都不是最坏的问题，"最坏的是，即便那样令人心酸的条件，谁也无法保证第二天还能继续打开校门。"这样的事情并不少：先一天学生还在其中上课的学校，第二天就被贴上封条，锁上铁链子。显见的原因很简单，要么这块地将拆迁重建，要么学校被政府强制关停；但深层的原因永远晦暗不明，不可思议。

在黑夜里散步

在沙河高教园，我和R住得很近，他在六区，我在八区。R租住的那幢楼，由于都是三十平方米的小开间，户数尤其多，从外面看去，就像无数的火柴盒，一个一个，斜斜地堆叠在一起。小区周边的生活配置倒是齐全，理发馆、小超市、小诊所、快递点、小饭店，都有。一家天津烧饼店里刚出锅的芝麻饼的香味,至今还飘荡在我脑海里——无论严寒或酷暑,每个星期我总会去买几次。

小区西面,隔一条野草夹道的马路,就是一条几十米宽的河道,名曰沙河。河水并不丰盛,河中长满了远高于人的芦苇以及一些树身发黑的老柳树,荒凉而野蛮。大概因为附近有一些小工厂,河水隐约飘散着一股淡淡的臭味,终年无人光顾。河道边上是密集的高压塔,它们使劲地拉拽着沉重的电线,像高大的巨型机器人一样,在阳光下闪耀着银光,看着我们这些人。

因为住得近,我经常和爱人去R的住处聊天。聊完天,几乎每次,他都要坚持送我们出来,看着我们回八区。我们不想麻烦他,他则说:"送送你们,我正好去沙河边散散步。"这当然是一种戏谑,我们都清楚,沙河边的黑夜中只有令人惊惧的黑暗,连路都看不清,根本无法散步。所以看着我们走远,他也就返身回去了。我们离京前,最后一次去他那里,聊完天已十点多,R说要去我们所在的八区打纯净水,便一同出来,穿过七区,到八区南门那只蛰居的灰色怪兽般的净水器旁。

黑暗中，R接连投了几次硬币，都吐了出来，又试了几次，终于投进一枚，仍然不出水。正茫然时，才看到显示器上滚动着的几个红色的字（像狡黠的眼睛，在和你玩一个戏谑的游戏）：停止售水。它以机器的傲慢告诉我们——明天再来。

乌托邦之梦

原装生活

好友 R 多次向我提起 Y，很佩服她在一个大企业里（一个被其创始人称为"桃花源"的社区化大型民营企业）工作了六七年，接触了许多呼风唤雨的社会能人，竟然还能保持那么单纯的本色。"她的言语举止，透着极高的涵养和抗变定力。"单是这样的评价就令人印象深刻。

一个周三的中午，我们在五道口附近的一家餐馆匆匆见了一面。Y 迟到了，本打算与她一起过来的一位老兄临时来不了，这让 Y 有点不好意思，但她并不慌忙，一边说抱歉一边进屋来，放下手提包，慢腾腾地说："真不好意思。等到快十一点了，那位兄弟放我鸽子。"那声"兄弟"，让人感受到Y的某种侠气——这大约也和她的衣着打扮有关：微胖的中等身材，宽松的藏青色休闲薄衫，茂密粗壮的蜈蚣辫，肤色略微偏暗，脸上透着久居城中的人们极其少见的自然红润，眸子黑而明亮。

分别时，Y本来走在前面，突然转身对我说："回头请发一些你的诗给我。"这大概由于R介绍时说我是诗人。我发给她的是一首名为《刺鸠颂》的长诗。后来，Y轻描淡写地说："你的诗有一种拉丁美洲的气息，让我想起聂鲁达的《玉米颂》。"我想，Y必然也是写诗的人，便向她要诗拜读，果不其然。她发给我三五首短诗，其中一首名为《原装生活》的近作，我看了好几遍。诗的重心落在结尾那微妙的"宣示"上：离开"桃花源"，重归我们多数人都在其中的社会大熔炉。其中所说的"原装生活""和解""古老的敌意""纹饰"等语汇都含义饱满，又处处闪耀着Y离开"桃花源"的决绝之心——桃花源，世俗世界，哪个才是美丽新世界？

这首诗的最后一节,是这样写的,这是她的全部心意:

最后,我选择与原装的生活和解
把古老的敌意和纹饰,弃之道旁
我不再需要了,它们也就无言地
消失在一个终生不必回收的地方

S先生

第二次见面,我们才聊起了她在"桃花源"(即D城)的生活。Y给我讲了几个故事,都与D城及其缔造者S先生有关。每次提及S先生,Y总是十分尊敬地、小心翼翼地称"S先生"。或许因对D城的种种经历有所审视和反思,她讲述时的那种神情,就像一个对自己的政党有所反思和质疑的革命党人在说起他们的领袖,极其恭敬,因过于恭敬仿佛全身都在颤抖,而这恭敬中又饱含其他的复杂意味——历史上的多数时候,反思无论如何切中要害总会显得不恭,而赞美无论如何言不符实都可以肆无忌惮,因为反思一不留神就可能被说成忘恩负义。

几年前,当代一个著名企业家到访D城,Y作为S先生的秘书参与接待,中午时身体不适,即请假告退,下午的活动也没参加。当晚十点多钟,身体还没恢复的Y,正躺在床上休息,忽然听到有人突击式拍她家窗户,"S先生让你现在去开会。"D城既是D集团的所在地,也是其职工的居住地,多数人拥有以低廉价格购置的住房,这些房屋均由D集团开发建造。这使得企业员工如同一个特殊大家庭的成员,工作、居住都在一起,绝大多数同事彼此了解,比如家庭住址、家庭成员、家庭关系,甚至家庭的作息时间和情绪状况。所以,即便已晚上十点钟,S先生还会派一个员工上门,以拍窗户而不是电话或短信的方式通知Y去开会——因为这样便利而直接,并因突然且诡异而令人心惊胆战?

另一次下班后,同在D城工作的哥哥、嫂子、侄子们来Y家做客,Y也邀请了一个同事来,一起度过晚饭时间。到了晚上值班时间,同事先去办公室,Y自己因有亲戚在,又想着办公室已有人值班,而晚上一般不会有什么特别的事情，就晚去了半个小时。没想到她走进办公室的时候，S先生站在那里，那位受邀一同吃晚餐的同事把Y家有亲戚来访的情形告知了S先生——她只是当作一个无关紧要的家常来说的。Y刚进屋，S先生便一本正经地要找她谈话，谈话的主要意思是批评Y，认为她不积极向上、胸无大志，认为她已经深深陷入了这种琐碎的世俗化生活，"长此以往，你将一事无成。"Y坐在我对面，神情里透着一丝惊慌的影子，仿佛S先生强大的气场仍然笼罩着她，"当时心情不好了一阵子，真觉得就像S先生所说的那样，如果不能严格要求自己，必将一事无成。"

二〇〇三年，S先生被当地官员以非法集资罪投入大狱，经一些社会名士的奔走呼号，终于辗转出狱。出狱后，那些官员们却执意置办酒席，要给他压惊洗尘，仿佛如此便可冰释前嫌。酒宴上，S先生拒绝喝他们的敬酒，却被县长搂着脖子强敬，他感到被羞辱，一怒之下摆手打掉酒盅，随口大喝："放肆！你们是些什么东西，敢来羞辱我！"空气瞬间凝固，官员们一时面面相觑，不知如何是好。但S先生转念又觉得不妥，他的企业毕竟在这帮官员辖域，撕破脸皮对双方都不利。毕竟是经历过风雨的人，S先生深知什么叫能屈能伸，很快又自己打圆场，下台阶，也让官员们下了台阶。

后来，几位当地政府的领导来D集团考察，S先生不在，由他弟弟在集团餐厅招待。其时餐厅鱼缸中有大中小三条鱼，S先生的弟弟指使厨师挑了最大的一条待客。S先生后来得知此事，对他弟弟进行了一场"精神问责"。他责问道："为什么要给他们吃掉最大的那条鱼呢？"他说，如果负责招待的是他自己，就会给他们吃不大不小的那条，因为那样才能显示自己的不卑不亢，而给官员们吃最大的鱼，显然是其弟的谄媚之心在作怪。

这两件事都发生在Y去D城之前，是S先生亲自讲给Y听的——他或许希望Y能以此更了解自己的为人，也明白他希望Y成为什么样的人。

有一次，集团的一位高管随S先生去一家企业考察。那家企业的老总当着S先生的面突然问这位高管先生："您这么高的职位，年收入肯定百万以上吧？"高管先生一时语塞，窘态毕露，不知如何作答，因为他的薪水只有十几万。回集团后，S先生留下这位高管谈话，愤怒地说："你就是一个奴隶，一个永远无法独立的奴隶！"S先生认为，当被问及薪水时，这位高管应该大大方方直说，根本无须出于某种心理而遮遮掩掩，因为十几万的年薪并不可耻。让S先生没想到的是，他这位历来事事顺从的高管一下子被"奴隶"这个词激怒了，当场反问："你说我是奴隶，那么请问我是谁的奴隶，是你的奴隶，还是D城的奴隶？"让Y觉得不可思议的是，从此以后，这位高管先生开始有主见，好像一下子变了一个人，并由此逐渐赢得更多人——包括S先生在内——的尊敬。这是一场被反问的精神问责。

对S先生如此喜欢精神问责及可被视为专断的性格特质，我或许表现出了一点惊讶。Y看出了我的心思，便接着说，实际上S先生并不像这些小事中所表现的那样，好似一个专断的国王，"他的权力是真正被关在笼子里的。"在企业管理中，S先生被Y认为是一个聪敏的哲学家，因为他做到了真正的权力下放，同时也设计了精妙的权力制衡制度。而因为制衡制度的存在，在企业经营方面，不管

S先生多么想落实一个想法，也不管这个想法多么有价值，只要参与投票的集团高管中有多数人不同意，这个项目就无法上马。在集团经营上，他的个人命令始终没有大于集体决策。Y看看我，就像在面对一个记者，慎之又慎地说："S先生是一个很复杂的人，根本无法简单评价。"

无论如何，不管S先生如何，这都不是重点，令我惊奇的是——Y虽在讲"自己的故事"，但实际上每件事都是在说这个无处不在的"S先生"，似乎我们聊的不是她在"桃花源"的生活，而是S先生在那里的生活。在这些故事中，Y自己好比一个躲在窗户后面的小女孩，又惊又喜、心情澎湃地管窥着一个叫做"S先生"的中年男人：充满魅力，霸道暴戾，令人畏惧，令人小心翼翼。

生活的正见

Y是北京大学的硕士毕业生，原在北京一家杂志社工作，二〇〇五年放弃八千多的月薪去了距北京不远的河北省D城，作为文字秘书加入S先生的团队——在D集团，她的工资只有不到两千。是什么吸引了她，让她做出了这样的选择？Y 并没有解释。

二〇〇四年父亲过世后，Y 将已经辍学在家的两个妹妹带来北京，让大妹妹学电脑排版的手艺，让小妹妹去 D 城由 S 先生创办的中学复读高中。大妹妹最终学成，从事这方面的工作，嫁了人，如今随夫出国；小妹妹最终上了大学，今已成家，生活幸福。大约二〇〇五年之后，Y 的哥哥也带着他的一家人去了 D 城，在那里找到工作并定居下来，不久后又将母亲接了过去，一家人团聚。S 先生的 D 城，使得 Y 举家迁徙成为现实，那里有足够的工作机会可供 Y 全家人安身立命，并有足够的房屋使他们相邻而居。D 城对 Y 的重要性是毋庸置疑的——但这是 Y 当初去 D 城的全部理由吗？

母亲迁入 D 城后，Y 一家圆圆满满，唯一的缺憾是 Y 的婚姻还没有着落。时间一长，连 D 城的工人们都知道 Y 未婚的事："你的终身大事也该考虑考虑啦，不要整天都干工作，工作永远干不完。"Y 并不想谈论这件事，所以礼貌性地说："还是工作第一，其他事不着急。"工人们非但没有结束谈话,反而进一步规劝:"那怎么行啊,虽然你有知识有文化,但在这些事情上,咱们都是一样的,你还是要考虑起来。"工人们的憨厚和直率,让Y印象深刻,他们的说法也一直萦绕在她脑海中,"也许他们说的,才是生活的正见。"

实际上,在说起S先生的时候,Y也会频繁强调这一点:"我说的只是我的感受,并不等于正见。"她如此谨慎,是因为怕自己的讲述不够全面,而引起对S先生的误解甚至偏见——但许多时候,并非正见引导着我们生活,甚至经常没有那个正见。

让Y担忧的是,S先生可能会因她的一些说法受到伤害——感情上的伤害。S先生十分器重Y,对她很好,在集团内,Y的薪资高于许多同等资历的人,所以她的离开曾被视为背叛,这是精神问责的延伸吗——Y没有明说,将她的离开视为背叛的人中包不包括S先生。

S先生显然希望集团员工的关系不仅仅建立在利益基础上,像个大家长一样,他希望这种关系建立在某种精神血缘基础上。精神血缘即是某种共同的信念,以及情感认同，它需要后天培养，比如宗教或某种严密的主义。这种关系的建立天然地需要一个家长或教宗，以此形成向心力，当这种向心力强大到足以使其成员在精神上形成某种方向一致的惯性时，精神血缘就建立了。从历史来看，人类一刻也没有放弃过这种尝试，比如理想国、乌托邦。如此一来，S先生时时都在强化的精神问责就并非一时兴起，而是如一条看似随意的航船，正在通往精神血缘的大海，其终极灯塔，也许正是耀眼的乌托邦——尽管S先生更愿意称自己一手打造的王国为桃花源。

二〇一二年，Y恋爱并结婚，在蜜月之旅中，她长期以来被遮蔽的日常生活的"明媚之光"重现了。她重又发现了"原装生活"，原来生活是如此多姿多彩，灵动自然，与之相比，D城那段经历不免暗淡又单调，甚至不配叫生活——集体主义之所以成为集体主义，正在于其不断强化的集体利益，在不间断地蚕食着个人生活。

一个很孤独的人

由于独特的运行机制，以及S先生为其设定的发展方向，D城几乎成了一个透明城市，每个人的生活都极大限度地敞开着，私人生活被迫退至一个逼仄的角落。

每天早上不到七点，遍布D城各个区域的高音喇叭就开始播放"革命奏鸣曲"（无论喇叭里播放的是什么曲子，这播放本身就是革命奏鸣曲），D城的一天就此开始。每个人的生活均被纳入这种节奏：起床，洗漱，吃早餐，上班，午饭，午休，上班，下班，晚饭，散步，值班，下班，回家，休息。人们所能支配的时间及支配时间的方式，最大限度地趋同化，这种趋同的单一化和极端化，不正指向某种精神血缘吗？唱同样的歌，跳同样的舞，看同样的电视剧，喜欢同样的颜色，说同样的话，面带同样的表情，崇拜同样的人，尊崇同样的信念。这或许还不是D城的现实，但其现实在语言层面已经形成了如此的逻辑——而许多时候，语言正是事实的先行者。

我对D城这幅极具历史相似性的运行画面非常感兴趣，尤其那冲锋号一般的喇叭。"喇叭响起时，职工们自己可以选择不在那个时候起床吗？""可以选择，但所有的房子都在厂区，好几个大喇叭，可以保证所有人都能听见。"冲锋号的力量不仅仅在于它的激励作用，更在于它严肃的命令性。似乎能听到，那些喇叭就像恪守职责的号兵，每天都在以此传达 S 先生的精神——正像他警告 Y 的那样：沉溺于世俗生活，你将一事无成。但这些喇叭并没有使 D 城的人感到被冒犯，相反，它成了 D 城生活秩序不可或缺的一部分。

  D 城的路灯杆上挂满了宣传招贴，上面写着各种名言警句，每一条警句后面都缀着一个名字——S 先生的大名。有知名学者去 D 城参观，看到这些警句，直言不讳地说 S 先生是在搞个人崇拜。S 先生如此回应："一个企业总要有它的文化，我在我的企业里宣传我自己的话，你们觉得是在搞个人崇拜。那如果我像被要求的那样，挂上领袖语录，你们就不会觉得我在搞个人崇拜了吧！"Y 赞同 S 先生的说法，她说："一个企业的运转确实需要精神层面的驱动力。"她又补充说其实很多组织都有这种情况，为了加强企业文化，"采用集体驯化的方式，甚至邪教手段，心理操控术。"那情形让我想到，仿佛是Y在听S先生介绍这些警句的作用，而不是我在听Y描述这样一个事实，所以当听者表现出一点疑虑或惊讶的神色时，讲述者即刻解释他的深刻用意。

一次，S先生指派警卫室一个保安帮他的老父亲搬电视，保安不听指令，直接说他抱不动，这让S先生发了好一顿火。Y用古雅而意味深长的句子在QQ对话框中说："这说明，那些拙朴独立的农民，也有根本不懂事的。"不懂事的确实是些又倔又没文化的人——所以就不奇怪，对于Y那种没早没晚、节奏亢奋、如同打仗般的生活，唯有她那"没文化"的母亲愤愤地表达了不满："哪儿有这样的？"一段时间后，我再提及此事，Y才说："几乎所有的职工家属和老人都对此不满，觉得自己的孩子没有了正常生活。"那为什么参与其中的年轻人反而几乎意识不到私人生活被挤占？Y说："年轻人在人生的特殊时期，生命还没有节奏，只有冲力。"

但这个听上去有点古怪的地方，并不能等同于S先生。Y又给我讲了两三个小故事。

S先生的母亲瘫痪在床,长期住在医院里,有一次他去看望,在医院里看着九十多岁的老母亲干枯瘦小的身体,他神情落寞,一句话也没说。在回集团的车上,他突然不无悲哀地对Y说:"今天看到我母亲的身体,我心里说不出什么感觉——噢,我就是从这个身体里钻出来的,生命太不可思议了。"有一次S先生生病住院,原本不在D城却被父亲召回来参与集团管理的儿子们去看望他,他与他们抱头痛哭,说:"我对不起你们,这些财富是巨大包袱,你们有本事驾驭,就是功德,没本事驾驭就是祸害,会害死你们。你们回到企业里来,我感谢你们,你们放弃了自己想过的生活,陪我受罪来了。"另有一次,S先生喝多了酒,当着一众下属的面说:"如果我离开这个地方,不超过三年,这里就是一片荒地。"他数十年如一日努力不懈,建成了D城,他曾因此数遭牢狱之灾——同时,因他而栽了跟头的官员也好几个。

Y说,这些都是S先生,他是一个很复杂的人,是一个很孤独的人,也是一个底层人(政治权力的底层)。在自己创建的系统里,他是看似乖戾的孤家寡人,但在社会的茫茫大海中，需要他应对的风暴太多，"每走一步，都是在用命航行。"Y要说的是，无论S先生表现出了怎样的多面性，他都是一位令人敬重的船长，他几乎是无私地，将越来越多的人带上他的航船，当风暴来临时，他冲在最前面，不曾有丝毫的动摇。

是的，始终有一种东西萦绕着Y，提醒她注意自己说的话——某种隐秘的权力，在人与人之间形成一种势的压迫，例如富与贫之间，长与幼之间，名者与无名者之间，知识丰富者与贫乏者之间，这种压迫有如不同蓄水池之间的水压，只要相连，就会形成。

意义拼图

Y看着我，似乎神思还无法走出那记忆中阴翳浓重的桃花源，言语中充满了沉思的滞涩感。"我总是，每一件事都在追寻意义，而S先生，每次都会给我一个意义。"Y自然不是一个容易膜拜的人，但S先生却具有某种神的特质。这就是D城吸引力的核心所在？这核心吸引大脑和心灵，它所造的物质之城吸引劳动力。但对于一个善于思考的大脑来说，意义拼图毕竟脆弱，尤其当它与生活割裂且自身也充满裂痕时。

在 D 城，Y 并没有从生活中获取多少快乐，然而，或许由于被那种节奏紧张的工作挟持着，被那些模糊的意义引领着，在那种在场者自己并不了然的混沌中默默奋斗（奉献），Y 未曾想过要离开——这是 D 城多数人的真实状态，只是人们不自知。直到她遇上自己的爱人，离开 D 城去旅行。"旅行之于我，是一种日常生活的滋养，这滋养焕发了人心中的自然野性。"就是这次旅行点燃了 Y，使她最终离开了这个不被 S 认为是乌托邦而是桃花源——其现状体现着乌托邦之概念与现实阵痛连连的矛盾——的地方，D 城。

我并不怀疑一次旅行可能产生的强劲冲击力，但 Y 还是做了进一步的解释，仿佛担心我对她的选择和决心不能产生足够的理解。她说："我爱人曾遭遇十年牢狱之灾，在狱中，他用尽一切办法保持自己头脑的健康，如今还保留着难得的幽默感。他让我无比感动，也让我更加珍惜生活的日常之美,哪怕是琐碎的,毫不起眼的。"牢狱,在这里产生了不经意的某种隐喻,这是Y故意的修辞吗?不是,完全是不经意的,这隐喻之鞭恰因其不经意性而产生了响亮的力量。

在蟹岛度假村

远郊

北京有太多人住在远郊：尚未铺上沥青的道路，崭新的高而密的楼房，周围是茂盛的老树林、农田及旧工厂，这新与旧之间的巨大反差，令人不安。而这一切正表明北京城令人惊异的扩张速度——崭新高楼抵达远郊农田的速度，而在不久的未来，老树林、农田、旧工厂等不合时宜的遗留，都将被改造得更符合它们所在地理的实质：北京。

这些新小区往往与城区（五环附近的重要区块，如城北的西二旗、城东的望京等）相隔约一小时的公交车程。

从城中前往，越走越荒凉，直至突然出现大片的废墟地带。这些废墟是另一些崭新居住区即将形成的地方，现在：有些是老房子已被推倒，一堆破砖碎瓦等待进一步处置；有些废墟旁还有房子里住着几户人，老年人在门口坐成一堆，嗑瓜子，晒太阳；有些楼房的二楼三楼已被拆除，一楼还开着烟酒超市（被拆的或许不止两三层，但被抹去的只能存在于想象：这恰是历史构建的基础方法论）。这些废墟的一砖一瓦都表明着曾经的灯红酒绿（有的半截门头上还挂着曾经的名字：洗浴中心，大酒楼，饭店，卡拉OK），这里发生过人类世界已知的大多数事情——只是现在，它们陷入了某种黑洞，最隐秘的痕迹也将消失殆尽。

但曾经的一切正如要迎来的一切，毫无稀奇。过去在这里发生的阴晴圆缺和酸甜苦辣，正在或将要在另一批人身上重演，只是破败的老楼、低矮的平房换成了高层的窗户明亮的楼房，过去的京郊农民换成了外省来的佼佼者——他们作为他们所在群体的一小部分，用惊人的奋斗及忍耐，换取属于自己的北京立锥之地，房子：时代最耀眼的成功的代名词。

公交车曲曲折折穿过这些面积巨大的废墟，再往前，就会豁然出现几幢崭新的楼房，再往前又是几幢，再往前多起来，连成一片——而周围，总是有一些在建的。道路还没有修好，清风一过，尘土弥天，楼房投在地上的幽灵般的黑影深重而巨大，即便在夏天也让人感到阴冷。小区周围那些临街的门面房，多数还没有开张，只有简陋的兰州拉面和沙县小吃仿佛肩负了某种责任，提前来到这些地方，在这荒凉中奉献生机。几个老人带着一两岁的小孩，漠然漫步。

这些崭新的楼宇周围，不远处的村庄里，必然还存在着一些平房或自建小楼。那里的租户则多是更底层的人，他们吃苦耐劳，为自己的子女积攒着资本——他们希望有朝一日，自己的孩子也能在某座大城市的边缘地带拥有一套属于自己的楼房——他们中有建筑工、环卫工、装修工、卖菜小贩、为人搬家的面包车司机、卖小吃的、卖早餐的、通下水道的、配钥匙的、清理垃圾的、送外卖的，等等。他们依托那些崭新的小区而存在，为那里每天往返城中的上班族提供必要的服务。

静默以下的部分

我从北街家园出发,穿越新小区与废墟交错的地带,在望京西地铁站下车,需要再倒一趟漫长的公交车,才能到靠近东北六环的蟹岛度假村——另一个新小区与废墟交错的地带,L住在那里,我去见他在北京的最后一面。

二〇一四年初,L从住了约十年的铁狮子坟搬到东北五环外,在蟹岛度假村(这个听上去会让人联想到沙滩白云的地方)附近的一个新小区,与朋友合租——因为这儿靠近798、草场地、黑桥等艺术家聚居区,租住着八九个他的诗人朋友。铁狮子坟的房子是L一个朋友的,他住了十年,月租始终一千元,朋友的孩子马上要回那里上学,他不得不腾出来。他满怀感激。当时,那个五环外的房子,月租金都要两千七百元了。

我到达时已经十一点多,阳光毒辣,照耀着路旁大片的玉米地及茂盛的杨树林。在离公交站不远的一个岔路口,我看到了L,他在马路对面,跨在一辆很旧的二六自行车上,一脚蹬着脚踏板,一脚踩在马路牙子上,笑眯眯地向我招手。他还是那样:胖胖的,圆乎乎的头,贴头皮的短发,一脸微笑,眼睛眯着,也微笑着,右下巴沿上那颗大痣,似乎也微笑着——这些笑还是以往那样,自在、坦率、憨厚、无所求,或许还有些别的什么。

L载我去他所住的小区,到了楼下把自行车往墙边一靠,上了锁,带我上楼。屋里坐着同样胖胖的B,他是L的朋友兼合租者,光着膀子,穿个短裤,坐在茶几边的沙发上打电话。L向B介绍我,B冲我笑了笑,继续打电话,随后拿着手机急匆匆出门,缴网费去了。房子是两居室,两间屋子和厨房靠在一边,另一边是一溜通透的客厅。卧室对面立着一个一人高的旧书架,上面摆着些诗集、小说——大多数是L和B编印的没有正式出版的书,挂在淘宝网上卖,"赚些生活费"——对两个"无业者"而言,这也许是很重要的收入来源。但这样的日子并不好过。木沙发后面摆着两盆茂盛的大绿萝,午饭时不知谁提起,L说是不久前买的——附近一家小超市倒闭,他路过时看了一眼,那个垂头丧气的老板便试探性问他:"五块钱一盆,要不?"

中饭在家吃饭,L下的厨。他经常做饭,轻车熟路,一会儿就做出七八个菜。饭快做好时，一个年轻姑娘，一楼小超市的人，送来一箱啤酒。我去开门，那姑娘见我陌生，犹豫起来，以为走错了。L在厨房喊了一声，她才进屋，径直将啤酒搬到茶几旁，一瓶一瓶拿出来放在地上，又把旁边的空瓶子一个个装进框子，打声招呼就走了。

L打电话叫同一个小区的诗人Y和S来吃饭。饭快做好时S来了，Y则说和朋友在草场地吃龙抄手。我们吃到一半时，Y和他的朋友来了——他们已经从草场地吃完龙抄手回来了。两人在木沙发上坐下，L给他们倒了茶，他们边看手机边喝茶。屋子里一片静默。大家或许意识到了这一点，便有话没话地找话说，但静默依然使屋内的一切显得尴尬，甚至连筷子夹菜发出的声音也显得尴尬。似乎只有如此静默，我们才能抵御这平庸生活百无聊赖的时刻？

后来，大家聊起了前不久过世的诗人W，聊他离奇的死亡方式——死在距离上苑艺术馆并不远的半山上，衣服都整整齐齐地叠放在旁边，出门前带着帐篷，却没带手机。有人半开玩笑半认真地说："是不是中邪了？"但这个说法并没有引起注意——似乎任何说法都引不起注意,没人有兴趣谈论任何问题。谈话只像饭菜,那声音是为了抵御饥饿般的静默。大家有一句没一句地聊着——这并不奇怪,并且有着某种恰如其分:即便死者是大家相识的人,但这随意也足以匹配死亡的重量。

死亡在生活面前必须让路,作为无足轻重的谈资——我相信,如果我们真的谈论,那么谈论许多事情实际上都是在回味它静默以下的部分。但这静默并非完全出于不知如何谈论朋友的突然死亡,而是出于生活本身,这才是静默的深度。

几天前,除我之外,屋内的所有人都去参加了W的火葬仪式。而我在蟹岛度假村的这天,正有一帮人在山上寻找W死亡的具体地点,他们想在第二天组织W的追思朗诵会。L问Y去不去,Y依旧看着手机,过了好一会儿才说:"不去,没意思。"Y极少说话,他一直在看手机,只是偶尔说,"好无趣","不好玩","真无聊"——语言之于静默,这抵御早已失败了吗:静默宣告了语言的徒劳,并以其顽固的反复无常,宣判着非静默时间的无意义?

在北医三院

十几天后，L告诉我，近六十岁的诗人X在北医三院做白内障手术，他在医院陪同，让我有空过去玩。此前不久，X因脑梗住院，因长期没稳定工作，没社保，面临大额医疗费用的重压，是几位朋友在网络上发起倡议募集资金，才帮他渡过难关。L即是主导者之一。诗人X是中国新诗史上一位令人敬重的诗人，之前见过一次，想去探望。

病房里弥漫着浓郁的药水味，L坐在病床对面的一把椅子上看手机，X躺在病床上休息，手术还没做。L向X介绍了我，X高兴地坐起来，慢慢穿上拖鞋，下床，已经洗得发白的蓝白条纹的病号服显得略微有点大。他过来，紧紧握着我的手，郑重地说："感谢你来看望我，感谢你来看望我。"他依然如旧：脸色偏黑，神情冷峻，显得一丝不苟，眼睛就像两粒炭嵌在冰块中。L去洗手间洗了我带来的水果，放在病床旁的灰色小桌上，顺手抓了几颗樱桃递给X先生，他随手接过去吃起来，十分自然，仿佛递给他樱桃的不是别人，而是他的孩子,理所应当。X吃完后，L又抓了几颗递过去，他依然毫不客气地接过去。L冲我笑一笑："X老师爱吃樱桃。"

X先生与我随意闲聊着。安庆多名老人相继自杀的新闻，当时正闹得舆论沸腾——当地政府下令要求从六月一日开始，所有人一律实行火葬，一些老人因此选择自杀，以便能在最后期限前躺在自己的棺材里土葬。X是第一次听到这件事，显得十分震惊。"这反映了中国人追求理想的坚定决心。"这句话几乎脱口而出，但随即又停顿在那里，沉思起来，大概他认为这样说还不够。于是，他踱起步来，双手反握在于身后，在病房中来来回回，步幅很大，仿佛手里有一根快要熄灭的火把，必须来回走动，才能避免它熄灭。一会儿之后，他突然停下，转过身来对我说："还说明中国人真会钻法律的空子。"

无论如何，X先生踱步沉思得出的这两个观点都令我惊讶，因为这使他更像一个退休的老干部型思想家，而不像一个体制外的老诗人。不过也许，这正是X先生故意使用的荒诞的夸张：确实是追求理想，只是我们一时还不能将追求土葬与追求理想等同；确实是钻空子，只是我们一时还无法将赶时限（赶死亡的时限）与钻空子等同？

L又拿了几颗樱桃给X先生,他接过去,仍然一边吃一边踱步,紧锁着他严肃的眉头。L剥开一个香蕉递给他,他接过去,但吃了一口就放在旁边的桌子上,"我不爱吃香蕉。"

我不想默认X将那些可怜的自杀老人视为某种投机者的说法,便小心翼翼地说,对于世世代代受到传统丧葬文化熏陶的中国老人来说,能躺在棺材中土葬太重要了,和火葬相比,那意味着保留了全尸。我说:"为了死后能保存全尸,他们拼命了。"X先生停下来,认真听我说完,才说:"你说得很对。"沉思了一会儿,他讲起了索尔仁尼琴某部小说中的一个场景,那令他印象深刻:"前方在打仗,后方有人生孩子,炮火过于猛烈,所以前方的战士对后方喊,"他尽力用声音表现那种场景感,"哎——你们快一点生啊,我们顶不住啦!"这个绝妙的细节在他的脸上激起了短暂的笑容,"生孩子有它自己的时间,这哪里是说快就能快的事情?"

说话时他停在我面前,背着双手,微微歪着头,看着我的眼睛。说完后,他又一次踱起步来,三四趟之后,在我面前停下来："可惜啊，许多事情都缺少深刻的批评，所以你看，安徽老人集体自杀这件事，就如同一个高速列车，轰鸣着向前——但是车里却没有驾驶员！"（评论之于事件，如同驾驶员之于火车？）我终于理解了，X先生的踱步是在思考，仿佛这样才能让全身的血液与活力都流动起来，凝神化为思想。

L一直在旁边看手机，几乎没说话，更不参与我们的话题，似乎故意要把谈话机会留给我和X先生，两个难得见面的人。这时候，X先生忽然转身，看着我："你看我的思维能力退化了没有？"他要我说说脑梗手术对他的思维能力有没有影响，仿佛一个人拿不准他曾经的辉煌是否还继续有效？可不等我回答，他又说："你这小伙子不错，以后我们要多联络，我把你当朋友看，你愿意和我做朋友吗？"

中午外出吃饭，刚出医院门口，X先生就停下来，定在路边，L略微犹豫了一下，不情愿似的，顺手递给他一支烟，并帮他点燃，他轻快地吸了起来。"医生不许他抽烟。"L对我说。X先生则像没听见一般，悠然地抽着烟，走在前面。做完脑梗手术不久，加之白内障严重，X先生走路不是特别稳，一路上都由L搀扶着。我们进了一家陕西面馆，因为X先生已吃过医院特供给病人的套餐，我和L分别点了面，点了几个小菜及啤酒。

两瓶啤酒和两只杯子首先被送过来，随后是几盘小菜。X先生看了看小菜，又看了看放在我和L面前的两个啤酒杯，"再要个杯子，我也喝点吧。"L像在面对一个馋嘴的孩子，冷冷地，仿佛这样可以增加话语的威严，说："医生不让你喝酒。"X先生马上轻描淡写回应道："少喝一点没关系。"然后看着我，期待我的声援。L无奈地笑了笑，眼睛眯在一起，同意了，"那就来半杯吧。"吃饭喝酒时，由于X先生不能参与，说话也多是我和L，他多少有点落寞，乃至百无聊赖。一会儿之后，他突然拿出手机来，让L帮他拨个号码（他自己看不清），他要给某个人打电话。L像是突然受到了冒犯："等吃完饭吧，回去再打。"语气中透着一点不耐烦。X先生只好又默默地把手机装起来，像个遭到父亲训斥的孩子，静静地坐在一旁，直到我们吃完。

回医院的路上，进院门，上台阶，进电梯，L照例在一旁贴心地保护着。

拆那好人

L不仅是诗人X的朋友,也是一位诗人,更是许多其他诗人的朋友,他属于那种从不故作姿态而愿意全力付出的朋友。以前,还在铁狮子坟时,据说他的住处就是许多诗人来北京的落脚点——他们正是在那里,才站在了北京这片意味深长的土地上。

多年来,L的妻子和女儿都生活在N省老家,他自己生活在北京这个充满了魔力的地方——是什么如此强烈地吸引着他?X先生出院后,他将继续回蟹岛度假村的出租房里生活,或许找份工作去上班,或许依然和他的朋友B捣鼓一些独立出版物,放在网上卖卖?如果生活过于百无聊赖(正像他的一句诗所说的那样:"这突如其来的没劲"),他或许会一天中数次端详他和女儿的合照,这个心地柔软的男人——那次,我去蟹岛度假村时,看到他卧室的床头柜上,摆着他与女儿亲密又欢快的合照。一两年后,L回了老家 N 省。

二〇〇七年一天，我去找 L 玩，他的一位导演朋友第二天离开北京，他要去饯行，邀我同去。在德胜门附近一家小饭馆里，没喝几杯啤酒，我就晕晕乎乎了，晚上离开时 L 执意要打车送我回学校。在出租车上，他突然耿耿于怀地念叨起来："M 竟然说我不是好人。"静默了一会儿，又说，"我是坏人吗？"微微歪着头，像是在自言自语，又像是在问我。我说："M 只是开了个玩笑吧？"M 是 L 的一位画家朋友。

我想，如果再问起，许多人（包括我）都会告诉他："你是一个好人，拆那好人。"因为他一直是一个好人，他写过一系列名为《拆那》的风格独特的诗歌，他用这些作品记录了我们这个风云变幻的时代，我们所在的大地上发生过的事情。

798 的告别

798 印象

我的老友 J，有一把十分茂盛的胡子，这使他走到哪里都会 引起惊奇——人们惊奇于他如此年轻，胡子竟如此可观。汹涌的络腮胡，从两颊长到下巴，由短而长，下巴最长处，足有三四十厘米，一肆绵延，茂盛，洒脱，飘逸。浅黑色，浅黄色，最长处若在阳光下，会泛红，发亮，微微弯曲，但这一点儿不影响他走动或有风吹来时的飘然。胡子使他任何时候都会很快被人看见，从而免于泯然众人的庸常。

二〇一四年初夏，我从沙河高教园去了一趟大山子798艺术区，算是离京前告别J，也算是告别去过多次的798。其时，毕业于中央美院的J在那里主持一家画廊，画廊正在举办一个由他策划的画展。

由于是工作日上午，以大学生为主的年轻艺术爱好者及观光客还没出动，798还处在一片安静中。阳光中翻滚着纷杂的空气，翻滚着略有减弱的雾霾。高大的老杨树已经枝叶蔽日，柳枝柳叶也已经十分茂盛，这些大树掩映下的诸多画廊、艺术空间，此时关着门，仿佛还在修整前一天的疲惫。几个高大的早已被废弃的烟囱旁，正翻飞着一些灰色的白色的鸽子，它们那么轻，那么自由，似乎和地上的一切并无关系。

那些造型滑稽而极有喜感的，饱含着艺术家某种现代或后现代寄托的雕塑们，不分昼夜，用混合了滑稽、戏谑、荒诞、嘲弄、玩世不恭等诸多复杂因素的表情面对着稀疏的行人，正如它们也以同样的面目，面对排着队和它们合影的观光客。尤伦斯艺术中心前那几只红色的恐龙雕塑，此时反而显得不伦不类，似乎不应该在这里——正像鸡鸣狗吠的小山村出现了几只大恐龙，几只滑稽的装腔作势的大恐龙。

但在中午或下午，尤其是节假日去逛过798的人，就绝不会有这样的感受。那时候，各种人络绎不绝于那些滑稽人及大恐龙雕塑前，络绎不绝于798的主干道上，嘈杂声不绝于耳，礼品店、咖啡馆、糕点店门前的遮阳伞下，坐满了红男绿女，主干道旁的树下地摊兜售着各种与艺术有千丝万缕关联的小玩意儿，甚至还有音色不错的年轻卖唱者，正唱着诸如"蓝蓝的海上飞着白色的海鸥"这样沁人心脾的歌。那时候，这几只红色恐龙雕塑的霸气就可以征服所有在它旁边拍照留念的人，不是滑稽的、突兀的，也不是装腔作势的、侵略性的，而是可爱的、狂欢的、驯化的。

树下画廊

尤伦斯大恐龙对面有一条小巷子，走进去，约三十来米，右边一排青灰色的平房，门不大，且只开着半边。门右侧的墙上贴着"树下画廊"几个字,下面是一行英文,The Tree Gallery,白色,工整的方块字体,淡雅素朴。下方是一个由暗红色砖块垒成的小花圃,里面长着些大小不一的马蹄莲,无人打理。门左侧的墙上是一面大玻璃窗,里面向外贴着大幅的画展海报,写着画展名——药引子——以及艺术家的名字,并不显眼。

屋顶上有一翼刚好伸展过来的洋白蜡树树冠,树长在房头,树干并不太粗,也并不老,某种情境下似乎正好显示了中年般坚实又细密的微黑质感。树冠几乎用尽全力向右边生长,似乎天生就要担负起庇护下面这所青灰色小平房的使命。这正是"树下画廊"的取义所在,名副其实。树冠茂盛,四月中旬已经枝叶婆娑了。在阳光照射下,所有的叶子都自然展现着它们的姿态和勃勃意志,然而并不汲汲于生长和繁茂,只是那样恬淡地舒展着。

J是爱树之人,他大约在这棵洋白蜡树下流连过多次。他说:"树是有神性的。"一种随意而来、无拘无束的神性,不刻板,不高高在上,也不强人所难,更不在乎人是否理解。J特意进画廊拿出一台相机来,各个角度地拍摄着。

洋白蜡树，灰墙白字的画廊，一束阳光，半开的门，半隐半现，也没有音乐，即便是舒缓的音乐也没有，像一个清心寡欲的读书人：晨起，默默地，洒扫庭除，停停顿顿，并不着急于这一日之计。

这便是J的画廊，树下画廊。

J并不是这家画廊的老板，而只是一名有股份的负责人。老板是一位年轻的电器经销商，火爆的电器销售行当让他赚足了钱，所以喜欢起了艺术——确切地说是艺术品投资。谁也不会怀疑一件艺术品的升值空间远比家电高。但时不凑巧，二〇一四年前后全国经济增长放缓，直接影响了需要充裕资金做基础的艺术品市场。这使得树下画廊开了约一年，就遭受了来自商业本能的惩罚：老板截断了画廊运营资金的注入。

不多久以后，J和这位年轻的电器经销商便分道扬镳了——据说那上面覆着洋白蜡的青灰色平房还在年轻的电器经销商手里，他转租出去，每月从租金中赚一点钱。

艺术家，看客，商人

画廊内的装饰极其简单，一色的白，不但墙体，就连屋顶的椽、梁、木板，都刷成白色，茶几，几把方凳，条桌，都是原木色。外面的长廊，连同里面的大房间，是画廊展览区，悬挂或摆放着正在展出的画作——每一幅都色泽清淡，许多细胞一般的淡黄色的不规则圆圈，密密地排列着。一幅画上的某个地方会有一点不和谐的其他颜色横过来，似乎几个闯入者，要打破那个世界的宁静。整体的画境异常静默，仿佛一些神秘的消音装置，可以消弭一切杂音——这让人相信这些画几乎是听觉上的，而非视觉上的。

里间是小客厅，一张放满各种毛笔的桌子，一张摆了整套茶具的茶几，一条木沙发，几个方凳和靠椅。这里是会客的地方，朋友在这里见，各路艺术家、策展人、诗人，也在这里见，喝茶，聊天：有所谓的，无所谓的，会说的，不会说的，说现状的，谈理想的，聊生意的，聊政治的，聊艺术，聊哲学，官场反腐，美食奇闻，家长里短，无所不有。

J还是老样子，一把十分茂盛的胡子，即使在798这样的地方,也会使他处处引来惊奇与话题。有人突然说起胡子:"一个人的胡子与运数密切相关,所以一旦留了长胡子,便不能随意剪掉,尤其不能一下子剪掉。"J说不久前坐出租车,刚上车,司机就兴奋地和他聊起天来,聊胡子,"还是位女司机。"那位素不相识的女司机说她恰好有一位男同事,也留了长胡子,有一阵儿不知道怎么想的,突然剪了,很快就出了麻烦,后来又蓄长,不知道怎么想的,又一下子剪掉了,"果不其然——又出麻烦。"

两位看客扫了一眼"药引子"的展品,一个说:"操,这样的画不就是画圈吗,我觉得你也能画。"另一个说:"操,我肯定比他画得好,好不好。"J听了,看我一眼,笑了笑,没说什么。绘画和诗歌一样,许多时候成了滑稽的笑话——这样一个轻忽甚而轻浮的境遇的成因自然是复杂的,然而类似的事实,从古至今却都丝毫不难理解。

十一点钟左右,来了一位对艺术品收藏现状了解颇多的人,说起了当下艺术界的滑稽。她说欧洲的艺术品市场,价格阶梯很明晰,百万级的、十万级、几万级的,也有几千的,这价格使得爱画的工薪阶层可以买得起,相应地,几千块钱价位的画家可以以此维生。"而在中国,操,动辄都两三万一平尺,哪儿还有几千的,他们宁可不卖,也不自降身价。"画家和画家之间有一种微妙的攀比心理。收藏的人,也并不是真正的收藏,他们是为了倒手赚钱。有的画家在自己画作拍卖会上买画,不是派老婆去,就是找亲近的朋友去,"好嘛,今天花一百万买了画,明天就会拿着简报对上门的客人说,'喏,昨天刚卖的,看看,一百万,不骗你的吧。'"

J 的北京

J 拍画廊和洋白蜡树时,我和他聊了些家常。

他刚和同居了许久的女友小偌分居,小偌搬出去后,他们间矛盾少了许多。"她说了很多次要分手,这次,我说要分就分吧。"后来,小偌没再说过这种话。J 认为两个人在一起,肯定要有一些长远考虑,过日子。"她人挺好,对我也是真心,就是太任性。"但他还是觉得,也许过一段时间会好起来。小偌是 J 相恋两三年的女友,同居后有一些矛盾，约一年前曾离开北京，很快又回来，没过多久又从与J同居的房子里搬了出去。小偌自小患有一种疾病，直至当时还在服药，可能影响生育，J并不在乎，"不一定非得要小孩儿。"但小偌最后还是离开北京，回了武汉老家。

J和小偌是通过网恋认识的，当时，J为她写过很多富有想象力的童话——后来第一次见到小偌，朋友们确实觉得，她如同一个从童话里走出来的人，仿佛根本不在乎我们所在的现实，又仿佛太在乎。而J，正像对待一个从童话里走出来的小女孩一样对待小偌，那么倾心，那么呵护。有一次，几个好友同去聚会，又去KTV，小偌身体不太舒服，在KTV里一直靠着J的肩膀睡觉，J一动不动地偎着她。散会出门，月高风急，突然不见了J和小偌，回头才发现小偌直直地迎风站着，J正在弯腰为她扣前襟的扣子。

因为操心他的婚姻，J的父母曾私下与一个邻里协商，计划将邻家的女儿送来北京与J相处。"我和她都不认识，这怎么可能？"J苦笑着，果断地拒绝了父母的建议。让他哭笑不得的是，不久后，他的父母竟然将这个女孩送到成都，送到了J的弟弟那里，让他们相处。但在同居一两个月后，弟弟得出了不合适的结论，这让两个家庭一时间手足无措。如今这个手机时代，父母之命和媒妁之言的传统（尤其送女孩前去相处这样的事）听上去遥远至极，似乎也早没了市场，但正是它，使J一家陷入尴尬境地。

这些事发生在千里之外的四川，但对J而言，它们永远也是其北京的一部分，是他根须带泥的现实的一部分。这也是我们所在的广阔现实——即便身在人人向往的崇高首都，即便真的在这儿站稳了脚跟，也总是有个地方作为我们根须带泥的一部分，隐秘地存在着：加上这些，才是完整的北京。

后记

二〇〇四年九月,我从甘肃老家只身到北京读大学,毕业后在京就业、生活,再六年后的二〇一四年终于离京往杭。至此,十年北京生活告一段落,北京成了我除故乡之外最为熟悉的地方——尽管这种熟悉或许仅仅是表面的,乃至连在表面层次也是极其有限的。但它是真实的,这真实并不取决于全面性和深刻性,而取决于一种切肤性,取决于我的感受:我切切实实地呼吸了十年的北京空气。

也就是说,这本书所呈现的北京,即便是真实的,也仅仅是我自己看到、听到、闻到和感到的北京的真实。写下这些，主要因为我从中感受到了一种巨大的张力——是一种，产生于诸如豪情壮志的野心与庸常碌碌的现实生活之间的粗粝的张力。在一定程度上，这张力或许表明了某些出自古老传统和学校教育的理想主义的崩溃，表明灰暗现实的起始与生活的艰难构筑，并表明它们对人的二次教育（正如书中所说的"剥皮"）——这想法并不仅仅源于我自己的经历，也源于本书中诸多人物的经历。当然，我希望本书所写，不止于个体在庸常现实中的拼搏与失落，而是更能捕捉诸多个体共同呼吸的时代空气，描绘一幅当下中国巨变时代的繁杂又幽微的侧影。

这本书的构思和写作，均开始于二〇一四年，初稿完成于二〇一五年，然由于诸多原因，几年来始终未得定稿，甚至一度被我抛于脑后。直到二〇一九年底，我有机会入中国人民大学创造性写作班攻读硕士学位，再次回到最初诞生了这本书的北京，回到我较为熟悉的中关村一带——在这个开始的地方，在学校里，我才又旧事重拾，对书稿做了数次实质性修改，使其得以呈现现在的面貌，可算总体上比较准确地表达了"我的北京"，也基本契合我对这部书稿的想象。定稿重读，我发现它或许比我本人更期待某种交流：诚实而深入的，个人性的——这也是它对自我特质的某种预期。

书稿原本超过二十万字，几经修改，被我改到了现在的篇幅，除删去一些篇幅（如写北京乞者、理发师、零落者等群体的几篇），也精炼了许多描述和表达。我不会忘记我的导师阎连科先生给我的建议、帮助和鼓励，尤其是先生在电话中对我说的那句忠告："好作家要学会删除。"我也不会忘记我的老师梁鸿先生和杨庆祥先生关于书稿给予我的慷慨鼓励和评价，以及其他弥足珍贵的帮助。在这里，郑重感谢三位老师。

还要感谢以下诸师友：走走女史作为出版社邀请的文学评阅人对书稿给予了积极的肯定；王小王、苏二花、梁红、刘汀、钟小骏、谷禾诸位阅读过部分篇章，并作了宝贵反馈；李林寒、杜若、徐家玲、邱启轩、李浩、三三、国生、李苇子、陈迟恩在书稿或书名方面提了珍贵的建议。尤其感谢上海文艺出版社的李伟长先生和解文佳女史，我深知作为编辑，他们在这本书上的付出，丝毫不亚于作者本人，没有他们，就不会有本书的面世；也感谢其他为本书付出劳动的出版社诸位。当然，也感谢书中写到的每一个人，我的亲人亲戚们，我的朋友们，以及一些并不熟悉乃至已成陌路的人，某种意义上，他们的生活及我与他们的关系，构成了这本书。

最后感谢我的妻子，她与我一同走过了我在书中记录的生活，并一直在生活上包容我、在创作上支持和鼓励我。二〇一八年我儿子出生，他常以孩童那明亮的天真，使我的心变得更柔软，也使我变得更有耐心，谢谢小家伙，希望他能够更自由地成长，更勇敢地追求自己，不要被琐碎又蛮横的生活追迫和拘囿。

二〇二二年八月

图书在版编目（CIP）数据

异乡人：我在北京这十年/子禾著. -- 上海：上海文艺出版社，2023
ISBN 978-7-5321-8339-5
Ⅰ.①异… Ⅱ.①子… Ⅲ.①纪实文学－中国－当代
Ⅳ.①I25
中国版本图书馆CIP数据核字(2022)第238891号

发 行 人：毕　胜
策　　划：李伟长
责任编辑：解文佳
营销编辑：贺宇轩
封面设计：李林寒
封面摄影：李林寒
版式设计：Yaki

书　　名：异乡人：我在北京这十年
作　　者：子　禾
出　　版：上海世纪出版集团　上海文艺出版社
地　　址：上海市闵行区号景路159弄A座2楼　201101
发　　行：上海文艺出版社发行中心
　　　　　上海市闵行区号景路159弄A座2楼206室　201101　www.ewen.co
印　　刷：苏州市越洋印刷有限公司
开　　本：1092×787　1/32
印　　张：11.125
插　　页：2
字　　数：159,000
印　　次：2023年1月第1版　2023年1月第1次印刷
Ｉ Ｓ Ｂ Ｎ：978-7-5321-8339-5/I.6581
定　　价：56.00元
告　读　者：如发现本书有质量问题请与印刷厂质量科联系　T:0512-68180628